BASTEI LÜBBE
TASCHENBUCH

Über den Autor:

Tom C. Winter, geboren 1978 in Dortmund, lebt und arbeitet im Ruhrgebiet. Der Psychologe, Psychotherapeut und Horrorfreund möchte die Bücher schreiben, die er selbst gerne lesen würde. Mit »Welt der Toten« ist ihm dies eindeutig gelungen.

Tom C. Winter

WELT DER TOTEN

Roman

BASTEI LÜBBE TASCHENBUCH

BASTEI LÜBBE TASCHENBUCH
Band 17094

Dieser Titel ist auch als E-Book erschienen

MIX
Papier aus verantwortungsvollen Quellen
FSC® C014496

Originalausgabe

Textredaktion: Dr. Frank Weinreich, Bochum
Lektorat: Ruggero Leò
Titelillustration: © Arcangel Images/Tim Robinson;
© shutterstock/pio3; © shutterstock/C Salisbury
Umschlaggestaltung: Sandra Taufer, München
Satz: Urban SatzKonzept, Düsseldorf
Gesetzt aus der Garamond
Druck und Verarbeitung: GGP Media, Pößneck
Printed in Germany
ISBN 978-3-404-17094-4

2 4 6 5 3

Sie finden uns im Internet unter
www.luebbe.de
Bitte beachten Sie auch: www.lesejury.de

This is the way the world ends
Not with a bang but a whimper.

T. S. Eliot

1

Grundschullehrer klingt lustiger, als es ist, dachte Carsten und tastete nach seiner Pistole. Trotzdem hatte er seinen Beruf gemocht. Er fand die Waffe neben sich auf dem Fliesenboden; es tat ihm gut, sie bei sich zu wissen. Er hatte sie einem sterbenden Polizisten im Hauptbahnhof abgenommen. Viel Munition war nicht mehr übrig.

Vom Schlaf noch benommen, rieb er sich die Augen. Er hatte von der Schule geträumt, vom Unterricht in seiner Klasse. Träume, in denen alles war wie früher, waren die schlimmsten.

Er hatte im Sitzen geschlafen, neben der Toilette in seine graue Wolldecke gewickelt, den Rücken an die weiß gekachelte Wand gelehnt. In seinem Schoß lag die Taschenlampe. Sie musste ihm im Schlaf aus der Hand gerutscht sein. Nur ein orangefarbenes Glimmen gab sie noch von sich, so schwach waren die Batterien. Er hatte schon wieder den gleichen Fehler gemacht, tadelte er sich stumm. Hatte die Tür angeleuchtet, bis ihm die Augen zugefallen waren. Jetzt brauchte er neue Batterien.

Carsten schaltete die Lampe aus; der Raum wurde dämmrig vom vergilbten Licht der Notbeleuchtung ausgeleuchtet. Bis auf das leise Surren der Neonröhren war es vollkommen still. Es war nur eine Frage der Zeit, bis die Notstromversorgung des Kaufhauses nachlassen und auch das Notlicht verlöschen würde.

Er griff nach der Whiskeyflasche, die neben ihm auf dem

Toilettendeckel stand. Er hatte zum Einschlafen daraus getrunken, jetzt nahm er einen Schluck, um wach zu werden. Der Alkohol ließ ihn besser funktionieren. Beruhigte ihn. Nahm der Todesangst die Spitzen. Und desinfizierte Fleisch- und Seelenwunden.

Wenn der Alkohol ihn müde machte, kaute er Espressobohnen, um wach und aufmerksam zu bleiben. Kaffee getrunken hatte er zuletzt, bevor flächendeckend der Strom ausgefallen war. Espressobohnen und Whiskey, das war jetzt der Geschmack der Welt.

Er streckte den Rücken durch, die Nacht auf dem harten Fliesenboden hatte seinem Körper nicht gutgetan. Er fühlte sich verspannter und steifer als vor dem Schlafen. Carsten stand auf und wischte sich Schweiß von der Stirn. Er hatte in seinen Schuhen geschlafen. Seine Haut klebte, die schmutzige Kleidung fühlte sich klamm an. Es war heiß und stickig hier oben unter dem Dach. Die Klimaanlage lief schon seit Wochen nicht mehr. Sein eigener Schweißgeruch stieg ihm säuerlich in die Nase.

Die Behindertentoilette war ein guter Ort zum Übernachten – man konnte sie abschließen, sie war geräumig und bot nichts, was irgendjemanden hätte anlocken können. Es war die dritte Nacht in Folge, die er hier im obersten Stockwerk des Kaufhauses hoch über dem Zentrum seiner Heimatstadt verbracht hatte.

Die Armbanduhr verriet ihm, dass er sechs Stunden geschlafen hatte. Es war jetzt neun Uhr morgens, und damit konnte er sicher sein, dass es draußen hell war. Er kramte die letzte PET-Flasche mit Mineralwasser aus seinem Rucksack, nahm ein paar Schlucke und goss sich etwas Wasser in die Hände, um sich über dem Waschbecken das Gesicht zu waschen. Den Blick in den Spiegel vermied er. Neben dem

Waschbecken klebte eine Anleitung zum richtigen Händewaschen. Und zum hygienischen Niesen: in die Armbeuge, nicht in die Hand. Das hatte auch niemandem geholfen.

Carsten lehnte sich mit dem Rücken gegen die Fliesen, legte den Hinterkopf an die Wand und verharrte so für drei langsame Lidschläge. Er hatte Zahnschmerzen; er neigte zu nächtlichem Zähneknirschen in stressigen Lebensphasen. Der Schmerz zog aus den Kiefermuskeln bis hoch unter den Schädel und kündigte Kopfschmerzen an; die Art, die über den Tag immer stärker wird.

Carsten ging wieder zu seinem Schlafplatz, zog die Jacke an und hob seine Brille auf; das Gestell war neben dem rechten Bügel gebrochen, er hatte es mit Paketklebeband notdürftig repariert. Aus einer Jackentasche zog er eine Schachtel mit Schmerztabletten, es waren nur noch drei übrig. Mit einem Schluck Whiskey spülte er eine herunter, um den aufsteigenden Kopfschmerzen vorzubeugen.

Er überdachte seinen Plan für heute: Trinkwasser besorgen, das war das erste. Die angebrochene Flasche in seiner Hand würde ihn nicht mehr weit bringen. Dann Batterien. Kopfschmerztabletten, wenn er welche finden konnte. Und anschließend die Liste weiter abarbeiten.

Er schraubte den Whiskey zu und verstaute die Flasche in seinem großen Trekkingrucksack. Am Boden stand noch seine Alarmanlage, eine leere Konservendose auf jeder Seite der Tür, mit einer Schnur verbunden. Er wickelte den Faden auf, steckte die Dosen in den Rucksack und stopfte die graue Wolldecke hinterher. Aus einer zerknickten Spenderbox in seinem Rucksack zog er ein Paar gepuderter Latexhandschuhe und streifte sie über die Hände. Dann schulterte er das Gepäck und hob seine Waffen auf. Carsten Lemmner, der Kriegsdienstverweigerer. Der Primarstufenpädagoge.

Die Pistole steckte er in das Holster an seinem Gürtel. Die langstielige Axt trug er in der Rechten, ließ die flache Seite des Axtblatts beim Laufen gegen sein Knie tippen. Aus einer Jackentasche zog er ein paar Espressobohnen und steckte sie in den Mund. Er biss zu, es wurde bitter. Er horchte an der Tür – vielleicht etwas länger als nötig –, öffnete dann das Schloss und spähte hinaus auf den engen, schlecht beleuchteten Flur. Nichts zu sehen, nichts zu hören.

Vierter Stock: Haushaltswaren, Glas und Porzellan. Kundenrestaurant und Toiletten. Die verließ er jetzt, schlich durch den schmalen Gang am Kartentelefon vorbei und hielt mit dem Rücken zur Wand an. Vorsichtig spähte er an der Zwischenwand vorbei, die den Toilettenflur vom Rest des Stockwerks abtrennte. Fahles Notlicht spiegelte tausendfach aus Besteckkästen, von Kristallgläsern und Teekannen zurück. Alles schien sich in bester Ordnung zu befinden – keine umgestürzten Regale, keine Scherbenberge. Ein deutliches Zeichen dafür, dass hier niemand mehr hergekommen war, seit es ernst geworden war. Gegenüber des Toilettenflurs stand noch eine Menütafel, gekonnt mit Kreide beschriftet: »Seelachs mit Salzkartoffeln und Gemüse der Saison.« Im Zentrum des Gastronomiebereichs lag eine große Theke im Halbdunkel, die Hebel einer Zapfanlage ragten darüber auf. Brauchen Zapfanlagen Strom? Carsten suchte in seinem Gedächtnis, fand verschwommene Bilder aus Kneipen und Partykellern. Fässer wurden angeschlossen, das hatte immer mit Schläuchen und Kohlensäure zu tun. Aber mit Strom? Er machte wenige Schritte aus dem Toilettenflur ins Kundenrestaurant. Nur der saure Geruch der verdorbenen Lebensmittel verriet, dass hier heute niemand bewirtet werden würde. Carsten zog den Zapfhahn für Mineralwasser. Ein kurzes Zischen und ein enttäuschender Sprühnebel war alles, was er hergab. Er probierte auch die anderen Hähne: Cola, Fanta und drei verschiedene Sorten Bier. Das Ergebnis war genauso frustrierend; die Zapfhähne für Bier zischten nicht einmal. Also doch die Lebensmittelabteilung, fünf Stockwerke tiefer. Untergeschoss.

Die Rolltreppen waren seit Wochen nicht mehr gelaufen und knarzten viel zu laut unter seinen Füßen. Auf der halben Treppe ging er in die Knie und versuchte, einen Überblick über die nächste Etage zu gewinnen. Er lauschte. Nichts zu hören, nichts zu sehen. Er stieg weiter abwärts: Bettwaren, textiles Werken und Tischwäsche. In der nächsten Etage Herrenbekleidung und Reisegepäck. Je tiefer er kam, desto stärker wurde der Gestank.

Erste Etage: Damenbekleidung, Damenwäsche und Bademoden. Umgestürzte Kleiderständer, eine eingerissene Zwischenwand. Die Scherben einer großen Dekovase, grünlackierte Bambusstäbe waren überall hingerollt. Eingetrocknete Blutspritzer auf fliederfarbenen Dessous. Keine erkennbare Veränderung seit gestern.

Weiter ins Erdgeschoss: Parfümerie, Reisebüro, Uhren und Schmuck. Und große, offene Türen zur Außenwelt. Die meisten von ihnen waren nicht mehr in der Lage, Treppen hinaufzusteigen. In höheren Stockwerken war es deshalb sicherer. Herunterstolpern konnten sie.

Schon auf halbem Weg ins Erdgeschoss hörte er die ersten Missklänge von der Straße hereindringen. Das metallische Klappern eines Sicherheitsgitters. Rohe, unartikulierte Laute aus wunden Kehlen. Er wischte sich mit dem Ärmel Schweiß von der Stirn. Stufe für Stufe ging er weiter, auf der letzten blieb er stehen und sah sich um. Die Geräusche kamen von draußen. Im Gebäude war es still.

Die nächste Treppe führte ins Untergeschoss. Lebensmittel, Delikatessen. Eine Sackgasse. Carsten blickte die Treppe hinab; der Weg war frei. Er schaute über die Schulter zurück zu den zerschmetterten Eingangstüren. Er rückte seine Brille zurecht, atmete tief ein und schloss beide Fäuste fest um den Stiel der Axt. Dann begann er hinabzusteigen; Stufe für Stufe, Schritt für Schritt, immer tiefer ins Untergeschoss.

2

Dickleibige Fliegen hatten sich in der ganzen Stadt verbreitet. Zu Millionen ließen sie sich auf den Körpern der Toten nieder und legten ihre bleichen Eier auf das faulende Fleisch. Carsten hatte gelernt, ihr Summen als Warnung zu verstehen. Hier hörte er sie deutlich. Die Treppe hatte ihn in die ehemalige Gemüseabteilung geführt, und die Fliegen kreisten über verschimmeltem Obst und gärenden Zwiebeln. Als hätte die Katastrophe sich nicht angekündigt, hatte man das Tagesgeschäft bis zur letzten Minute aufrechterhalten. Vielleicht weil niemand gewusst hatte, was man stattdessen hätte tun sollen. Und am letzten Tag hatte man es nicht mehr geschafft, die verderblichen Waren einzulagern. Oder nicht mehr für wichtig gehalten.

Das Untergeschoss war nicht zu überblicken; überall versperrten Regale, Produktständer und Einkaufsbuchten die Sicht. Carsten bemühte sich, seine Ohren zu spitzen – er meinte, dass ihm diese bildliche Vorstellung tatsächlich half, auch kleinste Geräusche zu registrieren. Bis auf die Fliegen hörte er nichts.

Die Getränke befanden sich auf der anderen Seite der Rolltreppen, weit hinter den Regalen mit Nudeln, Reis, Tee und Schokolade. Früher hatte er hier oft eingekauft. Er ging langsam, die Axt fest in beiden Händen. Bemühte sich, die Schuhe geräuschlos auf den Boden aufzusetzen, und drehte den Kopf beständig von der einen Seite zur anderen, um nichts zu übersehen. Sein Herz schlug schneller.

Rechts von ihm öffnete sich eine Einkaufsbucht in die verwüstete Bio-Abteilung. Ein Regal war umgestürzt, Gewürzstreuer lagen über die Bodenfliesen verstreut. Über den Boden führte eine Schleifspur aus eingetrocknetem Blut hinter die Verkaufstheke. Fliegen mit glänzenden, prallen Hinterleibern kreisten hinter der Theke in der Luft, ihre frischgeschlüpften Nachkommen krabbelten überall umher. Carsten brauchte kaum einen Augenblick, um zu entscheiden, dass er nicht nachsehen würde. Er trug schon viel zu viele Erinnerungen an Dinge in sich, die er am liebsten nie gesehen hätte.

Er bemühte sich, mehr durch den Mund als durch die Nase zu atmen.

Er sah ihn, als er in den nächsten Gang bog: Ein Mann von enormer Statur saß auf einem umgestürzten Einkaufswagen. Das Drahtgeflecht hatte unter dem schweren Körper nachgegeben und ihm eine Sitzmulde geformt. Mit nacktem Oberkörper saß er schlaff in sich zusammengesunken, den Rücken an ein Regal gelehnt. Auf seinem breiten Nacken sah der Kopf mit dem kurzgeschorenen Haar etwas zu klein aus. Seine Augen wirkten müde.

Blut klebte an seinen Lippen und seinem Kinn. In seinem Schoß lag ein menschlicher Arm, brutal aus dem Gelenk gerissen. Der Mann betastete ihn nachdenklich.

Carsten kamen Bilder von Gorillas in den Kopf, wie man sie aus Tierfilmen kennt. Ein nachdenklicher Silberrücken mit einem Bambuszweig im Schoß. Carsten schluckte.

Ganz langsam richtete der Koloss den Blick in Carstens Richtung. Er atmete schwer und langsam, mit jedem weiteren Atemzug etwas tiefer, etwas lauter, das Ausatmen jetzt ein hörbares Schnaufen.

Carsten war in der Bewegung erstarrt, zehn Schritte von ihm entfernt. Schnelle Bewegungen und Geräusche erregten ihre Aufmerksamkeit. Carsten bemühte sich, langsam und geräuschlos einen Schritt rückwärts zu machen.

Der Mann sah Carsten an, mehr tat er nicht. Ein dösender Hund, der die Ohren aufrichtet und überlegt, ob es sich lohnt, dem Geräusch nachzugehen, das ihn geweckt hat. Er entschied sich dafür.

Schwerfällig erhob er sich von dem zerbeulten Einkaufswagen. Carsten schloss beide Fäuste noch fester um den Axtstiel. Sein Herz pochte. Der Riese machte einen hinkenden Schritt auf ihn zu; er trug nur einen Schuh. Carsten wich zurück. Der Mann war zu gefährlich für die Axt. Zu groß, zu kräftig, noch zu koordiniert. Selbst wenn er ihn abwehren könnte – ein Biss reichte für die Infektion. Noch ein Schritt rückwärts, Carsten schob den Axtstiel unter seinen Gürtel. Der Mann kam weiter auf ihn zu, bei jedem Schritt pendelte sein massiger Rumpf seitwärts und der Atem rasselte aus seiner Kehle. Noch ein Schritt, Carsten zog die Pistole aus dem Holster. Der Unterkiefer des Mannes klappte herunter, und er grölte Carsten einen rauen Laut entgegen. Carsten stieß mit dem Rücken an ein Regal.

Er streckte die Pistole mit beiden Händen vor, spannte die Muskeln seiner Arme und Schultern und versuchte, die Waffe ruhig zu halten. Fünf Schritte war der Mann noch entfernt. Carsten sah den Lauf entlang, über Visier und Korn hinweg. Sein Atem ging zu schnell, und seine Arme zitterten. Er bemühte sich, genau die Stelle auf der Brust des Mannes zu fixieren, die er treffen wollte. Er sah seine Opfer nie an, bevor er schoss, sah nie ins Gesicht. Er fixierte genau sein Ziel. Er tötete Körperteile, nicht Menschen. Jetzt tötete er Brust.

Carsten zog den Abzug durch, der Schuss löste sich mit einem viel zu lauten Knall. Er traf sein Ziel. Der massige Mann taumelte schwerfällig drei Schritte rückwärts, stieß einen groben Laut aus. Dann lehnte er seinen breiten Oberkörper vor und setzte zu einem weiteren Schritt in Carstens Richtung an, bevor er doch auf die Knie stürzte, kurz kniend verharrte und dann vornüber kippte. Ungebremst klatschte er mit dem Gesicht auf den Fliesenboden.

Carsten atmete aus.

Jetzt musste es schnell gehen – ein Schuss konnte Dutzende von ihnen anlocken. Er setzte einen Fuß an der kolossalen Leiche vorbei und ließ den Rucksack von der Schulter gleiten, um Getränke einzupacken. Schnelle Schritte im Erdgeschoss über ihm. Sie hatten ihn gehört. Sie kamen.

Carsten ließ den Rucksack stehen und stellte sich hinter ein Regal gegenüber der Rolltreppe – gerade rechtzeitig, denn jetzt hörte er sie schon die Stufen herunterpoltern; dann ein Geräusch, als ob jemand stürzte und die restlichen Stufen herunterfiel. Stille. Carstens Herz hämmerte. Er atmete zu laut. Er versuchte, seinen Atem zu beruhigen; es gelang ihm nicht. Die Schritte setzten nicht wieder ein. Stattdessen drang ein schabendes, kratzendes Geräusch von der Rolltreppe herüber. Carsten traf eine Entscheidung. Er sog noch zweimal tief die Luft ein. Dann streckte er die Waffe vor und trat aus seiner Deckung.

Eine hagere junge Frau stand auf der letzten Stufe der Rolltreppe. Sie trug einen schmutzigen weißen BH und einen schwarzen Rock; eine Schulter war von einem großen Bluterguss dunkel verfärbt. Blut war in ihrem Gesicht und über ihren Bauch verschmiert. Ihr Atem ging schnell und flach. Sie blickte wie fasziniert auf einen jungen Mann herunter, der bäuchlings vor ihr über den Fliesenboden kroch. Das eine Bein zog er wie leblosen Ballast in einem unmöglichen Winkel hinter sich her; der gebrochene Oberschenkelknochen hatte sich durch seine Jeans gebohrt und kratzte über die Fliesen. Das war das schabende Geräusch, das Carsten gehört hatte. Die blutgetränkte Hose hinterließ eine schmierige Spur auf den Fliesen. Carstens Gesicht verzog sich unwillkürlich.

Langsam, langsam, um keine Aufmerksamkeit zu erregen, richtete Carsten die Pistole mit beiden Händen aufs Ziel aus. Er blickte über den Lauf der zitternden Waffe auf den schmutzigen BH. Eine Schweißperle löste sich aus seinem Haar und rann seine Schläfe herunter. Er schluckte. Zog den Abzug. Der Kopf der jungen Frau wirbelte zu ihm herum, ihre aufgerissenen Augen fixierten seinen Blick. Er hatte sie verfehlt. Sie stürzte auf ihn zu, das Gesicht in wilder Gier verzerrt rannte sie über den Rücken des Mannes am Boden. Carsten feuerte zweimal, dreimal, ohne gründlich zu zielen, und brachte mit dem vierten Schuss die Angreiferin zu Fall. Mit einem Wimmern ging sie zu Boden, infiziertes Blut pumpte aus den Wunden auf die Bodenfliesen.

Carstens Handgelenke schmerzten vom Rückstoß der Waffe, seine Ohren rauschten. Die Frau rührte sich nicht mehr. Carstens eigener Herzschlag pochte laut in seinen Ohren. Der Mann mit dem gebrochenen Bein keuchte vor Anstrengung, während er seinen schwerverletzten Körper Zentimeter für Zentimeter vorwärtsschleppte.

Carsten wischte sich Schweiß aus dem Gesicht und rieb seine nassen Handflächen am Hosenbein ab. Er pustete Luft zwischen den Lippen hervor und versuchte angestrengt, sich wieder zu beruhigen.

Er durfte nicht noch mehr Lärm machen, nicht noch mehr von ihnen anlocken. Und musste Munition sparen. Er steckte die Pistole ein, zog die Axt aus dem Gürtel und trat langsam zu dem jungen Mann. Tourdaten von Radiohead standen auf dem Rücken seines T-Shirts aufgelistet. Offenbar unter großer Anstrengung hob der junge Mann den Kopf und sah zu Carsten hinauf. Es war am schlimmsten, wenn sie noch nicht lange krank waren. Wenn in ihrem Blick noch ein Echo von der Person lag, die sie einmal gewesen waren. Carsten packte den Axtstiel mit beiden Händen und visierte das Ziel für seinen Hieb an. Er holte weit über seinen Kopf aus. Seinem Onkel gehörte ein Ferienhaus an der Nordsee, da hatte Carsten früher manchmal Holz gehackt für den Kamin. Als die Axt an der höchsten Stelle angekommen war, schloss er die Augen und legte alle Kraft in die Abwärtsbewegung. Das Axtblatt schlug durch bis auf den Fliesenboden.

3

Pandemie: kontinentübergreifende bis weltweite Ausbreitung einer Krankheit, insb. Infektionskrankheit. Im Gegensatz zur Epidemie nicht geographisch beschränkt.

Carsten trat ins Tageslicht. Münzgroße Splitter Sicherheitsglas lagen vor dem Haupteingang des Kaufhauses verstreut; die Reste der großen Glastüren. Nur eine hing noch in den Angeln, sie war über und über von feinen Rissen durchzogen, die sich wie große, glitzernde Spinnennetze um Einschusslöcher woben.

Der Rucksack, jetzt wieder randvoll mit Konserven, Mineralwasserflaschen und Erfrischungsgetränken, zog schwer an seinen Schultern. Neben Carsten lag ein umgestürztes Softeis-Häuschen, vornübergekippt, Eistüten waren herausgerollt und lagen zertreten über den Boden verteilt.

Mit langsamen, unsicheren Schritten schlurfte ein Mann um ein ausgebranntes Autowrack auf der Kreuzung der Haupteinkaufsstraßen. Die aufgelösten Maschen seines Strickpullovers hingen ihm um die Hüften, Fäkalien klebten breiig an seinen Schenkeln. Neben ihm stolperte eine Frau in einem Patientenkimono, den Kopf in einer grotesken Haltung schiefgelegt. Bis auf den Zeigefinger fehlten ihr alle Finger der linken Hand. Mit jedem Schritt drohte sie, aus dem Gleichgewicht zu geraten und vornüberzukippen.

Schräg gegenüber von Carstens Position war ein Militärfahrzeug in das Eingangsportal der großen Buchhandlung gerast. Neben dem Hinterrad des Fahrzeugs hockte in den Trümmern der Fassade eine dunkelhaarige Teenagerin, wiegte mit leerem Blick ihren mageren Körper vor und zurück. Der Wind blies lustlos zerrissene Buchseiten und Geldscheine durch die Fußgängerzone.

Etwas weiter die Straße herunter rüttelte ein kräftiger Mann am Sicherheitsgitter vor einer Einkaufspassage. Er protestierte mit groben Lauten, weil das Gitter seiner Kraft nicht nachgab. Carsten schauderte. Er wusste, was in dieser Passage lag und den Mann mit seinem Verwesungsgeruch so sehr anzog.

Die Pistolenschüsse hatten sie nicht ins Gebäude gelockt; die Krankheit musste bei ihnen weit fortgeschritten sein. Das gab ihm eine gute Chance, an ihnen vorbeizukommen, ohne ihre Aufmerksamkeit zu erregen. Sie würden ihn vergessen, sobald er aus ihrem Blickfeld verschwunden war.

Ihm fehlte ein Wort für die Gestalten, die da schwerfällig und orientierungslos durch die Fußgängerzone wankten. Es waren Menschen, eigentlich einfach »Leute«. Doch das beschrieb in keiner Weise den Zustand, in dem sie sich befanden. Sie waren Kranke. Infizierte. Aber Carsten hielt Abstand von diesem Wort, denn es war mit mehr Mitleid verbunden, als er im Moment ertragen konnte.

Carsten fehlten Batterien, deshalb schlug er den Weg zum nächsten Elektromarkt ein. Er hielt sich im Schatten der Kaufhausfassade. Mit vorsichtigen Schritten überquerte er die Straße und lief unter den Arkaden entlang, vorbei an verbretterten Schaufenstern.

Er warf einen Blick zurück; sie waren ihm nicht gefolgt.

Die naheliegendste Bezeichnung für sie hatte die Sensationspresse schon ganz am Anfang aufgegriffen: »Zombie-Hund beißt Herrchen tot«, hatte eine Zeitung getitelt, als man die Pandemie noch für eine Tierkrankheit gehalten hatte; eine neue Form von Vogelgrippe, Schweinepest, Rinderwahnsinn. Schon wenige Wochen später hatte die gleiche Zeitung dieses Wort dann zum ersten Mal für einen Menschen benutzt: »Zombietochter tötet eigene Mutter am Krankenbett«. Von da an war der Begriff von Tag zu Tag immer häufiger in den Schlagzeilen erschienen. »Krankenschwester von Zombiepatient zerrissen«, »Zombiechaos in Kliniken«, später dann »Regierung verhängt Zombie-Quarantäne« und schließlich: »Ärzte warnen: Werden wir alle Zombies?«

Die seriöse Presse hatte sich diesem semantischen Missgriff nie angeschlossen. Auch war nie von »Zombies« die Rede gewesen. Hier hatte man nüchtern vorgetragen und statistische Aussagen getroffen: Es war um Infektionsraten, Fallzahlen und Neuansteckungen gegangen. Auf eine Bezeichnung für den Einzelnen hatte man so weitgehend verzichten können, und im Notfall hatte man auf »Betroffener« zurückgegriffen. Dabei besaß dieses Wort keine Aussagekraft mehr, denn jeder Einzelne, infiziert oder nicht, war von der Katastrophe betroffen.

Wenige Wochen später hatte gerade die Zeitung, die als erste mit schrecklichen Schlagzeilen schockiert hatte, erklärterweise zu einer Art Durchhaltejournalismus umgeschwenkt. Während sich alle anderen Nachrichtenmedien realistisch bis fatalistisch mit den Gefahren und Konsequenzen der humanitären Katastrophe auseinandersetzten, bemühte sich diese Zeitung von nun an um positive Berichterstattung.

Ihre Reporter schrieben jetzt über die Helden in den Zeiten der Pandemie: Über Ärzte, die sich unter immer chaotischeren Bedingungen weiter um eine adäquate Krankenversorgung bemühten und sich dabei jeden Tag dem unkalkulierbaren Infektionsrisiko aussetzten. Über Feuerwehrmänner, die auch noch mit halber Besetzung immer wieder Brände in den Städten unter Kontrolle brachten. Sie schrieben über Solidarität und Nachbarschaftshilfe. Über selbstlose Helfer, die sich der zahlreichen Waisen annahmen, über tapfere Polizisten, die Plünderer in Schach hielten und der Anarchie entgegenstanden, und über gut organisierte Militäreinheiten, die nach der Erklärung des inneren Notstands die Quarantänebezirke abschirmten. Sie schrieben über Menschen, die weiter Pläne machten und an ihren Träumen festhielten, während um sie herum die Welt zerfiel.

Diese Form der Berichterstattung wurde beibehalten, bis die Zeitung aus Mangel an Mitarbeitern eingestellt werden musste. Die verbleibenden Journalisten schlossen sich mit den Überlebenden anderer Zeitungsredaktionen zusammen, um die vielleicht letzte Zeitung der Zivilisation herauszugeben: eine Zeitung namens »Hoffnung«. Viele Ausgaben waren nicht erschienen.

Carsten bog von der Straße auf einen kleinen Platz. »Platz von Hiroshima« las er auf einem Schild an einer Laterne. Er wurde auf der gegenüberliegenden Seite von der Sandsteinmauer einer Kirche begrenzt; neben der Kirche führte eine Gasse vom Platz weg, Carstens Weg zum Elektromarkt.

An der Kirchenmauer prangte die Aufschrift »Jesus rettet« in halbmeterhohen Lettern, offenbar mit einer Farbrolle in leuchtendem Weiß aufgetragen. Darunter hingen Tapetenbahnen, über und über mit Bibelversen beschrieben.

Er überquerte den Platz; eine Skulptur erinnerte in verzweifelter Zerrissenheit an die Schrecken der Atombombenabwürfe. Neben ihrem Sockel saß eine Männerleiche, mit dem Rücken an die Kirchenwand gelehnt. Die Haut des toten Mannes war violett verfärbt und blasig aufgedunsen von den Gasen, die sich bei der Zersetzung des Körpers gebildet hatten. Eine Krähe und eine Elster stritten sich lautstark um die weicheren Teile des eingefallenen Gesichts. Ihre Schnäbel hatten gelbe Wunden in dem toten Fleisch hinterlassen, das nicht mehr bluten konnte. Carsten verzog das Gesicht. Er machte einen großen Bogen um den toten Körper und folgte der Gasse, die ihn zwischen der Kirchenmauer und der Fassade eines Drogeriemarkts zum Seiteneingang des Elektromarkts führte. Er fragte sich, ob es zum Gedenken an das, was er gerade erlebte, auch eines Tages ein Denkmal geben würde – ob jemand übrig bleiben würde, der es aufstellen konnte.

Hinter den eingedrückten Glastüren eines Drogeriemarkts entdeckte Carsten einen ganzen Haufen aufgetürmter Körper; der Anblick ließ ihn würgen. Er kannte den Geruch von verwesenden Leichen inzwischen so gut, dass er sich genau vorstellen konnte, wie es in dem Geschäft riechen musste. Er presste den Ärmel seiner Jacke auf Mund und Nase und lief weiter, den Blick von den großen Schaufenstern des Drogeriemarkts abgewendet.

Er hielt auf die nächste Querstraße zu, als ihn ein plötzliches Geräusch herumfahren ließ: eine schnelle Bewegung hinter den Scheiben, dann ein dumpfes Donnern, als eine Frau sich ungebremst von innen gegen das Glas warf. Carsten schreckte zusammen und griff nach der Pistole. Würde die Scheibe einem weiteren Schlag standhalten?

Doch es kam keiner. Die Frau presste sich von innen gegen das Schaufenster und starrte ihn mit aufgerissenen Augen an. Ihre Stirn und Handflächen wurden weiß, blutleer unter dem festen Druck gegen die Glaswand. Ihr Unterkiefer klappte unstet auf und ab, verklebtes blondes Haar gab ihrem Gesicht einen wirren Rahmen. Die Werbung auf der Scheibe verdeckte Teile ihres Körpers; Carsten sah ihre enge Jeans, die sich um die aufgeschlagenen Knie mit Blut vollgesogen hatte, und ein weißes Oberteil, auf dem angetrocknetes Erbrochenes nur noch Teile eines silbernen Schriftzugs freigab; Carsten riet »Beauty Queen«. Sie drückte gegen die Glaswand, als wollte sie ihren Körper durch die Scheibe schieben. Offenbar war ihr Gehirn nicht mehr in der Lage zu erkennen, dass nur ein kleiner Umweg nötig war, um zu ihrer Beute zu gelangen.

Zögerlich blickte Carsten der Frau in die weit aufgerissenen Augen. Er schüttelte den Kopf. Steckte die Pistole ein. Und setzte seinen Weg fort.

4

Carsten betrat den Elektromarkt durch einen Seiteneingang. Auch hier waren die Glastüren zerschmettert und unzählige Splitter über den Fußboden verstreut. Seit es keine Alarmanlagen und keine Polizei mehr gab, war das Einschlagen zum einfachsten Weg geworden, eine verschlossene Tür zu öffnen.

Das Licht der Vormittagssonne schien durch den Eingang auf zwei Beinpaare unter umgerissenen Warenständern. Fliegen summten. Carsten presste seine Nase wieder in die Ellenbogenbeuge, um sich vor dem Gestank zu schützen. Er kannte diese Leichen; er selbst hatte sie bei seinem letzten Besuch hier hinterlassen. Zwei weitere Menschen, denen er das Leben genommen hatte. Er wandte die Augen ab und konzentrierte sich auf seine Aufgabe: Batterien finden.

In diesem Gebäude gab es keine Notbeleuchtung; je weiter er sich vom Eingang entfernte, umso diffuser wurde das Licht. Er stellte den Rucksack ab und zog die Taschenlampe hervor, deren schwaches Glimmen kaum noch gegen die Dunkelheit helfen wollte. Es hatte ihn schon immer gestört, dass es in Kaufhäusern kein Tageslicht gab; die volle Tragweite dieses Umstands war ihm erst klar, seit das elektrische Licht ausgefallen war.

Er setzte den Rucksack wieder auf und gab seinen Augen Zeit, sich an das Dämmerlicht zu gewöhnen. Er lauschte.

Ein entferntes Scharren. Dann wieder Stille. Ein dumpfes Poltern, gefolgt vom Stöhnen einer entstellten Stimme. Die

Geräusche schienen durch den Rolltreppenschacht aus dem Untergeschoss nach oben zu dringen.

Seine Suche nach Batterien führte ihn noch tiefer in die Dunkelheit des Gebäudes, die Konturen begannen vor seinen Augen in einem unscharfen Grau zu verschwimmen. Endlich fand er das richtige Regal, griff einige Pakete und stopfte sie in seinen Rucksack. Wieder ein Geräusch in der Dunkelheit. Noch einmal hielt er inne, um zu lauschen. Er war dem Haupteingang jetzt näher als dem Seiteneingang, durch den er hereingekommen war. Er entschied sich für den kürzesten Weg zurück ins Tageslicht, und schon nach wenigen Schritten wurde es heller.

Der Haupteingang des Elektromarkts befand sich in einem Zustand völliger Verwüstung. Die Türen waren zerschmettert, Teile der Deckenverkleidung heruntergestürzt, die Wände von schwarzem Schmauch verschmiert. Gips- und Betonbrocken hatten sich mit den Scherben der Glastüren zu einem wirren Trümmerfeld vermischt. Eine Explosion war die einzige Erklärung, die Carsten sich vorstellen konnte. Wie hingeworfen lagen Dutzende Exemplare der letzten jemals gedruckten Werbebeilage über den Trümmern verteilt. Auf einer aufgeschlagenen Doppelseite bewarben sie DVDs mit Zombiefilmen zu Tiefstpreisen: die Romero-Filme, ein paar Fulcis, die Romero-Remakes, die modernen Varianten, in denen Zombies rennen können, die Komödien und eine Vielfalt von C- und D-Movies, die in beliebigsten Kombinationen das Wort »Zombie« im Titel trugen. Carsten schüttelte den Kopf. Die Rückseite der Werbung zeigte die Sissi-Trilogie.

Carsten hatte Zombie-Filme nie gemocht. Trotzdem hatte er sie angesehen – zumindest die wichtigen, genreentscheidenden –, denn seine Freunde waren Zombiefans, allen voran Markus, sein bester Freund aus Schulzeiten. So hatte er einige Abende mit Bier und Romero-Filmen verbracht. Er hatte dabei oft gedacht, dass es zwei Arten von Menschen gibt: Die einen mögen Vampire, die anderen Zombies. Ähnlich wie es Hundefreunde und Katzenliebhaber gibt. Sich selbst hätte er zu den Vampirfreunden gezählt. Die Vorstellung, in ewiger Melancholie rastlos und blutdurstig durch die Schatten der Nacht zu streifen, durchsetzt mit erotischen Allegorien, gefiel ihm deutlich besser, als in einer postapokalyptischen Welt voller schlurfender Untoter um sein Leben zu kämpfen. Vampirgeschichten lassen Raum für Sympathie mit dem Ungeheuer – in Zombiefilmen kann man sich nur mit den Opfern identifizieren; auf der Flucht vor einer Übermacht mit der einzigen Hoffnung, noch etwas länger auf einer menschenleeren Welt zurückzubleiben.

Carsten hatte das Trümmerfeld vorsichtig überquert und trat wieder ins Tageslicht. Er blickte die Einkaufsstraße hinauf, dann hinab. Was immer im Eingang des Kaufhauses explodiert war, hatte offenbar auch die Schaufenster der umliegenden Geschäfte eingedrückt. Zwischen den Scherben des Schaufensters der Parfümerie gegenüber entdeckte er eine zusammengekauerte Gestalt. Carstens Körper spannte sich. Ein ausgezehrter Mann hockte dort mit dem Rücken zu ihm. Ein hellblaues Freizeithemd hing ihm um knochige Schultern. Seine nackten Füße berührten mit der ganzen Sohle den Boden. Er nagte an etwas, das er in beiden Händen vor die Brust hielt, wie ein Eichhörnchen eine Nuss nagt. Was es war, konnte Carsten nicht erkennen. Abscheu stieg in ihm auf; er versuchte, seine Phantasie in Zaum zu halten.

Carsten machte zwei Schritte rückwärts, sehr bemüht, kein Geräusch dabei zu verursachen. Rückwärts zu gehen war nie eine gute Idee, das hatte er in zu vielen Horrorfilmen gelernt. Doch noch bevor er sich umdrehen konnte, ruckte der Kopf des Mannes hoch, er wirbelte herum und starrte Carsten mit trüben Augen direkt ins Gesicht. Das hagere Gesicht war bleich trotz seiner bronzenen Hautfarbe. Der Mann presste einen heiseren Laut durch die fahlen Lippen, ließ fallen, woran er genagt hatte, und schnellte aus der Hocke in den Stand. Er warf sein ganzes Gewicht nach vorn, raste mit vorgelehntem Rumpf und einem rohen Gurgeln auf Carsten zu, das Gesicht zu einer gierigen Maske verzerrt.

Carsten hatte keine Zeit zu denken: Er riss die Waffe hoch und feuerte, verfehlte, schoss noch einmal. Den Mann riss es von den Füßen, er fiel ungebremst auf den Rücken. Carsten hatte ihm durch den Hals geschossen. Helles Blut schäumte aus seinen Mundwinkeln und sickerte in den blauen Hemdkragen. Seine Beine bewegten sich weiter, schabten über den Asphalt, als könnte sein Hirn nicht begreifen, dass er gestürzt war. Carsten schluckte. Seine Ohren rauschten. Wenige Schritte entfernt sah er, woran der Mann genagt hatte: Es war ein Kohlkopf. Ein welker Kopf Rotkohl. Die Beine des Mannes vollführten unablässig ihre sinnlosen Bewegungen: ein ferngesteuerter Roboter, umgekippt. Für den Augenblick war das Reiben von Jeans über Asphalt das einzige Geräusch auf der Welt.

Dann ein kehliger Klagelaut, und aus einem Hauseingang in der gegenüberliegenden Gasse erschien das ausdruckslose Gesicht einer Frau mit einem dichten Schopf aus kastanienbraunen Locken. Carsten hatte wieder zu viel Lärm verursacht, hatte nicht nachgedacht. Er tadelte sich stumm. Sie trat aus dem Schatten hervor, nackt, schmutzig, fleischig, mit schweren Brüsten und üppigen Hüften. Die Nase in ihrem runden Gesicht war gebrochen und von violett geschwollenem Gewebe umgeben. Carsten streckte ihr die Pistole entgegen, da erschien neben ihren Knien ein kleines Gesicht, ein Kindergesicht. Das Kind fauchte, sprang behände vorwärts und rannte mit schnellen Schritten auf Carsten zu. Carsten ließ die Waffe sinken. Ein kleiner Junge. Hinter dem Kind strebte auch die Frau in seine Richtung, offenbar nicht mehr zu solcher Schnelligkeit in der Lage wie der Junge.

Carsten drehte sich um, sprang über die Trümmer und lief zurück durch die dunklen Gänge des Elektromarkts den Weg, den er gekommen war. Er rannte die Schritte bis zum Ausgang, vorbei an den umgekippten Warenständern und den Leichen darunter. Aus Angst, der nächsten Gefahr in die Arme zu rennen, blieb er im Ausgang stehen. Er warf einen Blick zurück; im Dunkel des Elektromarkts konnte er nichts erkennen, und über seinen viel zu lauten Atem konnte er auch keine Schritte hören. Er lehnte sich vorsichtig vor und spähte nach rechts und links die Straße entlang. Ein lebloser Körper lag zusammengesunken am Fuß einer Telefonzelle zwischen den Gebäudefronten; Carsten war sicher, der hatte schon auf seinem Hinweg da gelegen. Er versuchte, sich schnell und trotzdem leise zu bewegen, und überwand die Meter bis zur nächsten Häuserecke mit weiten, federnden Schritten – zurück in die Gasse entlang der Kirchenwand, durch die er gekommen war. Hinter der Ecke blieb er stehen. Seine Hände zitterten.

Drei Atemzüge später ging er den Weg zurück zum Platz von Hiroshima, als es direkt neben seinem Kopf knallte. Er fuhr vor Schreck zusammen, warf beide Arme in einer ungezielten Abwehrbewegung über den Kopf. Die entstellte Beauty-Queen hinter der Drogeriemarktscheibe, er hatte sie vergessen, und in einer Geste, deren Unvernunft er hinterher nur durch den Schreck erklären konnte, ließ er den Griff seiner Pistole gegen die Scheibe donnern, direkt neben das schmutzige Gesicht der Frau, und schrie ihr wutentbrannt durch das Glas direkt ins Gesicht so laut er konnte. Hinter ihm erhoben sich mit rauschenden Flügelschlägen die Vögel von der Leiche neben der Hiroshima-Skulptur. Die Scheibe hielt.

Er wich zurück, kopfschüttelnd über ... alles. Über seine eigene Dummheit. Über die Frau, die sich immer noch gegen die Scheibe presste, ohne die Unsinnigkeit ihrer Handlung zu erkennen, und darüber, dass er gerade noch mit dem Leben davongekommen war. Er beugte den Oberkörper vor, stützte die Hände auf die Knie, atmete tief und warf einen Blick zurück – er wurde nicht verfolgt.

Er stand jetzt direkt vor dem Seitenportal der Kirche. Unter den vollgeschriebenen Tapetenbahnen strahlten die jahrhundertealten Sandsteinmauern eine erhabene Ungerührtheit im umgebenden Chaos aus.

Carsten war außer Atem und nassgeschwitzt. Er hoffte auf einen Moment der Ruhe – und folgte dem Impuls, das Portal zu öffnen. Es gab nach.

Das Gebäude empfing ihn mit dem sakralen Duft nach Stein und Feuchtigkeit, den es nur in Kirchen gibt. Carsten war kein religiöser Mensch; trotzdem konnte er sich der Ehrfurcht nicht erwehren, die sich beim Betreten heiliger Orte einstellt.

Er schloss die schweren Flügel des Kirchenportals hinter sich und trat in die kühle Stille des Gotteshauses. Die Stille, die allgegenwärtige Stille, die die Welt draußen so gespenstisch färbte, hier hatte sie ihren Platz. Hier durfte sie sein, sollte sie sein; hier fühlte sie sich behütend an.

Carsten machte wenige Schritte in die Mitte des Raums. Das hohe Gewölbe antwortete mit einem Nachhall seiner Bewegungen.

Es war weder hell noch dunkel im Innern der Kirche. Die Buntglasfenster brachen das Licht und ließen es in blassen Farben auf die weißverputzten Wände rieseln. Nichts hatte die Ordnung in der Kirche gestört. Alles war an Ort und Stelle, wie vorbereitet für den nächsten Gottesdienst; es stand sogar ein Rest Weihwasser in den Steinbecken. Nur die Kerzen waren längst ausgebrannt.

Carsten sah sich dem geschnitzten Altarbild gegenüber; die Flügel waren geschlossen. Die Stufen am Fuß des Altars waren übersät mit Fotos, Briefen und welken Blumen. Die Altarstufen waren zur Gedenkstätte für die vielen Opfer geworden, die gläubige Menschen an die Infektion verloren hatten. Viele hatte die Katastrophe zum Glauben zurückgeführt. Gerettet hatte er sie nicht.

Carsten hatte zuletzt als Kind gebetet. Angeleitet. Jetzt blieb er stumm, auch in Gedanken. Er setzte sich auf eine der vordersten Kirchenbänke und ließ etwas von der Ruhe in sich sinken, die in diesem Ort gespeichert war.

Er streifte die schweißnassen Fetzen seiner Latexhandschuhe ab, zog seine Jacke aus und legte sie neben sich auf die Kirchenbank. Dann öffnete er seinen Rucksack und griff nach der Whiskeyflasche. Als er den Deckel abschraubte, spürte er einen inneren Widerstand – es fühlte sich nicht richtig an, in einer Kirche Schnaps zu trinken. Er steckte den

Whiskey wieder ein, zog stattdessen eine Wasserflasche hervor und trank.

Hier schien die Zeit angehalten; ohne die Erinnerungsstücke auf den Stufen hätte nichts verraten, was außerhalb dieser Mauern vor sich ging.

Carsten fragte sich, wie lange das so bleiben würde – wie lange diese Kirche hier stehen würde, unberührt, unverändert, wenn schon längst niemand mehr da war, um hier zu beten und Gottesdienste zu besuchen.

Er sah auf die Uhr. Sein Puls hatte sich beruhigt. Es war Zeit weiterzumachen.

5

Anders als in den Filmen und den reißerischen Schlagzeilen waren die Gestalten, die jetzt die Straßen bevölkerten, keine Untoten. Sie waren nie gestorben. Es war kein Voodoo-Zauber, keine kosmische Strahlung, keine biologische Kriegsführung und kein vergessener Fluch, der sie in ihrem Wesen verändert hatte. Sie waren Opfer einer Prioneninfektion, die nach und nach immer tiefere Löcher in ihr Gehirn fraß. Das Hirn autopsierter Verstorbener glich einem Schwamm – »spongiforme Gewebsveränderungen« hatten das die Fachleute genannt. »Spongiform« war zu einem dieser Fachwörter geworden, die es durch die Medien in den allgemeinen Wortschatz schafften, so wie es »polyphon« vor Jahren durch das Aufkommen der Handyklingeltöne ergangen war. Noch gerade rechtzeitig, bevor die Welt zugrund eging, hatten zwei Forscher der Krankheit einen Namen gegeben: Roemer-Swanson-Disease. Die Buchstaben RSD reihten sich ein in die schlechte Gesellschaft von HIV, BSE, H5N1 und EHEC.

Die Menschheit verlor einen aussichtslosen Kampf gegen abnorm gefaltete Eiweißzellen – es war nicht einmal ein Gegner mit Überlebenswillen, kein Parasit, nicht einmal ein Virus. Nur Zellen.

Die Prionen zersetzten zuerst den präfrontalen Cortex, den Stirnlappen des Gehirns, und beraubten ihre Opfer damit der Fähigkeiten zu problemlösendem Denken, Planen und Schlussfolgern. So hatte es in den Zeitungen gestanden, als es noch welche gegeben hatte und die Ausbreitung der Pandemie handhabbar erschienen war. Nach dem Verlust dieser höheren Denkfunktionen zerfielen Sprache und Gedächtnis. Die Betroffenen verloren die Orientierung und schließlich ihre Identität. Hunger schien als letzte Motivation übrigzubleiben, während die Infektion das Hirn zerfraß. Sie waren ständig hungrig. Ob die Krankheit eine besondere Vorliebe für Menschenfleisch verursachte, war trotz der vielen berichteten Fälle von Kannibalismus ungeklärt geblieben. Solange es Ethikkommissionen gegeben hatte, hatte man zu dieser Frage keine Experimente durchführen können.

Man hatte RSD mit anderen neurodegenerativen Krankheiten verglichen, mit verschiedenen Formen der Demenz, Creutzfeldt-Jakob-Krankheit, Pick'scher Erkrankung und Kuru, einer verheerenden neurologischen Erkrankung, die bislang nur Menschen auf Papua-Neuguinea nach dem Verzehr von Menschenfleisch betroffen hatte. Für Kuru gab es keine Heilung, die Krankheit verlief immer tödlich.

Niemand hatte erklären können, warum die Prionen, mit denen man es jetzt zu tun hatte, sich als unzerstörbar erwiesen, sich nicht abtöten ließen und jedem bekannten Filter- und Klärprozess widerstanden. Tatsächlich verbrachten viele Forscher einen Großteil ihrer Zeit damit, die Ergebnisse ihrer Kollegen als unhaltbar anzugreifen.

Im Unterschied zu den Filmen, die seine Freunde ihm gezeigt hatten, ließ die Wirklichkeit auch keinen Platz für gesellschaftskritische Untertöne wie »Hat sich denn überhaupt so viel verändert? Menschen sind doch schon immer wie besinnungslos die Einkaufsstraßen auf- und abgelaufen ...« Derart pseudo-sozialkritische Pointen konnte nur jemand ersinnen, der nicht dabei gewesen war, es nicht gesehen hatte. Es nicht miterlebt hatte. Denn tatsächlich hatte sich *alles* verändert.

Carsten hatte keine Ahnung, wie viele Überlebende es noch gab. Es war Wochen her, dass er das letzte Mal Menschen getroffen hatte, die noch denken und sprechen konnten. Und selbst bei denen, die jetzt noch gesund waren, konnte die Krankheit jederzeit ausbrechen – die Veränderung konnte jederzeit beginnen.

Diese Erkenntnis hatte vor Monaten die letzte Hoffnung zerstört: RSD hatte eine unberechenbare Inkubationszeit. Waren die Prionen einmal in den Körper gelangt, konnte es Tage, Wochen oder Monate dauern, bis sich die ersten Symptome zeigten. Von Kuru wusste man, dass erste Symptome noch fünfzig Jahre nach der Infektion auftreten konnten. Es war fieberhaft geforscht worden, wie die Inkubationszeit zu verlängern und der Zeitpunkt des Ausbruchs herauszuzögern wären – bis niemand mehr da war, um weiterzuforschen.

Für jeden Einzelnen ließ das nur einen Schluss zu: Egal, wie gut du dich abschirmst, egal, wie gründlich du alle Risiken meidest, egal, ob du auf einer Insel oder in der Großstadt lebst – du kannst es schon längst haben. Es unbemerkt in dir tragen. Und das Gleiche gilt für deinen Nachbarn, deinen Sohn, deine beste Freundin. Aus jedem kann die Krankheit jederzeit hervorbrechen.

Bevor er die Kirche verlassen hatte, hatte er sich neue Latexhandschuhe über die Hände gestreift. Er bewegte sich durch die Straßen der Innenstadt nach Süden. Es war immer besser, sich vom Hauptbahnhof zu entfernen. Da tummelten sie sich in großen Gruppen, warum auch immer ausgerechnet dort. Der Hauptbahnhof und die Gebiete um die Krankenhäuser der Stadt waren die gefährlichsten Bereiche. Und natürlich die ehemaligen Quarantäne-Bereiche, Stadtteile im Norden und Westen. Carstens Ziel war das Rathaus. Er hatte jetzt schon über mehrere Tage seine Wanderungen in der Innenstadt begonnen und beendet, und es war ihm zum Ritual geworden, sich am Morgen auf die Treppenstufen vor dem Rathaus zu setzen, über den menschenleeren Platz davor zu blicken und hier seinen Tag zu planen.

Carstens Weg führte ihn am Marktplatz entlang, auf dem früher Wochen- und Weihnachtsmarkt stattgefunden hatten. Ein Knurren drang zu ihm herüber, und er war erleichtert zu erkennen, dass das Geräusch von Hunden kam; drei großen Hunden, die sich auf dem Platz im Halbkreis um einen Leichnam aufgebaut hatten, auf dem tatsächlich ein Geier hockte, die Flügel drohend ausgebreitet. Wo zur Hölle kam mitten in einer Großstadt ein Geier her?

Die vier Nahrungskonkurrenten waren so in ihre Drohgebärden vertieft, dass Carsten mit seinem Wanderrucksack ihnen gar nicht aufzufallen schien. Er lief weiter durch die knapp bemessenen Grünflächen am Stadtgarten, das Gras war hier inzwischen kniehoch gewachsen. Dann erreichte er den Rathausplatz, und es war schwer zu glauben, dass es der gleiche Platz war, auf dem sich noch vor wenigen Monaten Hunderte Menschen zu Kundgebungen, Demonstrationen und Public Viewing versammelt hatten. Jetzt war der Platz menschenleer und übersät mit Handzetteln und Flugblättern, gelben, grünen, blauen und pinkfarbenen. Als die Stromversorgung nicht mehr flächendeckend gewährleistet war und man nicht mehr jeden Haushalt über Fernsehen, Internet oder Radio hatte erreichen können, hatte das Amt für Gesundheit versucht, der Bevölkerung die wichtigsten Hinweise und Verhaltensregeln auf diesem Weg mitzuteilen.

Die bunten Handzettel hatten mit der Zeit jedoch immer weniger Beachtung gefunden, weil sich die veröffentlichten Informationen wiederholt als falsch herausgestellt hatten. So war über Monate immer wieder die Unbedenklichkeit des Leitungswassers bestätigt worden, allein von der Zubereitung von Säuglingsnahrung hatte man abgeraten. Wochen später dann war auf einem violetten Handzettel erklärt worden, dass tatsächlich auch das Leitungswasser Prionen enthalten konnte, sodass schon beim Zähneputzen und beim Duschen ein Infektionsrisiko bestand. Zwar begann die Regierung, kostenlos unbedenkliches Wasser in Flaschen auszugeben, doch das Vertrauen in die bunten Zettel war zerstört.

Carsten musste an Konfetti denken, das er einmal hier vor dem Rathaus bei einer Hochzeit geworfen hatte.

Er stellte den Rucksack ab und setzte sich auf die oberste Stufe der Treppe vor dem Rathaus. Er zog sein Handy aus dem Rucksack und schaltete es ein. Jeden Tag ließ er es nach Empfang suchen; jeden Tag nur für ein paar Minuten, denn die Akkuladung sollte möglichst lange halten. Auch das war inzwischen mehr zum Ritual geworden, als dass er wirklich damit rechnete, ein Netz zu finden. Ein Kabel, um das Handy an einem Zigarettenanzünder aufzuladen, hatte er bereits im Rucksack. Er musste nur noch ein Auto finden, das sich starten ließ. Er hatte bereits feststellen müssen, dass ein Auto kurzzuschließen zu den Dingen gehörte, die im Fernsehen einfacher aussahen, als sie tatsächlich sind.

Wie jeden Tag blätterte Carsten durch die gespeicherten Nachrichten, während das Handy ein Netz suchte. Wie jeden Tag las er die letzte SMS von Nathalie.

»hier ist alles in ordnung, mach dir keine sorgen. wir sehen uns, wenn der ganze quatsch vorbei ist. küsse!«

Sie waren erst fünf Monate ein Paar gewesen, als Nathalie für ein halbes Jahr nach Barcelona gegangen war. Vorher war Carsten lange Single gewesen; seine Ex-Freundin Carla hatte ihn vor knapp vier Jahren verlassen. Er sei mit seinem Beruf verheiratet, hatte sie gesagt. Und zu seinem Erschrecken hatten ihr viele gemeinsame Freunde in diesem Punkt Recht gegeben. Mit dem Beruf verheiratet zu sein, mag man über Manager und Anwälte, vielleicht noch über Ärzte sagen; aber über einen Grundschullehrer? Carsten hätte dieser Behauptung nicht zugestimmt. Nicht vor der Trennung und nicht danach, auch nicht jetzt. Er hatte seine Arbeit ernst genommen, das traf zu. Sie war ihm wichtig gewesen. Er hatte viel Zeit und Aufwand investiert, um guten Unterricht zu geben. Und wegen ihrer häufigen Fehlzeiten hatte Carsten oft die Vertretung der stellvertretenden Schulleiterin übernommen, die ihrerseits die Vertretung der dauerkranken Schulleiterin gewesen war. Und über die Zeit hatte er angefangen, die neue Schule ein wenig als »sein Projekt« zu betrachten; auch das wollte er gelten lassen.

Carla hatte ihn oft genug darauf hingewiesen, dass er für die zusätzliche Arbeit nicht zusätzlich bezahlt wurde, und damit hatte sie Recht gehabt. Aber er hatte die viele Arbeit tatsächlich nicht wegen des Geldes übernommen. Carsten schnaubte; Konten und Kontostände gab es jetzt nicht mehr. Und kein Vermögen bis auf das, was er bei sich trug; Kleidung, Gepäck, Ausrüstung. Er konnte in jeden Laden gehen und sich nehmen, was er wollte. Geld war nur noch das wert, was man damit machen konnte – und bisher hatte er keinen Verwendungszweck für Münzen und Scheine gefunden.

Nathalies SMS war gelogen, aber das nahm Carsten ihr

nicht übel. Als er sie bekommen hatte – am letzten Tag, bevor die Handynetze zusammengebrochen waren –, waren längst die ersten Krankheitsfälle in Spanien bekannt geworden, also musste die Situation auch in Barcelona weit entfernt von »alles in Ordnung« gewesen sein. Carsten war das Ende der SMS viel wichtiger als der Anfang.

Auch heute fand das Telefon kein Netz. Er schaltete es aus und verstaute es wieder im Rucksack. Wie im Austausch holte er das dunkelgrüne Klassenbuch hervor und legte es auf seinen Schoß. Wenn Carla ihn jetzt sehen könnte …

Das Buch war mitgenommen, der Einband zerknickt, der Kunststoffüberzug gab an einigen Stellen die graue Pappe frei. Carsten schlug es auf und schaute zum tausendsten Mal auf den eingelegten Computerausdruck mit Namen und Adressen. Dreizehn Namen und Adressen. Sieben davon hatte er bereits mit roter Tinte durchstreichen müssen.

Gewöhnliche Grundschulen hatten einen kleinen Einzugsbereich; Kinder sollten ihre Schule zu Fuß erreichen können. Der Einzugsbereich der ersten Grundschule für Hochbegabte war deutlich größer gewesen – die Adressen seiner Schüler waren über das gesamte Stadtgebiet verteilt.

Die Einrichtung dieser Schule hatte ein nicht zu unterschätzendes Politikum dargestellt. Von vielen Seiten hatte man den Vorwurf erhoben, dass Kinder durch solche Schulen schon im sechsten Lebensjahr für bestimmte Laufbahnen selektiert und Weichen für das ganze Leben gestellt würden. Die Befürworter hingegen hatten immer wieder darauf hingewiesen, dass gerade Hochbegabte im normalen Schulbetrieb untergingen, dass sie Lernschwierigkeiten und Verhaltensauffälligkeiten entwickelten. Für Carsten hatte es keine politische Entscheidung dargestellt, an dieser Schule und diesem Schulkonzept mitzuarbeiten. Er hatte allein das Ziel gesehen, für Kinder mit besonderen Voraussetzungen optimale Lernbedingungen zu schaffen – und das konnte in seinen Augen nicht verkehrt sein, egal, ob es sich dabei um hochbegabte oder lernbehinderte Kinder handelte. Bevor sich alles verändert hatte, waren ihm solche Überlegungen äußerst wichtig erschienen.

Die verbleibenden sechs Adressen lagen in den östlichen Vororten der Stadt. Im Kopf überschlug er seinen Zeitplan: Die Sonne würde gegen zwanzig Uhr untergehen, so stand es in seinem Kalender. Heute Abend würde er nicht in die Innenstadt zurückkehren, deshalb rechnete er zwei Stunden für das Suchen eines sicheren Schlafplatzes ein. Jetzt war es kurz vor zehn; er hatte mehr als genug Zeit, die Stadt zu Fuß zu durchqueren. Er steckte das Klassenbuch wieder in den Rucksack, dann lud er die Pistole nach: Sieben Patronen waren noch im Magazin. Achtmal hatte er also geschossen. Stumm tadelte er sich dafür, dass er nicht mitgezählt hatte. Er holte das letzte Ersatzmagazin aus dem Rucksack und lud es in die Waffe. Das angefangene Magazin verstaute er im Rucksack.

Er setzte die frischen Batterien in die Taschenlampe ein und bestückte auch das Navigationssystem neu; Walter hatte für Carsten eine Batteriehalterung an dem Gerät angebracht, damit es nicht über den internen Akku betrieben werden musste. Walter war Elektriker, Carsten hatte einige Tage mit ihm in den Gebäuden der Universität verbracht. Er wollte nicht an ihn denken.

Er schaltete das Navigationssystem ein und gab das erste Ziel seiner Wanderung ein: die Adresse von Sarah Mahler.

Mehrmals stellte er sicher, dass der Ton des Gerätes abgestellt war. Es dauerte nicht lange, bis es eine GPS-Verbindung herstellte. Mit Technik hatte er sich nie wirklich beschäftigt. Jetzt wünschte er, das wäre anders; dann hätte er womöglich Schlüsse daraus ziehen können, dass das Navigationssystem noch funktionierte. Soweit er wusste, brauchte es Signale von Satelliten, um seine Position zu bestimmen. Wenn die noch in Betrieb waren und funktionierten – hieß das, dass es noch Menschen gab, die sich darum kümmerten? Mussten Satelliten von der Erde aus gewartet werden? Musste man sie steuern und ihre Position korrigieren? Oder kreisten sie einfach weit entfernt von all dem Elend um die Erde und würden noch ewig ihre Signale senden, selbst wenn schon längst niemand mehr da war, der sie empfangen konnte?

Sein Ziel erschien auf dem Display, ein kleiner Punkt auf dem Stadtplan nordöstlich von ihm. Er schloss kurz die Augen und streckte sein Gesicht der Augustsonne entgegen. Es war ein schöner, sonniger Spätsommertag. Ein »Hey, hast Du heute Abend Lust zu grillen?«-Tag.

Als Bilder begannen, sich aus dem Rot seiner geschlossenen Lider zu schälen, öffnete er schnell die Augen.

Er erhob sich von den Stufen vor dem Rathaus, schulterte den schweren Rucksack und drehte dem Rathausplatz den Rücken zu. Er wischte sich Tränen aus dem Gesicht, die er kaum bemerkt hatte.

6

Sein Weg zur Hauptstraße führte ihn an einem italienischen Bistro vorbei, in dem er mit Carla früher oft gegessen hatte. Die Stühle der Außengastronomie lagen wie große, umgestoßene Kegel wild verteilt vor dem Eingang. Die verblühten Köpfe der Kletterrosen rechts und links von der großen Drehtür hingen schwer und kraftlos herunter. Carsten hob einen Stuhl auf und stellte ihn an einen Tisch, als könnte er die Welt damit ein bisschen aufräumen.

Carsten hatte hier immer das Gleiche bestellt: Pizza mit Schinken und Peperoni. Carla hatte fast jedes Mal etwas anderes probiert. Danach hatten sie immer einen Espresso getrunken, und Carla hatte jedes Mal ein Glas Leitungswasser dazu bestellt. Carsten nie. Ihm war es immer unangenehm gewesen, in einem Restaurant etwas zu bestellen, das nichts kostete. Er hatte sich sogar ein bisschen geschämt; sich vor der Kellnerin dafür geschämt, dass Carla ihr kostenloses Wasser bestellte, und vor sich selbst dafür, dass ihm das unangenehm war. Er steckte zwei Espressobohnen aus seiner Jackentasche in den Mund und zerbiss sie. Mit Nathalie war er nie hergekommen. Dieses Restaurant gehörte Carla und ihm. Jetzt waren kräftige Kanthölzer vor die Drehtür genagelt.

Wenige Schritte von den herumliegenden Stühlen entfernt entdeckte Carsten eine Markierung auf der Straße. Ein Wort stand dort wie Graffiti auf den Asphalt gesprüht: »Sicherheit«. Daneben wies ein Pfeil nach Süden.

Carsten blickte unschlüssig auf die Buchstaben hinab. Er zog den Rucksack höher auf die Schultern.

Es gab keine Möglichkeit zu erkennen, wie lange diese Buchstaben hier schon geschrieben standen. Wer immer sie hinterlassen hatte, wollte gesunde Überlebende zu sich rufen, Überlebende versammeln.

Wollte Carsten das? Sich rufen lassen?

Er erinnerte sich an die Tage, die er in der Universität verbracht hatte, und daran, wie elend es enden konnte, wenn sich Überlebende zusammenschlossen. An das Misstrauen, mit dem sie sich gegenseitig beobachtet und auf Anzeichen der Krankheit geprüft hatten. An das leere Gefühl, mit dem die Hoffnung zugrunde geht. Er blickte die Straße hinunter. Es waren nur ein paar hundert Meter bis zur Hauptstraße, auf der er seine Wanderung nach Osten beginnen wollte. Dann sah er in die entgegengesetzte Richtung, in die der gesprühte Pfeil zeigte. Er seufzte. Schaltete das Navigationsgerät ab. Zog die Pistole aus dem Gürtel. Und folgte dem Pfeil nach Süden.

Markierungen auf der Straße und an Hauswänden führten ihn zum Innenstadtring, einer vierspurigen Straße, die das Zentrum auf der Linie der alten Stadtbefestigungen umschloss. Carsten lief in der Mitte der Fahrbahn; so konnte er zwar leicht entdeckt werden, aber nicht aus Hauseingängen, durch Hecken oder über Mülltonnen hinweg überrascht werden.

Die Straße lag ausgestorben vor ihm. Kein Verkehrslärm. Keine Vögel sangen. Leere Autos, mit denen niemand geflohen war, standen in langen Reihen am Straßenrand.

Die gesprayten Markierungen führten ihn vorbei an den Monumenten seiner Stadt, am Opern- und am Schauspielhaus. Er verließ den Innenstadtring und folgte den Markierungen nach Süden auf die S-Bahn-Gleise zu.

Jetzt nahm er eine Bewegung wahr. In einiger Entfernung erkannte er eine Gestalt in einem langen schwarzen Mantel. Sie näherte sich auf der Straße schwerfällig und mit unrhythmischen Bewegungen. Carsten hielt die Pistole bereit, doch je näher die Gestalt kam, desto deutlicher sah er, wie langsam sie sich vorwärtsschleppte; sie würde keine Gefahr darstellen. Er steckte die Pistole wieder ein und zog die Axt aus dem Gürtel. Lärm vermeiden. Munition sparen.

Es war eine Frau mit langem, dichtem, vollständig ergrautem Haar. Sie hüpfte auf einem Bein vorwärts und zog das andere nach wie lästiges Gepäck. Der Fuß des lahmen Beins war zurückgebogen, der Fußrücken schleifte über den Asphalt und hinterließ eine feine, feuchte Spur auf der Straße.

Carsten verzog angewidert das Gesicht. Er dachte an den jungen Mann im Untergeschoss des Kaufhauses, dem er vor wenigen Stunden den Schädel gespalten hatte, und seinen herausstehenden Oberschenkelknochen. Das Schmerzempfinden setzte im späteren Verlauf der Krankheit völlig aus. Das machte es so schwierig, sie aufzuhalten, ohne sie umzubringen. Ständiger Hunger, gepaart mit ungezügelter Aggression ohne Vernunft, ohne Angst und ohne Schmerzen, ließ sie erschreckend zielstrebig und nahezu unaufhaltsam sein, solange sie ein Ziel vor Augen hatten. Sie zu töten war nicht sonderlich schwierig – man musste weder ihren Kopf abschlagen noch ihr Gehirn zerstören, um sie umzubringen. Was einen gesunden Menschen umbrachte, tötete auch einen kranken.

Jetzt entdeckten ihn ihre trüben Augen. Ihr Blick war leer. Die Mundwinkel hingen weit herab, formten ihren Mund zu einem schlaffen Maul. Sie drehte den Rumpf in seine Richtung und streckte langsam die Arme vor. Ihr Kiefer klappte herunter, dem Mund entfuhr ein feuchtes Gurgeln. In verlangsamten Greifbewegungen krallten ihre Finger in die Luft. Die traurige Karikatur eines Menschen. Verwitterte Mauern eines Hauses, in dem niemand mehr wohnt.

Carsten ging in sicherem Abstand an ihr vorbei und ließ sie bald hinter sich. Er überließ sie ihrem Schicksal. Sie würde sterben. Früher oder später starben sie alle; die Krankheit endete immer tödlich. War das ganze Hirn zerfressen, lagen die ausgemergelten Körper ohne Bewusstsein in den Straßen, gerade noch atmend und mit pumpendem Herzen, solange die Muskeln Energie hatten. »Enthirnungsstarre« war das Wort dafür. Carsten hatte es sogar lustig gefunden, als er es zum ersten Mal gelesen hatte. Bevor er gesehen hatte, was es bedeutet.

Als er zu ihr zurückblickte, sah sie traurig aus.

7

Die Schnitzeljagd endete bei einem monumentalen Gebäude in der Nähe der S-Bahn-Gleise; es war ein alter Wasserturm, der in früheren Zeiten die Dampflokomotiven mit Kesselwasser versorgt hatte. Nachdem S-Bahnen die Lokomotiven abgelöst hatten, hatte man die alten Bauten neuen Zwecken zugeführt.

Carsten nahm den Wasserturm aus der Entfernung in Augenschein. Wie ein Monolith aus roten Ziegeln ragte er Stockwerk um Stockwerk in die Höhe. Das Eingangsportal war mit Metallplatten verbarrikadiert, grob miteinander verschweißt. »Sicherheit« stand in weißer Farbe auf das Metall geschrieben. Auch die Fenster in den unteren Stockwerken waren von innen mit Brettern und Stahlplatten gesichert.

Ein Fenster im zweiten Stock war frei; es lag direkt über dem Eingang, eine Strickleiter hing heraus. Ihre Sprossen waren vor dem Eingang auf Kopfhöhe zu einem Bündel aufgerollt.

Carsten sah sich um; er konnte kein Anzeichen von Leben ausmachen, weder im Umfeld des Gebäudes noch innerhalb des Turms. Er fragte sich, ob er aus dem Dunkel hinter der Fensteröffnung längst beobachtet wurde. Ob ein Fernglas auf ihn gerichtet war; oder ein Zielfernrohr. Für diesen Fall wollte er signalisieren, dass er nicht infiziert war – und ihm wollte nichts Besseres einfallen, als zum Fenster hinaufzublicken, die Hände zu heben und zu winken. Er kam sich komisch dabei vor. Eine Reaktion war nicht erkennbar.

Carsten ging auf das Turmgebäude zu; an der Wand neben dem verbarrikadierten Eingang wiesen Schilder ein Architekten- und ein Designbüro aus.

Carsten nahm das Bündel der Strickleitersprossen in Augenschein; es wurde von einem stabilen Fahrradschloss zusammengehalten, das sich mit einer Zahlenkombination öffnen ließ.

Auf der Stahlplatte vor dem Eingang entdeckte er unter den weißen Buchstaben des Wortes »Sicherheit« kleinere, dunkelblaue Schrift: »2–2-0–1. Sie können nicht lesen und nicht klettern.«

Carsten sah sich noch einmal um. Weiterhin keine Anzeichen von Leben, keine Anzeichen von Gefahr.

Er stellte die Kombination am Zahlenschloss ein. Die Ziffernräder rasteten ein und gaben den Stift des Schlosses frei. Carsten ließ die Leitersprossen behutsam herunter. Er schaute noch einmal hoch zum Fenster – nichts zu erkennen. Er ließ das Schloss wieder einrasten und hängte es sich über den Arm. Er zog den Rucksack höher auf den Rücken und straffte die Riemen, steckte die Pistole ins Holster und rückte die Axt im Gürtel so zurecht, dass sie ihn nicht beim Klettern behindern würde.

Dann begann er, die Strickleiter hinaufzusteigen, klemmte sich dabei schmerzhaft die Finger der rechten Hand zwischen Wand und Leitersprosse. Er sog zischend die Luft ein.

Als er die Fensteröffnung erreichte, blieb er auf der Leiter stehen, um in den Raum zu spähen. Es war niemand hier. Jedenfalls war niemand zu sehen.

Er stieg die letzten Sprossen hinauf, kletterte über die Fensterbank und holte hinter sich die Strickleiter ein.

Die Räume des alten Gebäudes beherbergten moderne

Büros; weiß, grau, gefrostetes Glas. Carsten befand sich offenbar im Empfangsraum dieser Etage. In einem Vogelkäfig auf einer Empfangstheke bewegte sich ein Wellensittich. Graue, repräsentative Couchen hatte man mit Wolldecken zu Schlafplätzen umfunktioniert.

Carsten lauschte; bis auf die leisen Geräusche des Vogels hörte er nichts. Vorräte, Werkzeug und Erste-Hilfe-Kästen standen an einer Wand aufgestapelt. Gefrostete Glasscheiben teilten Büroräume vom Rest der Etage ab.

Er überlegte, ob er sich bemerkbar machen sollte. Und entschied dagegen.

Er ging zu der Empfangstheke hinüber; dahinter hing das Logo des Architekturbüros in Stahl geschnitten an der Wand. Er nahm den Vogelkäfig in Augenschein; der Wellensittich blickte stumm zurück. Im Sand auf dem Käfigboden lag ein blaugefiederter Artgenosse reglos auf dem Rücken.

Neben dem Käfig stand ein Funkgerät, das Handmikro an einem Spiralkabel lag obenauf. Carsten schaltete den Netzschalter auf »on«; nichts geschah. Die Kontrollleuchte blieb dunkel. Zwei Notebooks standen aufgeklappt daneben; auch sie ließen sich nicht einschalten. Neben den Geräten stand ein halbvoller Kaffeebecher; Carsten befühlte ihn. Er war kalt.

Der Vogel zirpte. Carsten ging auf den Flur zu, an dem die Büros mit ihren gläsernen Wänden aufgereiht waren. Hier drang ihm übler Geruch entgegen. Säuerlich. Faulig. Unwillkürlich verzog sich sein Gesicht. Vorsichtig bewegte er sich den Flur entlang, bemühte sich, seine Füße lautlos auf den blassen Teppichboden zu setzen.

Neben der ersten Tür wies ein Schild den Konferenzraum aus. Carsten versuchte, durch die halbdurchsichtige Glaswand zu spähen, doch er konnte nichts erkennen; hinter dem

Glas war es dunkel. Er zog die Pistole. Als er die Hand auf die Türklinke legte, spannten sich alle Muskeln in seinem Körper. Er öffnete die Tür.

Die verbarrikadierten Fenster ließen kein Licht in den Raum. Das wenige Licht, das die gefrostete Glaswand aus dem Flur einfallen ließ, schuf ein fahles Halbdunkel. Fliegen summten.

Carsten erkannte menschliche Silhouetten, nebeneinander auf dem Fußboden unter einem der Fenster. Er blieb in der Tür stehen, ließ den Rucksack zu Boden gleiten und nahm die Taschenlampe heraus. Er streckte die Pistole in der rechten Hand vor, hielt die Lampe mit der linken direkt daneben. Dann schaltete er die Lampe ein.

Mit ihren frischen Batterien leuchtete sie kräftig auf die beiden Gestalten am Boden. Sie waren tot, ihre Haut dunkel verfärbt und die Augenlider eingesunken. Ein Mann und eine Frau, ihre Arme waren nach hinten überstreckt. Handschellen glänzten im Schein der Lampe, die Leichen waren an einen Heizkörper gefesselt. Zäher Speichel bildete sich in Carstens Mund.

Er ließ den Schein der Taschenlampe durch den Rest des Raums fahren. Landkarten und Straßenpläne hingen an den Wänden. Auf dem Konferenztisch lag ein schwarzer Leichensack. Darin eine Form, die für einen Erwachsenen zu klein war.

Es gab einen weiteren Tisch, auch auf dem lag eine Gestalt; auf Polster und Kissen gebettet, mit einer glänzenden Notfalldecke zugedeckt. Über dem Tisch entdeckte Carsten im Lichtkegel seiner Lampe einen Infusionsbeutel. Er war mit einem Kabel an eine Strebe der Deckenverkleidung geknotet. Der Beutel war leer; sein Schlauch führte zum Arm der Frau. Carsten trat näher an den Tisch, um mehr zu erkennen.

Um die Einstichstelle des Zugangs zeichneten sich violett die Venen unter der hellen Haut der Frau ab. Carsten beleuchtete ihr Gesicht; er sah es von der Seite, es war mager und eingefallen. Zuerst war er nicht sicher; er bemühte sich, ganz genau hinzuhören: Kaum vernehmbar drangen Atemgeräusche an sein Ohr. Carsten klemmte sich die Taschenlampe wie einen Telefonhörer zwischen Kinn und Schulter und streckte den behandschuhten Zeigefinger der linken Hand vor, hielt ihn einen Zentimeter unter die spitze Nase der Frau. Durch das Latex spürte er heiße Luft auf seinen Finger strömen. Sie atmete; schwach, doch sie atmete.

Dann öffnete sie die Augen. Carsten stolperte erschrocken zurück, die Taschenlampe rutschte ihm unter dem Kinn heraus, fiel auf den Boden und leuchtete die Wand an. Die Frau sog laut die Luft ein und atmete rasselnd wieder aus. Carsten bückte sich nach der Lampe und hob sie mit zitternden Händen auf, leuchtete der Frau ins Gesicht. Sie starrte ihn an; ihre schmalen Lippen zogen sich zurück und entblößten ihre Zähne; Carsten stand weit außerhalb ihrer Reichweite, trotzdem schnappte sie in seine Richtung. Ihre Zähne schlugen mit einem harten, hohlen Klang aufeinander. Der Rest ihres Körpers blieb unbewegt. Carsten war unschlüssig. Hier gab es keine Sicherheit. Wer immer sich hier eingerichtet hatte, war gescheitert.

Ein plötzliches Geräusch hinter ihm ließ ihn herumfahren; ein unverständlicher, stimmhafter Laut. Sein Herz hämmerte. Er ließ die Frau auf dem Tisch zurück, hörte hinter sich weiter ihre Kiefer schnappen. Mit ausgestreckter Waffe ging er zurück auf den Flur, der Stimme entgegen. Sie schien aus dem gegenüberliegenden Büro zu kommen. Hinter der Glastür bewegte sich etwas. Ohne die Tür aus den Augen zu lassen, ging Carsten in die Knie, schob den linken Arm durch einen Riemen des Rucksacks und stemmte das Gepäck auf seinen Rücken. Durch das gefrostete Glas erkannte er eine menschliche Silhouette, die sich mit steifen Schritten auf die Tür zubewegte. Carsten sah zum Schloss der Tür; kein Schlüssel. Rückwärts bewegte er sich aus dem Flur zurück in den Empfangsraum; die Gestalt hatte die Tür erreicht. Sie drückte von innen gegen das Glas und gab ein Brummen von sich, als die Tür dem Druck nicht nachgab. Carsten hielt die Waffe vor sich ausgestreckt, er zitterte und versuchte, die rechte Hand mit der linken zu stützen, in der er die Lampe hielt. Er bewegte sich weiter rückwärts, hielt dabei die Tür im Auge; das gläserne Türblatt bog sich bedrohlich. Plötzlich ließ der Druck auf die Tür nach, ungestüme Bewegungen setzten hinter der Tür ein, die Gestalt tobte. Carsten drehte sich um und lief zum Fenster.

Noch bevor er es erreicht hatte, hörte er ein Klicken von der Bürotür, und die Geräusche der ungestümen Bewegungen hörten mit einem Mal auf. Carsten blickte zurück. Die Tür war aufgeschwungen. Die Gestalt musste in ihrem Herumwüten die Klinke gedrückt haben. Wie in Zeitlupe trat ein Mann in den Flur. Graumeliertes Haar, ein schmutziges weißes Hemd und um den Hals eine Krawatte, deren Knoten aufgezogen war. Er sah Carsten ernst und leer entgegen. Der Blick war weder wild noch gierig, eher klagend, fast hilfesuchend. Ungelenk und langsam machte er einen steifbeinigen Schritt nach dem anderen in Carstens Richtung. Er öffnete den Mund und wirkte angestrengt, als er Laute hervorpresste, die fast wie verständliche Silben klangen. Die Zunge streckte er lang und steif zwischen den Lippen hervor.

Carsten schätzte ab, wie viel Zeit ihm blieb, bis der Mann ihn erreichen würde. Dann setzte er auch den zweiten Rucksackriemen auf, schob sich die Brille höher ins Gesicht und lief mit schnellen Schritten hinüber zur Theke. Er packte eine Spraydose, steckte sie in eine Jackentasche, öffnete den Vogelkäfig, griff den überlebenden Wellensittich und warf ihn aus dem Fenster in die Freiheit; der Vogel flatterte los. Dann ließ er die Sprossenleiter hinab und begann den Abstieg. Er hatte den Boden noch nicht erreicht, als über ihm der Mann auftauchte und sich mit einem grollenden Laut aus dem Fenster lehnte. Carsten sprang die letzten Sprossen herunter und kam hart auf dem Asphalt auf. Er riss an der Strickleiter, doch sie rührte sich nicht. Er zog die Axt aus dem Gürtel und durchtrennte ihre Seile mit zwei festen Schlägen so hoch oben, wie er es erreichen konnte.

Während der Mann über ihm grollte, zog Carsten die Spraydose aus der Jackentasche, schüttelte sie und kreuzte mit zwei gesprühten Linien das Wort »Sicherheit« auf der Stahlplatte vor dem Eingang durch. Dann setzte er drei Buchstaben daneben: RSD. Roemer-Swanson-Disease.

8

Er hatte sich schon ein paar hundert Meter vom Wasserturm entfernt, als er sich auf die Motorhaube eines Autos setzte, um Luft zu schöpfen. Sein Herz hämmerte noch immer, und jetzt, als er versuchte, sich zu beruhigen, quoll der Kopfschmerz in seinem Schädel auf; wie eine Blüte, die nicht genug Platz hat, sich zu öffnen. Schweiß klebte zwischen seiner Haut und der schmutzigen Kleidung, und die Augustsonne brannte ihm viel zu heiß auf den Kopf. Er griff sich in den Nacken; seine Muskeln waren fest und hart verspannt. In den wenigen Stunden, seit er in der Kaufhaustoilette aufgewacht war, hatte er schon viel zu viel erlebt, mehrmals dem Tod gegenübergestanden und um sein Leben gefürchtet. Es war kein Wunder, dass es ihm schlecht ging. Wann hatte er zuletzt gegessen? Außer Wasser, Whiskey und Espressobohnen hatte er heute noch nichts zu sich genommen. Gestern ebensowenig. Vorgestern? Sein Magen bäumte sich auf.

Carsten zog eine Wasserflasche hervor und suchte in seinen Jackentaschen nach den Schmerztabletten. Zwei waren noch übrig. Er schluckte beide. Für einen Moment blieb er noch sitzen und massierte sich die verhärtete Schultermuskulatur. Dann zwang er sich aufzustehen, setzte wieder den schweren Rucksack auf und ging weiter, den Weg zurück, den er gekommen war. Trotz Schmerzen und Übelkeit zwang er sich, jede der trügerischen Markierung auf seinem Weg zu übersprühen.

Er erreichte das Bistro, an dem sein Weg begonnen hatte,

und kreuzte mit zwei Linien auch die erste Markierung durch, die ihn zum Wasserturm geschickt hatte.

Dann schaltete er das Navigationsgerät wieder ein, um den Weg nach Osten zu beginnen, zu der Adresse von Sarah Mahler.

Er lief zur Hauptstraße, die die Stadt wie eine Schlagader von Westen nach Osten durchzog. Sie war der einfachste – und Carsten vertrauteste – Weg für die Wanderung in die östlichen Vororte der Stadt.

Mit dem Navigationssystem in der Hand lief er in der Mitte der Straße zwischen den Straßenbahnschienen.

Er war nicht viel weiter gekommen, als er sich einer Szene gegenübersah, die wie das makabre Stillleben eines exzentrischen Künstlers erschien. Ein Rettungswagen stand quer auf den Straßenbahngleisen, die Heckklappen weit geöffnet, das Blaulicht längst verloschen.

Vor dem offenen Heck stand die Krankenliege, darauf die Reste eines toten Körpers, mit einem Riemen festgeschnallt. Nur Kopf und Rumpf – alle Extremitäten fehlten. Von seiner Kleidung, seiner Haut und den Muskeln waren nur Fetzen geblieben. Die Knochen lagen frei, wo gierige Hände Fleisch vom Skelett gerissen hatten. Ein Mann und zwei Frauen in signalfarbenen Westen hatten sich ebenfalls nicht retten können. Die Reste ihrer Leichen lagen wie drapiert in einem Halbkreis vor der Liege.

Noch bevor Carsten die Augen abwenden konnte, hatte er viel mehr gesehen, als er wollte. Er spürte, wie der Ekel und die Übelkeit der Migräne sich den Weg durch seinen Körper bahnten, und vorwärtsstolpernd erbrach er sich zähflüssig auf den Asphalt. Danach stachen ihm die Kopfschmerzen noch unbarmherziger in die Schläfen. Weiße Flecken tauchten in seinem Sichtfeld auf. Er spuckte. Keuchte. Wischte sich einen Schleimfaden von der Lippe.

Dann richtete er sich wieder auf und blickte mit zusammengekniffenen Augen in alle Richtungen; in dieser Verfassung wäre er ein leichtes Opfer. Er nahm die Brille ab und rieb sich die Augen; das Sonnenlicht schien ihm direkt ins Hirn zu brennen.

Kurz dachte er darüber nach, was es Lohnendes in dem Rettungswagen geben mochte. Handschuhe. Verbandszeug. Schmerzmittel? Doch die Abscheu wog schwerer. Er wollte sich fernhalten von den Leichenteilen und dem infektiösen Blut. Das Gesicht in Ekel verzogen wendete Carsten sich von dem Anblick ab.

Er musste einen Schlafplatz finden. In diesem Zustand weiterzugehen war zu gefährlich.

Was hatte er heute geschafft? Nichts. Er war ein lächerlicher Retter.

Er wollte nicht zurück ins Kaufhaus gehen wegen der Leichen, die er im Untergeschoss hinterlassen hatte. Er wollte auch nicht so weit laufen, er wollte am liebsten gar nicht mehr laufen.

Er holte noch einmal die Wasserflasche aus seinem Rucksack, um sich den sauren Geschmack aus dem Mund zu spülen. Dann ging er zurück zu dem italienischen Bistro, weil ihm kein besserer Ort einfiel.

9

Er hatte die Kanthölzer von der Drehtür gerissen und die Tür von innen mit Tischen und Stühlen wieder verbarrikadiert, so gut es ging. Er war alle Räume einmal abgelaufen – Gastraum, Küche, Büro, Toiletten und Lager –, um sicherzustellen, dass er allein war. Dabei hatte er zwei weitere Türen entdeckt, die von der Straße ins Gebäude führten; eine Stahltür neben den Lagerräumen, die sich zur Rückseite des Hauses öffnen musste, und eine Eingangstür zum Treppenhaus auf der Vorderseite des Gebäudes. Beide waren fest verschlossen; die Tür zum Treppenhaus war von außen zusätzlich mit der gleichen Art Kanthölzer gesichert, wie Carsten sie von der Drehtür gerissen hatte.

Nach dem Kontrollgang hatte er seine Alarmanlage aus Konservendosen aufgestellt, die Pistole griffbereit auf einem Tisch des Restaurants platziert, sich in seine Decke gewickelt und auf der gepolsterten Sitzbank hinter einem Tisch niedergelassen.

Als er endlich lag, drängten die Schmerzen noch tiefer hinter seinem Auge in den Schädel, und sogar mit geschlossenen Augen sah er noch weiße Flecken. Es war eine Erlösung, als er endlich einschlief.

Als er wieder aufwachte, ging es ihm besser. Er sah auf die Uhr; es war schon Abend. Nur ein Rest der Migräne hing ihm noch nach. Er hatte schon früher unter solchen Kopfschmerzen gelitten; in stressigen Phasen, in denen er zu viel zu tun hatte, und dann bevorzugt am Wochenende. Was für ein lächerlicher Stress im Vergleich zu heute ... Er schüttelte den Kopf über sich selbst. Mit Sehschwäche, nächtlichem Zähneknirschen und Migräneneigung war er kein guter Kandidat für das Überleben in der Zombieapokalypse. Er setzte seine Brille auf und zündete eine Kerze an, die neben Salz, Pfeffer und Zahnstochern auf dem Tisch stand. Dann holte er eine Packung mit Salzcrackern aus dem Rucksack und aß ohne Appetit, in der Hoffnung, dass es ihm dadurch noch etwas besser gehen würde. Er trank aus einer Colaflasche, die er am Morgen im Kaufhaus mitgenommen hatte, und spülte damit die trockenen Kekse herunter. Um heute noch weiterzugehen, war es zu spät. Es würde bald dunkel werden. Und mehr Schlaf würde ihm wahrscheinlich guttun. Er stand auf, um eine der Toiletten zu benutzen – die Spülung funktionierte nicht mehr. Dann ging er zurück in den Gastraum, wickelte sich wieder in seine Decke und legte sich an der gleichen Stelle zum Schlafen.

Geweckt wurde er von einem Schrei.

Er schreckte hoch. Sein erster Griff galt der Pistole, der zweite seiner Brille.

Eine Männerstimme schrie um Hilfe; tief, rau, von Verzweiflung angegriffen. Carsten lief zu einem verbarrikadierten Fenster und versuchte, zwischen den Brettern hinauszuspähen; er konnte kaum etwas erkennen. Draußen dämmerte es. Die Bretter herunterzureißen, war zu gefährlich; viel Lärm und eine Öffnung nach draußen. Er dachte nach. Draußen riss noch einmal ein Hilfeschrei durch die Luft. Carsten lief zu den Toiletten und fand dort die Tür zum Treppenhaus des Gebäudes. Er rannte die Stufen hoch zum Treppenabsatz auf halber Höhe zum ersten Stock. Durch ein Fenster zur Straße sah er im frühen, weichen Licht der Dämmerung, was draußen geschah: Auf der Straße war ein Mann gestürzt, ein grauhaariger Mann mit Pferdeschwanz und Vollbart. Er kam gerade wieder auf die Füße. Er wurde verfolgt von fünf Gestalten, die Hände wie Klauen vor sich ausgestreckt. Bevor er sich ganz aufrichten konnte, war einer der Verfolger schon über ihm und drückte ihn wieder zu Boden. Der Mann trat verzweifelt nach hinten, um den Angreifer abzuwehren.

Carsten riss am Griff des Fensters, doch es ließ sich nicht öffnen. Wenn er jetzt schießen würde, um den Mann zu schützen, würden sie ihn hören, ihn entdecken. Und der Schuss konnte noch viel mehr von ihnen anlocken.

Carsten zielte durch die Fensterscheibe. Seine Hände zitterten. Die Tische und Stühle, mit denen er die Drehtür von innen blockiert hatte, würden sie nicht lange zurückhalten. Die Entfernung war groß, er war ein miserabler Schütze, und wenn er die Waffe auf diese Entfernung nur um einen Zentimeter verriss, mochte er den Mann treffen, den er schützen wollte. Carsten stieß den Atem durch die Nase aus. Und schoss. Das Glas zerplatzte, die Scherben schepperten unter ihm auf die Straße. Er hatte niemanden getroffen.

Der Mann hatte den Angreifer von sich weggestoßen und kam erst auf alle viere, dann in den Stand und stolperte vorwärts, weg von seinen Verfolgern. Carsten feuerte noch einmal, wieder daneben, sein Schuss ließ ein Schaufenster auf der gegenüberliegenden Straßenseite zerbersten.

Der Mann brachte jetzt schnell Abstand zwischen sich und die Meute, als hätte Carstens Eingreifen ihm neue Energie gegeben. Carsten zielte, feuerte und traf. Er brachte den Mann zu Fall, der dem Grauhaarigen am nächsten war. Die anderen vier folgten ihm weiter; der Grauhaarige blickte für einen Augenblick in Carstens Richtung; ihre Blicke trafen sich, dann wandte er sich wieder zur Flucht.

Carsten zielte auf die Gruppe der Verfolger; er schoss, traf aber nur den Asphalt vor ihren Füßen. Drei von ihnen wechselten jetzt die Richtung und rannten in Carstens Richtung; er hatte sie tatsächlich angelockt. Sein Mund wurde völlig trocken; er würde viel besser zielen müssen.

Er sah noch einmal dem Grauhaarigen hinterher – der lag plötzlich am Boden, Carsten hatte nicht gesehen, wie das passiert war; seine Beine zuckten unkontrolliert, eine nackte Frau hockte über ihm, Blut auf ihrer bleichen Haut. Der verbleibende Verfolger stürzte sich neben ihr auf den zuckenden Körper.

Carsten schnaubte. Die drei, die in seine Richtung rannten, hatten jetzt die Fassade erreicht, sie sammelten sich direkt unter dem Fenster, an dem er stand. Zwei Frauen und ein Mann. Eine der beiden Frauen versuchte, am Rosengitter hochzuklettern; sie zerschnitt sich die Hände an den Dornen und fand mit ihren ungestümen Bewegungen keinen Halt. Carsten richtete die Waffe auf sie. Auf diese Distanz war es nicht schwierig, sie zu treffen. Im frühen Licht der Dämmerung erkannte Carsten, dass sie eine Polizeiuniform trug, ihr blondes Haar war in einen zerzausten Zopf geflochten. Carsten zielte auf ihre hellblaue Bluse, dorthin, wo Blut von ihrem Kinn in den Stoff gesunken war. Sie knurrte und riss an den Rosenranken. Carsten feuerte. Sie fiel.

Die andere Frau unter dem Fenster ... er kannte diese Frau. Sie trug Kleidung in Blau und Türkis, und Carsten kannte sie von irgendwo ... Ihr Gesicht war hasserfüllt, blutverschmiert, und ihre Zunge streckte sich unkontrolliert aus ihrem Mund. Carsten kannte ihr Gesicht freundlich lächelnd, doch ihm wollte nicht einfallen, woher er sie kannte. Sie und der Mann neben ihr stürzten ungezielt die Stühle vor dem Bistro um und drängten auf die Drehtür zu; Carsten hatte keine Ahnung, wie lange seine improvisierten Barrikaden ihnen standhalten würden. Aus einer gegenüberliegenden Gasse rannten jetzt zwei Männer auf die Straße, gefolgt von der Teenagerin, die Carsten am Vortag in den Trümmern der Buchhandlung hatte hocken sehen. Sie rannten in seine Richtung und gierten ihm von unten mit ihren Blicken entgegen.

Carsten hörte Schlagen und Kratzen von unten. Er konnte nicht zulassen, dass sie die versperrte Tür durchbrachen; er feuerte mehrmals in die fünfköpfige Gruppe. Er traf die Teenagerin in die Schulter, und er traf auch die Frau in Türkis, die er von irgendwoher kannte; ohne richtig zu zielen, hatte er ihr direkt ins Gesicht geschossen.

Jetzt erreichten auch die Langsamen, die nicht mehr rennen konnten, die Straße vor dem Bistro. Sie tauchten aus dem Dunkel auf, aus Nebenstraßen und Gassen. Verlangsamt, aber zielstrebig, schlurften und stolperten sie auf das Bistro zu. Mit jedem Schuss würde Carsten mehr von ihnen anlocken; und er hatte schon wieder versäumt, seine Kugeln zu zählen. Fünfzehn Patronen im Magazin, sieben im Wechselmagazin im Rucksack ... wie viele Schüsse blieben ihm noch?

Er musste hier weg, musste seine Sachen holen und verschwinden, bevor sie durch die Tür kommen würden. Und weg wohin? Durch den Hinterausgang. Die Stahltür neben dem Lager.

Er rannte mit der Pistole in der Faust die Treppen herunter, zurück in den Gastraum. Die Tische und Stühle, die er von innen gegen die Drehtür geschoben hatte, waren schon in Bewegung. Eins der Bretter vor den Fenstern hatte sich gelöst und zwei gierige Hände streckten sich in den Raum. Carsten richtete die Waffe auf das Fenster und feuerte zweimal dorthin, wo das Brett fehlte.

Er stürzte zu seinem Gepäck, zog hastig die Jacke an, stopfte die Wolldecke in den Rucksack und setzte ihn auf den Rücken. Er packte seine Axt. Dann rannte er wieder an den Toiletten vorbei zum Hinterausgang, rüttelte an der Klinke; die Tür war fest verschlossen. Auch als er mit der Axt dagegen schlug, wollte sie sich nicht rühren. Er zog die Pistole, richtete sie auf das Türschloss und feuerte aus kürzester Entfernung; der Schuss hallte laut in dem schmalen Flur wider. Die Kugel hatte die Tür durchschlagen und in dem Metall eine Delle rund um das Einschussloch hinterlassen. Trotzdem ließ sie sich nicht öffnen, der Riegel des Schlosses musste noch immer fest in der Türzarge sitzen. Carsten schnaubte, schlug noch einmal mit der Axt zu, dann warf er sich mit seinem ganzen Gewicht gegen die Tür. Vergeblich.

Er blieb hilflos stehen. Das Klopfen, Stoßen und Scharren vom Eingang ließ ihn kaum einen klaren Gedanken fassen.

Fenster! In den oberen Stockwerken musste es Fenster zur Rückseite des Hauses geben. Das war sein Ausweg. Und vorne würde er für Ablenkung sorgen, damit er unbemerkt entwischen könnte. Was lenkte sie ab? Schnelle Bewegungen, Geräusche. Feuer. Molotow.

Er rannte zur Bar, suchte brennbaren Alkohol, fand tatsächlich eine Flasche mit hochprozentigem Rum. Hektisch schraubte er den Deckel ab, goss etwas aus der Flasche über ein Tuch aus der Spüle und steckte es in den Flaschenhals. Wieder rannte er die Treppen hoch zu dem Fenster am Treppenabsatz. Er suchte das Feuerzeug in seiner Jackentasche, musste es dreimal drücken, bis es eine Flamme gab, dann hielt er mit zitternden Händen den rumgetränkten Lappen in die Flamme. Mit einem Mal flammte er blau auf. Carsten beugte sich aus dem Fenster, holte weit aus und schleuderte die Flasche in hohem Bogen über die Belagerer. Ein paar Schritte hinter ihnen schlug sie auf die Straße, zerbarst und setzte eine bläulich brennende Lache Alkohol frei. Der Effekt war weniger spektakulär, als Carsten erwartet hatte, und als Ablenkung auch weniger erfolgreich. Dennoch – ein paar Gestalten wandten sich um und den blauzüngelnden Flammen zu.

Carsten hastete die restlichen Stufen hinauf in den ersten Stock. Ein Schild neben der einzigen Tür auf diesem Stockwerk wies eine Frauenarztpraxis aus. Es brauchte drei Axthiebe, bis das Schloss nachgab und die Tür aufschwang. Schnell und wachsam durchschritt Carsten das Wartezimmer, suchte das nächste Fenster an der Rückseite des Hauses. Er öffnete es und blickte hinaus – es ging tiefer hinab, als er erwartet hatte. Dafür war die Gasse auf der Rückseite menschenleer – er hatte einen Ausweg gefunden.

Von unten schallte das Schlagen und Poltern zu ihm hinauf, dann ein Krachen und wilde Schritte, mit denen sie ins Bistro stürmten. Die Konservendosen, die er vor der Tür hatte stehen lassen, schepperten über den Boden. Den Sprung aus dem Fenster wollte er nicht wagen. Er suchte nach etwas, woran er sich herunterlassen konnte – ein Seil, ein Band, ein Tuch. Er entdeckte ein Verlängerungskabel, das den Computer der Rezeption mit Strom versorgt hatte. Er riss das Kabel unter dem Schreibtisch hervor und zog die angeschlossenen Stecker heraus, schlang es um das Rohr eines Heizkörpers und zurrte es fest so gut er konnte. Mit dem schweren Rucksack auf dem Rücken hockte er sich auf die Fensterbank, packte das

Kabel fest mit beiden Händen und rutschte rückwärts daran herunter; an der Kunststoffummantelung rieben sich seine Handschuhe auf. Als er mit den Händen an der Steckdose am Ende des Kabels hängen blieb, war es kaum noch ein Meter bis zum Boden. Carsten ließ sich fallen, kam auf der Straße auf, direkt vor der Stahltür des Hinterausgangs. Er sah sich schnell in alle Richtungen um, machte sich dann sofort auf den Weg weg von hier. Zehn Schritte rannte er. Dann verlangsamte er das Tempo und ging mit schnellen Schritten weiter; die Energie für einen Sprint musste er sich aufsparen. Im Gehen zog er wieder die Pistole.

Über ihm gewann die fahle Dämmerung immer mehr an Farbe. Plötzlich fiel ihm ein, woher er die Frau in Türkis kannte.

10

Das Angenehmste an seinem Hausarzt war für Carsten immer die Sprechstundenhilfe gewesen. Sie gehörte zu den wenigen Menschen, die scheinbar ständig gut gelaunt waren und denen man das auch glauben konnte. Carsten war nicht oft krank gewesen und deshalb auch nicht häufig zum Arzt gegangen. Doch dank der fröhlichen Sprechstundenhilfe war schon die telefonische Terminvereinbarung immer irgendwie lustig gewesen. Carsten hatte die Sprechstundenhilfe mit dem sonnigen Gemüt gemocht. Und vor nicht mehr als zwanzig Minuten hatte er sie erschossen. Sie und ein halbes Dutzend mehr Menschen.

Erst als er einige Entfernung zwischen sich und das Bistro gebracht hatte, hatte Carsten angehalten. Unter von Grünspan bedeckten Büsten hatte er sich auf die Basis eines Denkmals gesetzt und etwas Wasser getrunken. Er untersuchte die Pistole: Drei Patronen waren noch im Magazin, dazu lud er die verbleibenden Kugeln aus dem Ersatzmagazin in seinem Rucksack. Damit hatte er seine Reservemunition aufgebraucht. Ihm blieben nur die zehn Schuss, die er jetzt in der Waffe hatte.

Er schaltete das Navigationssystem ein, in dem noch immer die Adresse von Sarah Mahler als Ziel gespeichert war. Dann begann er den Weg, den er sich schon am Vortag vorgenommen hatte.

Er machte einen großen Umweg um den Rettungswagen, an dem er sich am Vortag übergeben hatte. Sein Weg führte ihn am Gefängnis vorbei – was hinter diesen Mauern geschah, wollte er gar nicht wissen. Er hoffte nur, dass sie stark genug waren, um alles drinnen zu halten, was raus wollte. Auf der ziegelroten Gefängnismauer prangte ein Graffito, der Buchstabe »A« in einem großen Kreis. Wer immer sich hier Anarchie gewünscht hatte, hatte sie bekommen. »AZAB – All Zombies are Bastards« stand daneben.

Er war keine halbe Stunde gelaufen, als das Navigationssystem ihm bedeutete, nach links in ein Wohngebiet abzubiegen. Carsten folgte dem Hinweis und lief die Querstraße entlang, die Hauseingänge und Fenster ständig mit den Augen absuchend. Er ging weiter in der Mitte der Straße und hielt sich fern von parkenden Autos, Mülltonnen und Papiercontainern, hinter denen es uneinsehbare Winkel gab.

Je näher Carsten seinem Ziel kam, umso deutlicher sichtbar wurden die Spuren eines Brandes, den niemand gelöscht hatte. Flammen hatten die Fassaden auf beiden Seiten der Straße schwarz gefärbt, die Dachstühle der Häuser waren eingestürzt, Reste von Dachbalken ragten wie verkohlte Gerippe in den leeren Himmel.

»Sie haben ihr Ziel erreicht«, erschien auf dem Display des Navigationssystems. Carsten blieb stehen. Die ganze Giebelwand des Hauses, vor dem er stand, musste sich der Hitze des Brandes ergeben haben und war auf die Straße gestürzt, rußige Mauerbrocken hatten ein Auto unter sich begraben.

Das Navigationssystem hatte Unrecht; er hatte sein Ziel nicht erreicht. Er ließ sich auf dem Sitz einer Bushaltestelle nieder, zog die Whiskeyflasche aus dem Rucksack, nahm einen Schluck und verteilte ihn im Mund, bevor er schluckte.

Dann holte er das Klassenbuch hervor, legte es auf seinen Schoß und suchte nach dem Computerausdruck. Mit einem roten Stift zog er eine feine Linie durch den achten Namen auf der Liste: Sarah Mahler.

So fühlt es sich also an, allein zu sein, dachte Carsten einmal mehr. Er war wieder auf der Hauptstraße nach Osten unterwegs, hatte die nächste Adresse in das Navigationsgerät getippt. Carsten hätte früher durchaus über sich gesagt, dass er nicht viel Gesellschaft brauchte, und oft genug hatte er einen Abend allein zu Hause einer Small-Talk-Party vorgezogen. Nachdem Carla ihn verlassen hatte, waren über drei Jahre vergangen, bis er Nathalie kennengelernt hatte, und es war ihm manchmal schwergefallen, die Einsamkeit auszuhalten. Gerade zu dieser Zeit waren Carstens Eltern gestorben, beide an Krebs, beide im selben Jahr. Im Angesicht der Pandemie schien es rückblickend eine Gnade, dass ihnen beiden diese Zeit erspart geblieben war. Mit der Zeit hatte Carsten sich mit der Einsamkeit dann arrangiert, sogar so gut, dass es ihm nicht leichtgefallen war, sich mit Nathalie wieder auf ein Leben mit einem anderen Menschen einzustellen.

Dabei war Nathalie großartig, sie war sechs Jahre jünger als er, studierte Kunstgeschichte, und Carsten fand sie in jeder Hinsicht inspirierend. Sie sprühte vor Ideen und Leben und Genuss, während Carsten sein eigener Lebenswandel immer gleichförmiger und stumpfer vorkam. Rückblickend hatte er es ihr sicher nicht einfach gemacht – sie hatte allerdings auf eine ähnliche Art Abstand zu ihm gehalten.

Und so sehr er ihr den Auslandsaufenthalt gönnte und die

vielen positiven Konsequenzen, die das für ihr Leben haben mochte, so sah er in ihrer Entscheidung, nach Barcelona zu gehen, doch auch ein Zeichen dafür, dass ihre Beziehung nicht das war, wonach sie ihr Leben ausrichten wollte.

Das Alleinsein, das er jetzt erlebte, stand in keinem Vergleich auch zu den einsamsten Episoden seines Lebens. Niemals waren Menschen weiter als einen Telefonanruf entfernt gewesen. Auch in den Zeiten ohne Partnerin hatte es immer jemanden gegeben, den er anrufen, mit dem er sich treffen konnte, und erst recht hatte es immer Menschen gegeben: Leute auf der Straße, im Supermarkt, in der Straßenbahn. Wann immer er sich allein gefühlt haben mochte, erst jetzt war er es wirklich. Und dieses Gefühl war gewaltig – offen und riesig. Es füllte ihn aus, riss ihn mit sich fort, nur um gleich wieder zurückzukehren und ihn unter sich zu begraben. Carsten blieb stehen, nahm die Brille ab und rieb sich die Augen. Seine Kopfschmerzen wurden wieder stärker.

Carsten duckte sich hinter einen Altpapiercontainer. Er hatte seinen Weg über die Hauptstraße fortgesetzt und hatte sie früh genug bemerkt, um sich vor ihren Blicken zu verbergen: eine ganze Horde war auf der Straße versammelt, direkt vor einem Bankgebäude. Es waren viele, in ganz unterschiedlichen Stadien der Krankheit. Carsten zählte acht, zehn, dreizehn. Einige saßen, hockten an parkende Autos gelehnt, andere stolperten ziellos umher. Was hatte sie hergelockt? Was hielt sie hier?

Er entdeckte die Antwort an der Fassade des Gebäudes, vor dem sie zusammengelaufen waren: das rote Licht der Alarmanlage, das sich rhythmisch ein- und ausschaltete. Es musste von einem ausdauernden Notstromaggregat gespeist werden.

Wahrscheinlich hatte es sie in der Nacht angelockt; das rote Leuchten musste in der Dunkelheit viel spektakulärer erscheinen als jetzt am Tag. Seit es kein elektrisches Licht, keine Straßenbeleuchtung und keine Leuchtreklame mehr gab, waren die Nächte viel dunkler und die Sterne viel heller.

Dann fiel irgendwo ein Schuss. Das Geräusch war weit entfernt und so verhallt, dass Carsten nicht bestimmen konnte, aus welcher Richtung es kam – wurde weit vor ihm geschossen? Oder weit hinter ihm?

Einige der Gestalten vor der Bank reagierten auch auf das Geräusch. Sie hoben die starren Blicke und drehten sich orientierungslos erst in die eine, dann in die andere Richtung. Ein weiterer Schuss folgte, dann noch einer in kurzer Folge. Wer immer der Schütze war, er musste lebendig und bei Sinnen sein. Carsten wurde immer sicherer, dass die Schüsse aus der Richtung kamen, in die er unterwegs war. Noch ein Schuss, dann Stille.

Carsten blieb im Schatten des Containers und bewegte sich behutsam rückwärts. Er schlich zurück zur Einmündung der letzten Querstraße, die er überquert hatte, und folgte ihr, um einen sicheren Bogen um die Horde zu machen.

Als Carsten nach einem großzügigen Umweg durch Nebenstraßen wieder in die Hauptstraße einbog, entdeckte er in einiger Entfernung eine andere Gestalt. Er blieb stehen und sah ihr entgegen. Es war eine Frau, Carsten schätzte sie etwa auf sein Alter. Sie kam aus dem Eingang eines Supermarktes, trug einen Karton in den Armen und lud ihn auf den Anhänger eines Fahrrads, das auf der Straße abgestellt war. Wohlkoordinierte Bewegungen. Absichtsvolles Handeln.

Carsten erwartete ein Gefühl der Freude, endlich einen gesunden Menschen zu treffen. Doch es stellte sich nicht ein.

Jetzt bemerkte sie ihn: Aus zusammengekniffenen Augen blickte sie ihm entgegen. Dann löste sie eine Armbrust von den Satteltaschen an ihrem Fahrrad und legte in seine Richtung an. Carsten hob die rechte Hand und winkte, um ihr zu zeigen, dass er gesund war. Dass ihre Vorsicht nicht nötig war. Winken fühlte sich unnatürlich an. Sie ließ die Armbrust sinken.

Carsten ging auf sie zu. Als er sie erreichte, lächelte sie sommersprossig zur Begrüßung. Ihr blondes Haar war in einen kurzen Pferdeschwanz gebunden, nicht länger als ein Rasierpinsel. Sie trug ein graues Halstuch, eine gefütterte Steppweste und eine khakifarbene Cargohose mit vielen Taschen, dazu schwere schwarze Arbeitsstiefel, mit angetrocknetem Lehm verklebt. Am Gürtel trug sie eine Art Haumesser oder Machete in einem tarnfarbenen Nylonfutteral.

»Ein Überlebender!«, sagte sie zur Begrüßung, scheinbar mit aufrichtiger Freude. Sie war klein und kräftig, wie jemand, der körperliche Arbeit gewöhnt ist. Carsten nickte. Er spürte noch einmal, dass er sich auch freuen sollte, und nahm sich selbst übel, dass er es nicht tat.

»Muss Wochen her sein, dass ich einen Menschen getroffen habe, der noch denken und sprechen kann«, fügte sie hinzu, und etwas Ähnliches hatte Carsten auch gerade gedacht. Das letzte Mal war es nicht gut ausgegangen.

»*Kannst* du sprechen?«, fragte sie nach einer Pause leicht amüsiert und zog eine Braue hoch.

»Ja, entschuldige«, antwortete er. »Ich bin Carsten. Carsten Lemmner.«

Die eigene Stimme klang ungewohnt. Er hatte schon lange nicht mehr gesprochen.

»Sabine«, stellte sie sich vor und streckte ihm die Hand hin.

»Händeschütteln ... habe ich mir abgewöhnt«, sagte Carsten und blickte etwas verlegen auf ihre ausgestreckte Hand.

»Okay«, sagte sie und ließ die Hand sinken. »Bist Du allein unterwegs?«

Carsten nickte.

»Ich auch. Was machst du noch hier? Ich dachte, inzwischen sind alle krank, tot oder weg.«

»Ich hab noch was zu erledigen«, antwortete Carsten, und seine Einsilbigkeit war ihm selbst unsympathisch.

»Suchst du jemanden?«

Carsten nickte erneut.

»Dachte ich mir. So was geht nie gut aus«, meinte sie und schüttelte den Kopf. »Ich hab alle möglichen Leute getroffen, die alle möglichen Leute gesucht haben. Bruder, Freundin, Ehemann. Keiner hat lange überlebt. Wen suchst du denn?«

»Schüler von mir.«

»Schüler?«, fragte sie überrascht. »Du bist ein Lehrer?«

Wieder nickte Carsten.

»Hm«, machte sie und wirkte amüsiert.

Carsten hatte keine Lust, sich über sich selbst zu amüsieren. »Und du? Warum bist du noch hier?«

»Ich versorge den Zoo. Also die Tiere. Versuche ich jedenfalls. Im Moment bin ich dabei, Futter zu suchen«, sie deutete über die Schulter auf den Supermarkt. »Alles, was die Plünderer übrig gelassen haben und was noch nicht völlig verfault ist.«

»Zootiere?«

Sie nickte.

»Hast du da gearbeitet?«

»Nein. Ich bin – war – Tierärztin. Aber nicht im Zoo.«

»Ich hab gestern in der Stadt einen Geier gesehen«, fiel Carsten ein.

Sie nickte. »Die Vögel hab ich freigelassen. Die Käfige waren eh eine Katastrophe. Und ich kann unmöglich alle Tiere versorgen. Das ist nicht zu schaffen.«

»Machst du das alleine?«

Sabine nickte. »Seit ein paar Wochen. Vorher ... waren wir mehr.« Ihr Lächeln ließ nach.

Beide schwiegen.

»Tja, so sucht sich jeder was zu tun, hm?«, meinte sie dann, und ihr Lächeln kehrte zurück.

Carsten sah sie fragend an.

»Ich glaube, das ist das Wichtigste jetzt«, erklärte sie. »Dass wir irgendwas machen, was uns am Laufen hält. Damit wir nicht völlig durchdrehen.«

Carsten runzelte die Stirn.

»Ich glaube, das ist schlimm für Menschen. Wenn es nichts mehr zu tun gibt. Ich meine, neben allem anderen, was jetzt schrecklich ist. Ich hab das bei meinem Onkel gesehen«, führte sie aus. »Der hat sich sein Leben lang auf die Rente gefreut; hat bei der Post gearbeitet. Hat immer erzählt, was er alles machen will, wenn er nicht mehr arbeiten muss. Und dann kam der Vorruhestand, und er hat überhaupt nichts mehr getan. Er hatte halt keine Aufgabe mehr. Und man kann ja auch genießen, nichts zu tun, aber das war nicht diese Art von Nichtstun. Verstehst du, was ich meine?«

Carsten zögerte. Verglich sie gerade die globale Katastrophe mit der Pensionierung eines Postbeamten? »Ich suche meine Schüler nicht, um etwas zu tun zu haben«, entgegnete er dann.

»Sondern?«.

»Weil es jemand tun *muss*«, gab er zur Antwort.

»Haben die keine Eltern?«, fragte sie. »Ich meine, sollten die nicht für ihre Kinder verantwortlich sein?«

»Die gibt es vielleicht nicht mehr«, antwortete Carsten.

»Und deshalb musst du das tun?«

Carsten nickte.

»Und wie willst du sie finden?«

»Ich hab ihre Adressen.«

»Du gehst zu ihnen nach Hause?«

Carsten nickte.

»Und da warten die dann auf dich? Ihren Lehrer?« Sie klang zunehmend spöttisch.

»Es sind acht-, neunjährige Kinder«, sagte er und war sich selbst nicht sicher, was er damit sagen wollte.

»Klingt nach keinem allzu ausgereiften Plan, wenn du mich fragst«, urteilte die Tierärztin, halb spöttisch, halb belehrend.

»Und Zootiere versorgen ist ein ausgereifter Plan?«, fragte Carsten.

Sie zuckte die Schultern. »Das ist meine Aufgabe. Die hält mich am Laufen. Sonst gibt es nichts mehr für uns zu tun.«

Sie schwiegen. Carsten blickte die Straße hinunter.

»Ich will dir ja nichts Böses«, sagte sie dann. »Ich meine nur, wir machen diese Sachen wohl mehr für uns als für die, die wir retten wollen. Wenn wir ehrlich sind. Ist ja auch nicht schlimm. Kann man sich aber ruhig eingestehen.«

Carsten sagte nichts dazu.

Sie legte nach: »Bevor du das für Quatsch erklärst, stell dir bitte eine Frage«, sagte sie bedeutungsschwer. »Wenn du nicht deine Schüler suchen würdest, was würdest du dann jetzt machen?«

Carsten entschied sich, das Thema zu wechseln. »Ich habe Schüsse gehört, so vor zwanzig Minuten. Warst du das?«, wollte er wissen.

Sie schüttelte den Kopf. »Ich töte lautlos«, sagte sie und tätschelte die Sportarmbrust aus schwarzem Fiberglas. »Wie ein Indianer«, fügte sie hinzu.

Carsten gefiel das Bild eines Indianers mit einer Armbrust nicht.

»Ich hab das aber auch gehört«, fügte sie hinzu. »Wir sind nicht die einzigen Überlebenden.«

»Offensichtlich.«

»Und hast du ein Quartier hier in der Nähe? Ein Lager, ein – Zuhause?«, wollte sie wissen.

Zur Antwort schob er beide Daumen unter die Riemen seines Rucksacks. »Ich bin Nomade«, antwortete er.

»Willst du mit in den Zoo kommen? Ich könnte helfende Hände gut gebrauchen. Und da ist es sicher – wo Tiere nicht rauskommen, kommen Menschen nicht rein. Und wir haben einen Teil vom Gelände noch zusätzlich abgesichert, hohe Zäune gebaut.«

Carsten schüttelte den Kopf. »Wie gesagt, ich hab noch was zu erledigen.«

»Okay«, meinte sie, »schade. Wenn du es dir anders überlegst – oder irgendwann fertig wirst –, weißt du, wo du mich findest.« Sie lächelte. »Es war schön, dich zu treffen.«

»In Ordnung«, nickte Carsten und war nicht sicher, ob er das Treffen ebenfalls schön gefunden hatte. Was mochte das über ihn sagen, fragte er sich beunruhigt.

Sein Blick fiel auf ihren offenen Fahrradanhänger. Er war

vollgepackt mit verwelktem Gemüse – Kohlköpfe, verschrumpelte Karotten und Säcke mit Zwiebeln und Kartoffeln, aus denen schon ein verwachsenes Dickicht aus weißen Trieben gesprossen war.

»Du solltest das nicht essen«, sagte er. »Das ist wahrscheinlich alles infiziert.«

Sie schmunzelte. »Mach dir mal keine Sorgen«, meinte sie nur. »Ich bin immun.«

»Was?«, fragte Carsten verblüfft.

»Ja, wie du auch. Sonst hätten wir nie im Leben so lange überlebt.«

»Das ist Quatsch«, stellte er klar. »Niemand ist immun. Wir haben Glück gehabt. Und ich passe sehr genau auf, was ich zu mir nehme.«

»Ich nicht«, konterte sie, »und es geht mir gut. Und die Tiere fressen diese Sachen auch. Und saufen das Leitungswasser.«

»Dann hast du eben noch mehr Glück gehabt.« Carsten fühlte sich verpflichtet, die junge Frau zur Vernunft zu bringen. »Aber mit jedem Bissen davon«, er zeigte auf die Lebensmittel im Anhänger, »und mit jedem Schluck bringst du dich in Gefahr.«

Sie schmunzelte, und Carsten runzelte die Stirn. »Oder du hast es schon«, sagte er abschließend. »Und es ist nur noch nicht ausgebrochen.«

»Wer jetzt noch gesund ist, bleibt es auch«, meinte sie überzeugt. »Wir haben Glück, weil die Infektion unseren Körpern nichts anhaben kann. Das ist echt Glück. Und ich wünschte, mehr Leute hätten so viel Glück gehabt.« Mit dem letzten Satz verschwand ihr Lächeln wieder.

Carsten schüttelte den Kopf.

»Nichts für ungut. Ich mach mal weiter«, verabschiedete

sie sich und wies mit einer Kopfbewegung auf den Eingang zum Supermarkt.

Carsten nickte. »Klar. Alles Gute.«

»Pass auf dich auf«, sagte sie und lächelte wieder, doch dieses Lächeln wirkte angestrengt.

11

»Wir sind immun ... jeder sucht sich seine Aufgabe ...«, die Worte der Tierärztin kreisten durch Carstens Gedanken, während er weiterwanderte. Und sie ärgerten ihn mit jeder Wiederholung mehr. Niemand war immun. Selbst die Tauben und die Ratten lagen tot in den Straßen. Er ärgerte sich über ihre Unbedarftheit, ihre Unvernunft. Naivität gepaart mit dieser überlegenen Haltung, seine Vorsicht so zu belächeln ...

Er mochte diese Frau nicht. Die vielleicht letzte gesunde Frau in der Stadt, nach allem, was er wusste, vielleicht die letzte gesunde Frau auf der Welt, und er konnte sie nicht leiden. Was sagte das über ihn?

Was täte er wohl, wenn er nicht nach seinen Schülern suchen würde, erlaubte er sich für einen Moment, den Gedanken der Tierärztin zu folgen. Er kam zu keiner Antwort. Seine Kopfschmerzen wurden wieder stärker. In der nächsten Apotheke auf seinem Weg wollte er nach Schmerzmitteln suchen.

Noch etwas anderes an dem Treffen mit der Tierärztin hatte ihm ein schlechtes Gefühl gegeben. Es kam ihm vor, als hätte er sich durch ihre Augen zum ersten Mal seit Wochen wieder selbst gesehen – und das Bild vor seinem geistigen Auge hatte ihm gar nicht gefallen. Ein stoppelbärtiger Mann mit Wanderrucksack und fettigem, ungewaschenem Haar in abgetragener Kleidung, auf der die merkwürdigen Winkel, die er sich zum Schlafen gesucht hatte, ihre Spuren hinterlassen hatten. Er kam sich vor wie ein Schiffbrüchiger, der nackt und verwildert von einem Kreuzfahrtschiff voller Touristen gefunden wird.

Und das Treffen hatte Erinnerungen angestoßen, die er nicht haben wollte. Erinnerungen an seine letzten Erfahrungen mit Überlebenden.

Sie hatten sich zu zehnt in der Universität verbarrikadiert, in einer wilderen Zeit als jetzt, als die Kranken noch in aggressiven Horden durch die Straßen gejagt waren und die Gesunden in verzweifelter Flucht versucht hatten zu überleben. Sie waren eine zusammengewürfelte Gruppe gewesen, hatten sich irgendwie im Chaos gefunden und waren einer Frau mit einem Schlüssel zum höchsten Gebäude der Uni gefolgt.

Im obersten Stockwerk des höchsten Gebäudes hatten sie sich eingerichtet, alle Eingänge blockiert, den Fahrstuhlschacht und die beiden Treppenhäuser versperrt.

Vom Dach des Gebäudes hatten sie einen weiten Ausblick auf die Umgebung gehabt und wie entrückt aus der Ferne dem Chaos in den Straßen zugesehen. Später hatten sie sogar einen kleinen Generator zum Laufen gebracht, mit dem sie elektrisches Licht, Herdplatten und vor allem ein Radio und einen Fernseher betreiben konnten. Sie hatten ständig die aktuellen Meldungen verfolgt; bis der Fernseher nur noch Schnee zeigte und das Radio nur noch Rauschen von sich gab.

Hoch über der Stadt hatten sie sich einigermaßen sicher gefühlt. Von Zeit zu Zeit waren zwei oder drei von ihnen losgezogen, um Lebensmittel aus der Mensa und den Cafeterien der umliegenden Gebäude zu besorgen.

Die Schwierigkeiten hatten begonnen, als Walter, ein Elektroinstallateur um die fünfzig, der die ganze Elektrik ihrer kleinen Enklave versorgte, vergesslich wurde – und zunehmend aggressiv reagierte, wenn sie ihn darauf ansprachen. Erst hatte es sich nur um Kleinigkeiten gehandelt, die sich dann aber in auffallender Weise häuften. Er wiederholte Dinge, die er gerade erst gesagt hatte. Er verlor den Faden in Unterhaltungen. Und er ärgerte sich bei seinen Elektroarbeiten so sehr, dass er nach einem gescheiterten Reparaturversuch einen ganzen Deckenfluter durch das geschlossene Fenster aus dem zehnten Stock schleuderte. Nur wenige Tage später begann er dann, auch ganz entscheidende Dinge zu vergessen: er versäumte, sich abzumelden, wenn er das Stockwerk verließ, er ließ den gesicherten Zugang zu ihrem Lager offen stehen und verschlief die nächtliche Wache.

»Leckt mich am Arsch mit euern Scheiß-Regeln, ich kann hier eh nichts richtig machen, das hab ich auch schon gemerkt!«, war seine Reaktion, als Tanja, die Frau, die sie hergeführt hatte – die Frau mit dem Schlüssel –, ihn um mehr Sorgfalt gebeten hatte.

So begannen sie, hinter seinem Rücken zu beratschlagen: Natürlich war es normal, ab und zu mal etwas zu vergessen. Und unter den Umständen, unter denen sie zu leben gezwungen waren, war es mehr als normal, dass man die Nerven verlor oder einem mal der Kragen platzte – und gerade Walter, der im Schlaf immer wieder nach »Andrea« schrie, über die er sich weigerte zu sprechen, schien besondere Nachsicht zu verdienen.

Und doch lag ein anderer schrecklicher Verdacht nahe, und den vertrat vor allem Eva, die in einer Nachbarstadt klassischen Gesang studiert hatte und deren oberstes Interesse darin bestand, ihren kleinen Sohn Jannik zu schützen. Sie begann, Stimmung gegen Walter zu machen, suchte nach Verbündeten und bezeichnete ihn immer mehr als ein untragbares Risiko und eine tickende Zeitbombe. Und dann war es ausgerechnet der dreijährige Jannik gewesen, der die Situation endgültig hatte eskalieren lassen.

Rückblickend glaubte Carsten, sich daran zu erinnern, dass der Junge ein paar Tage lang kaum noch gesprochen und die meiste Zeit geschlafen hatte, aber darin hatte niemand ein Anzeichen der Infektion erkannt. So kam es völlig unerwartet, dass er sich nachts im Gesicht seiner Mutter festbiss und mit seinen kleinen Kiefer so festhielt, dass Eva ihn nicht loswerden konnte, ohne sich das eigene Gesicht vom Schädel zu reißen. Sie schrie das ganze Stockwerk zusammen, und bald kamen sie alle aus den Büros, in denen sie geschlafen hatten, und sahen den kleinen Jungen mit blutverschmiertem, von Hass verzerrtem Gesicht in seine Mutter verbissen, und keiner wusste, was zu tun war.

Während sie unentschlossen um Mutter und Sohn herumstanden, war es dann Walter gewesen, der ohne lange zu zögern auf die beiden zustapfte, Jannik mit seinen großen Händen packte, von seiner Mutter losriss und in eine Ecke des Büros schleuderte. Der kleine Junge kam schnell wieder auf die Füße und starrte gierig in die Runde, den herausgerissenen Fetzen aus der Wange seiner Mutter immer noch zwischen die Zähne geklemmt. Eva presste sich die flache Hand auf die Wunde, dunkles Blut quoll zwischen ihren Fingern hervor und lief ihr die Schulter herunter. Sie weinte und keuchte, schrie Walter drohend an und redete beschwörend auf den kleinen Jannik ein.

Carsten erreichte eine Apotheke. Er war inzwischen bis in den nächsten Vorort gelaufen und froh über einen Anlass, seinen inneren Film zu beenden, bevor er noch schlimmer wurde.

Es war schon jemand vor ihm hier gewesen; die Tür war aufgebrochen, und die langen Schubläden der Apothekerschränke waren herausgezogen. Tablettenschachteln lagen über den Boden verstreut. Carsten prüfte misstrauisch, ob der Raum leer war, hielt dabei die Pistole bereit. Er lauschte und stellte sich vor, wie er seine Ohren spitzte. Er hielt den Atem an, um auch nicht das kleinste Geräusch zu verpassen. Er konnte nichts hören. Vorsichtig näherte er sich dem hinteren Raum. Schritt für Schritt schlich er durch einen schmalen Durchgang. Hier hinten befand sich alles in bester Ordnung – sinnlos gewordene Computer und gut sortierte Aktenordner erweckten den Eindruck, als könnte hier schon morgen wieder jemand arbeiten.

Er ging zurück in den Verkaufsraum. Dank der alphabetischen Ordnung der Präparate fand er schnell etwas gegen die Kopfschmerzen, außerdem Tabletten gegen seinen Heuschnupfen. Er steckte noch ein paar Nahrungsergänzungsmittel ein – Vitamintabletten und ein Zinkpräparat, weil er irgendwo aufgeschnappt hatte, dass Zink gut fürs Immunsystem sein sollte. Er setzte den Rucksack ab, um alles zu verstauen, und zog eine Wasserflasche hervor, schluckte gleich zwei Kopfschmerztabletten.

Bilder vom kleinen Jannik und dem Zimmermannshammer in Walters kräftiger Faust spukten weiter durch seinen Kopf.

12

Carsten hatte noch nie so viel Blut gesehen, wie aus dem eingeschlagenen Schädel des kleinen Jannik strömte. Eva kreischte, bemühte sich mit blutendem Gesicht um ihren leblosen Sohn und schrie: »Tut doch etwas, tut doch etwas«. Walter ließ den blutigen Hammer mit einer laxen Bewegung neben den Körper des Jungen fallen.

Luisa hockte sich neben Eva und nahm sie in den Arm. Luisa und Carsten waren gemeinsam hergekommen. Sie war die Verlobte von Carstens bestem Freund Markus. Eine junge Augenoptikerin mit langem blondem Haar, das über ihrer Stirn zu einem geraden Pony geschnitten war. Ihre Haut war blass und ihr Körper besorgniserregend mager. Mit ruhiger Stimme erklärte sie Eva, dass Jannik tot war. Dass sie nichts mehr für ihn tun konnten.

Lukas, ein Student aus ihrer Gruppe, stand mit einer Wolldecke bereit, um den kleinen Körper zuzudecken.

Eva machte sich von Luisa los, packte den hingeworfenen Hammer und stürzte mit einem Kreischen auf Walter zu. Carsten griff ohne zu zögern ein; er packte Eva bei der Schulter, um sie aufzuhalten; ein anderer Mann aus ihrer Gruppe, Thomas, kam ihm sofort zu Hilfe. Zu zweit hielten sie Eva fest und versuchten, den Arm zu blockieren, mit dem sie den Hammer gegen Walter schwang. Der wich nur einen Schritt aus ihrer Reichweite zurück und blieb dann wieder ruhig stehen.

Thomas rief Carsten warnend zu: »Pass auf! Ihr Blut!«

Evas Blut quoll weiter aus der Wunde, die Jannik in ihr Gesicht gerissen hatte, und Carsten streckte die Arme aus, um Abstand zwischen sich und die Frau zu bringen. Luisa versuchte, Eva zu beruhigen, doch Eva kreischte: »Carsten, erschieß ihn! Erschieß ihn!«

Carstens Pistole war die einzige Schusswaffe in ihrer Enklave.

»Du solltest froh sein«, goss Walter Benzin ins Feuer, »ich hab dir dein Leben gerettet. Dein Kleiner hätte dich umgebracht.«

Als Eva das hörte, wütete sie noch einmal in Walters Richtung, und die beiden Männer hatten Schwierigkeiten, sie zu halten.

»Das hilft doch jetzt überhaupt nicht«, griff Lukas ein. »Komm, Walter, wir gehen erst mal nach nebenan.«

Nachdem die beiden den Raum verlassen hatten, wurde Eva etwas ruhiger.

Sie setzten sie auf einen Stuhl. Als wenn sie erst jetzt erkannte, was sie in der Hand hielt, warf sie angeekelt den Hammer von sich.

Carsten blickte auf den abgedeckten Körper des Jungen in der Mitte des Raums hinunter. Sein krankes Blut sickerte aus den vollgesogenen Enden der Wolldecke, die Lukas über ihn ausgebreitet hatte.

»Was machen wir jetzt?«, fragte Thomas und setzte sich ebenfalls. Thomas war ein untersetzter Geschichtsstudent mit wirrer Frisur, der Carsten an Robert Smith erinnerte, den Frontmann von The Cure. Thomas' düsterer Kleidungsstil passte zu diesem Eindruck. »Dieser Psychopath hat meinen Sohn umgebracht! Ihr wollt ihn ja wohl nicht damit durchkommen lassen! Ich will, dass er stirbt! Ich will, dass er stirbt für das, was er getan hat!«

Luisa versuchte noch einmal, auf Eva einzureden, aber die schüttelte ihre Worte ab.

Thomas sah zerknirscht zu Carsten herüber. Dann hörten sie Tumult von nebenan, Walter brüllte und pochte gegen eine Tür.

Lukas kam zurück. »Ich hab ihn erst mal eingeschlossen. Damit wir … überlegen können. Was wir jetzt machen. Was wir mit Walter machen.«

»Ich sag es nicht gerne«, sagte Stefan, »aber ich fürchte, wir müssen eher darüber entscheiden, was wir mit *ihr* machen.«

Er zeigte auf Eva. Sie funkelte ihn wütend an.

Mit Stefan war Carsten schon mehrmals unterwegs gewesen, um Lebensmittel zu sammeln. Er hatte Carsten ein ums andere Mal mit seinem Mut zu schnellen Entscheidungen beeindruckt. Ihm hatte vor der Katastrophe ein kleines Sanitärunternehmen für Komfortbäder gehört.

»Was meinst du?«, fragte Luisa.

»Sie ist krank«, erklärte Stefan. Er tippte sich auf die Wange. »Der Biss. Sie hat's im Körper. Und machen wir uns nichts vor: Walter mit ziemlicher Sicherheit auch. Das denken viele von uns schon lange genug.«

»Das wissen wir nicht, er ist vielleicht einfach nur durcheinander«, wandte Lukas ein.

»Okay, vielleicht ist er einfach nur durcheinander«, wiederholte Stefan zynisch. »Willst du unser Überleben an diesen Zweifel hängen? Oder wollen wir vielleicht lieber sichergehen?«

»Hier ist es nicht mehr sicher«, sagte Carsten. Er deutete auf das Blut am Boden. Thomas nickte.

»Wir gehen in ein anderes Stockwerk«, schlug Tanja vor. »Das müsste doch sicher genug sein.« Sie sah die anderen an. »Über die Luft wird es nicht übertragen.«

»Sagt wer?«, wollte Stefan wissen. Tanja zuckte die Schultern.

»Schicken wir sie beide raus«, schlug Stefan vor. »Wir müssen sie nicht ... umbringen. Sollen sie ihr Schicksal finden. Draußen.«

»Wie bitte?!«, kreischte Eva und stand von ihrem Stuhl auf. »Ich sitze hier, ist dir das klar? Du redest über mich, mein Leben! Wir sollten *dich* raussetzen, du Assi!«

»Ich bin aber nicht krank«, antwortete Stefan. »Und ich werde keinen von uns fressen.«

»Wir wissen doch gar nicht, ob sie krank ist!«, versuchte Luisa klarzustellen.

Eva stand auf und stapfte auf Stefan zu. Thomas erhob sich halb, sah zu Carsten herüber, der auch nicht wusste, was zu tun war.

»Bleib mir vom Leib«, warnte Stefan, doch da war Eva schon auf einen Schritt an ihn herangekommen.

Mit verächtlicher Miene stand sie ihm gegenüber, funkelte ihn an und – spuckte ihm ins Gesicht. Für einen Moment waren sie alle wie erstarrt. »Da hast du deine Scheißinfektion. Wenn ich sie hab, hast du sie auch«, sagte sie giftig.

Stefan brach die Bewegungslosigkeit. Blitzartig schlug er Eva die Faust in den Magen, sie krümmte sich, Carsten und Thomas sprangen auf, um einzugreifen. Stefan schlug der gebückten Eva ins Genick; sie fiel, stürzte zu Boden, gleich neben die Leiche ihres Sohnes. Luisa kreischte und weinte; sie wollte den Raum verlassen, kam aber nicht an den Männern vorbei, die jetzt gemeinsam versuchten, Stefan aufzuhalten.

»Das reicht jetzt!«, herrschte Thomas Stefan an, und sie packten ihn bei den Schultern, schoben ihn durch den Raum von Eva weg. »Beruhig dich.«

Carsten hörte Luisa noch »Eva, nein!« sagen, bevor er

begriff, was geschah: Eva war schon wieder auf den Beinen, hatte den Hammer in der Faust und stürzte auf Stefan zu. Der riss sich explosionsartig aus dem Griff der beiden Männer los, stürmte Eva entgegen und schmetterte sie wie ein Rammbock gegen die Wand. Eva keuchte, verlor den Hammer; Stefan drückte sie zu Boden und presste ihr ein Knie auf den Brustkorb. Abwehrend streckte sie ihm die Arme entgegen und rieb Stefan die blutige Hand ins Gesicht, mit der sie sich ihre Bisswunde gehalten hatte. Carsten und Thomas stürzten Stefan hinterher, doch bevor sie ihn erreichten, griff er in Evas Haar und schmetterte ihren Schädel auf den Boden. Sie packten ihn, Stefans Ellenbogen traf Carsten am Kinn und er fiel rückwärts. Thomas klammerte seinen Arm um Stefans Hals und zog ihn würgend von Eva herunter. Carsten kam wieder auf die Beine und entfernte sich schnell von der Blutlache des Kindes.

Alle keuchten, Luisa weinte und beugte sich über die bewusstlose Eva, der das Blut aus den Ohren lief.

»Die hat mich umgebracht«, stammelte Stefan, spuckte angeekelt aus und wischte sich mit seinem T-Shirt Evas Blut vom Gesicht. »Die wollte mich umbringen! Ich muss es nicht kriegen, aber die wollte mich umbringen.« Er fand eine Wasserflasche und spülte sich den Mund aus.

»Fuck!«, rief Thomas plötzlich; Carsten sah, dass er Blut an seinem Unterarm entdeckt hatte. Er musste etwas von dem Blut, das Eva Stefan ins Gesicht gerieben hatte, abbekommen haben, als er Stefan von ihr heruntergezogen hatte. Thomas wusch es mit Trinkwasser ab; Carsten schaute an sich herunter und kontrollierte seine Kleidung, Hände und Unterarme auf Blutspuren.

»Sie atmet nicht«, sagte Luisa panisch. »Sie atmet nicht, wir müssen sie beatmen.«

Carsten und Thomas sahen einander an. Luisa blieb unschlüssig über der Ohnmächtigen stehen.

»Nur zu«, meinte Stefan zynisch. »Mund-zu-Mund-Beatmung. Viel Spaß.« Er nahm noch einen Schluck Wasser und spuckte ihn wieder aus.

»Aber wir können sie doch nicht einfach sterben lassen«, sagte sie. »*Du* solltest es tun«, meinte sie dann zu Stefan. »Wenn sie es hat, hast du es eh schon.«

Stefan starrte sie an. »Was fällt dir ein?«, polterte er bedrohlich.

»Wir müssen doch so eine Maske haben. Im Erste-Hilfe-Kasten«, meinte Lukas. »So eine Aids-Maske.« Er schob sich zwischen Stefan und Luisa hindurch und eilte aus dem Raum.

Stefan wandte sich jetzt den Männern zu.

»Sag nichts, sag kein Wort«, kam Thomas ihm zuvor, bevor er etwas sagen konnte. »Wir sind fertig miteinander.«

»Was sollte ich denn machen?«, wütete Stefan.

»Halt einfach die Fresse«, sagte Thomas und ging hinter Lukas her.

Stefan wandte sich an Carsten. »Was sollte ich denn machen, das war ein tödlicher Angriff, mich anspucken mit der Infektion – das war reine Selbstverteidigung!«

»Einer Frau den Schädel brechen passt nicht zu meiner Idee von Selbstverteidigung«, sagte Carsten sachlich.

Lukas und Thomas kamen wieder in den Raum. Lukas hatte gefunden, was er gesucht hatte; er gab Luisa die Schutzmaske und ein Paar Latexhandschuhe. Luisa streifte die Handschuhe über ihre langen Finger und setzte der bewusstlosen Eva die Maske aufs Gesicht.

Tanja und die drei Männer standen um sie herum und beobachteten, was geschah. Niemand erwartete, dass Luisas Wiederbelebungsversuche Erfolg zeigen würden. Nicht einmal Luisa selbst.

Stefan hatte Eva umgebracht.

»Ich geh Walter rauslassen«, sagte Thomas.

»Moment mal«, sagte Stefan, »das werden wir gemeinsam entscheiden.«

»Mit dir entscheide ich gar nichts mehr«, erklärte Thomas. »Du kannst dich verpissen. Du bist für mich gestorben.«

Stefan funkelte ihn wütend an. Offenbar fehlten ihm die Worte für eine Antwort.

»Was jetzt?«, drängte Thomas. »Willst du jetzt mich anspucken? Verpiss dich.«

Er machte einen Schritt um Stefan herum und verließ den Raum.

»Sie ist tot«, flüsterte Luisa. Sie hatte ein Ohr auf Evas Brust gelegt. Sie begann zu schluchzen und zog sich von Evas Leiche zurück. Trostsuchend wandte sie sich zu Carsten, doch er bedeutete ihr, zuerst die blutigen Latexhandschuhe auszuziehen. Während sie erst den einen, dann den anderen Handschuh abstreifte, wurde ihr Blick hart.

»Schaff den Mörder hier raus«, sagte sie zu Carsten. »Er hat hier nichts mehr zu suchen.«

13

Es war ein Pferd, das Carsten wieder in die Gegenwart zurückholte, ein Pferd mit schmutzig-hellem Fell. Es lag in der Einmündung einer Seitenstraße, die Beine unter dem massigen Körper gefaltet. Eine Bewegung hatte Carsten aus seinem Tagtraum gerissen, und er schalt sich innerlich für seine Unachtsamkeit.

Der Kopf des Tieres pendelte in einer erschöpften Bewegung immer wieder hin und her. Die Augen hatte es halb geschlossen, die Ohren zuckten unruhig. Carsten suchte die Umgebung ab, doch bis auf das träge Tier konnte er nichts Lebendiges entdecken.

Als das Pferd ihn bemerkte, öffnete es die Augen ganz, richtete den schlaffen Hals auf und versuchte aufzustehen, doch seine Beine knickten unter dem Körper zusammen. Es bemühte sich noch einmal, auf die Beine zu kommen, und scheiterte wieder. Carsten fühlte sich auf schreckliche Weise an die ersten Fernsehbilder von BSE-kranken Rindern erinnert, die Anfang der 90er-Jahre um die Welt gegangen waren. Das Pferd versuchte mit wachsender Verzweiflung, auf die Beine zu kommen. Seine Hufe scharrten unkontrolliert über den Asphalt. Die Augen des Tiers weiteten sich panisch, als jage es sich selbst furchtbare Angst ein. Seine Zunge streckte sich weit und ausladend aus dem Maul.

»Ist schon gut«, murmelte Carsten, die Hände ausgebreitet, halb zu sich selbst und halb zu dem verstörten Pferd, das wieder und wieder auf der Straße zusammenbrach. Er wusste, dass er log.

Neurologische Ausfälle häuften sich im späteren Verlauf der Krankheit. Während die Prionen den motorischen Cortex zerfraßen, kamen Bewegungs- und Koordinationsstörungen hinzu. Die Betroffenen waren kaum noch zu kontrollierten Handlungen fähig, am Ende nicht einmal zur Kontrolle grundlegender Körperfunktionen.

Die hilflosen, stolpernden Versuche, sich aufzurichten, erfüllten Carsten mit Erbarmen. Er empfand in diesem Moment ein tieferes und ehrlicheres Mitleid für dieses Tier als für all die entstellten Gestalten, die einmal Menschen gewesen waren und jetzt nur noch vom Hunger getrieben durch die Straßen schlurften. Für all die, denen er das Leben genommen hatte, um sich selbst zu schützen. Er zog die Axt aus dem Gürtel und blieb mit der Waffe in der Hand unschlüssig vor dem strampelnden Tier stehen, das bei seinen erfolglosen Versuchen immer lauter hechelte und keuchte, während sich die lange Zunge in alle Richtungen aus seinem Maul streckte.

Hatte Carsten das Pferd als Erster gesehen? Oder war die Tierärztin den gleichen Weg gekommen? Hatte sie das Tier bemerkt? Und könnte sie ihm helfen? Oder wäre sie hier auch hilflos, weil es längst zu spät war? Hätte sie das Pferd erlöst? Getötet? Erschossen? Eingeschläfert?

Carsten hatte es nicht getan. Hatte es nicht geschafft. Sich nicht zugetraut, die Entscheidung zu treffen. Woher sollte er wissen, was richtig und was falsch war?

Er hatte sich umgedreht und seinen Weg fortgesetzt, ohne noch einmal zurückzublicken, das hilflose Scharren der Hufe immer noch im Ohr. Erst jetzt, nachdem er schon eine halbe Stunde weitergelaufen war, steckte er die Waffe wieder weg.

Es war so schwer. Alles war so schwer.

Es war viel geredet worden und nichts entschieden. Wie sollte es weitergehen? Was sollte mit Walter passieren, was mit Stefan? War Stefan im Recht oder im Unrecht? Hatte Walter richtig gehandelt oder nicht? Was sollte mit den Leichen von Eva und Jannik passieren …

Carsten hatte im Verlauf der Diskussionen immer weniger gesagt und stattdessen für sich allein beschlossen zu gehen. Die Sicherheit, die ihn hier gehalten hatte, gab es nicht mehr. In seinem Kopf war schon seit Tagen ein Plan herangereift. Und sein Rucksack stand fertig gepackt in dem Büro, in dem er geschlafen hatte.

Thomas hielt ihn im Flur auf, als er dabei war aufzubrechen. »Wo willst du hin?«

Carsten drehte sich zu ihm um. »Ich … hab was zu erledigen.«

Thomas schnaubte. »Was zu erledigen? Du willst abhauen.«

Carsten nickte. »Es gibt ein paar Leute, die ich suchen muss.«

»Ich will auch hier weg«, erklärte Thomas. »Die Infektion ist hier. Es ist hier nicht mehr sicher, und alle drehen langsam durch. Ich hab ein Auto«, er hielt einen Schlüssel in die Höhe. »Unten auf dem Parkplatz. Gehen wir zusammen?«

»Wenn du willst.«

Luisa schloss sich ihnen ebenfalls an. Tanja schloss die Tür hinter ihnen ab. Sie hatte versucht, sie vom Bleiben zu überzeugen, statt sich draußen den Gefahren auszusetzen. Luisa hingegen hatte versucht, Tanja zum Mitkommen zu bewegen, statt sich mit Stefan, Walter und Lukas wieder einzuschließen.

Zu dritt schlichen sie über das dunkle Unigelände zum Parkplatz.

»Da!«, zischte Thomas. »Das ist mein Wagen.«

Sie sahen sich in alle Richtungen um. Es war dunkel, wirklich dunkel, ohne Straßenlaternen und elektrisches Licht. Mit schnellen Schritten überwanden sie die Distanz zum Auto und hockten sich neben die Reifen, während Thomas die Tür aufschloss. Carsten setzte sich auf den Beifahrersitz, Luisa hinter ihn.

»Und jetzt?«, fragte Thomas, als sie im Auto saßen. »Wo soll ich hinfahren? Was habt ihr vor?«

»Ich will zu meinen Eltern«, sagte Luisa. »Ich hab zuletzt von ihnen gehört, dass sie sich in ihrem Haus eingeschlossen haben und dass es für mich zu gefährlich wäre hinzukommen. Danach sind die Handynetze zusammengebrochen. Ich will sehen, ob sie noch da sind. Und ich hoffe, dass die Straßen inzwischen leerer sind.« Luisa presste ihre schmalen Lippen aufeinander, um die Tränen aufzuhalten, die sich in ihren Augen sammelten.

Carsten nickte. »Ich möchte auch jemanden suchen. Ich habe viel darüber nachgedacht in den letzten Tagen. Ich muss dafür zuerst etwas aus der Grundschule holen, in der ich gearbeitet hab.«

»Okay«, meinte Thomas. »Ich habe keinen Plan. Ich bin froh, dass ihr einen habt. Ich bin überall dabei. Wo fangen wir an?«

»Ich schlage vor, dass wir mit einem Baumarkt anfangen«, meinte Carsten. »Uns bewaffnen.«

»Im Baumarkt?«, fragte Luisa.

»Werkzeug«, sagte Carsten. »Eine Axt.«

»Oder eine Kettensäge«, fügte Thomas hinzu und nickte. Carsten war unsicher, ob das ein Scherz war.

»Ich glaube, das könnte ich nicht«, meinte Luisa. »Auf einen Menschen einschlagen ... mit einer Axt?«

»Stell dir einfach vor, was die sonst mit dir machen«, meinte Thomas. »Dann geht das schon«.

»War da was?«, schreckte Luisa auf. »Ich dachte da hat sich was bewegt ...«

»Dann fahr ich besser los. Zum Baumarkt.« Thomas drehte den Schlüssel, die Zündung startete, aber der Wagen sprang nicht an. »Okay, der hat ein paar Wochen gestanden. Der kommt schon gleich.«

Er startete noch einmal. Beim dritten Versuch sprang der Wagen an. Thomas schaltete die Scheinwerfer ein, Luisa schrie auf, und Thomas erschrak offenbar so sehr, dass er die Füße von den Pedalen nahm. Zwei Männer standen im Scheinwerferlicht, fahle Gesichter mit Blut an den Lippen. Der Wagen schüttelte sich und ging aus.

»Setz zurück«, sagte Carsten.

Thomas startete den Wagen erneut, der Motor drehte hoch. Thomas legte den Rückwärtsgang ein und wendete in einem engen Bogen, dann fuhr er zur Ausfahrt. Doch auch da zeigte ihnen das Scheinwerferlicht Gestalten im Dunkel. Thomas hielt an. Eine Frau hatte neben der Ausfahrtschranke gesessen und stand jetzt auf. Die Zunge streckte sie weit aus dem Mund.

Von irgendwo kam jemand angerannt, sie hörten die schnellen Schritte.

»Gib Gas«, sagte Carsten entschlossen. »Fahr. Fahr durch sie durch.«

Thomas nickte langsam. »Okay«, sagte er und legte den ersten Gang ein.

Der Motor heulte auf; Thomas gab Gas, hatte aber die Kupplung durchgetreten. Dann nahm er das Gas wieder zurück, bis der Motor verstummte. »Ich kann das nicht. Ich kann niemanden überfahren.«

»Da kommen noch mehr!«, rief Luisa von hinten.

Carsten wurde heute noch schlecht bei dem Gedanken daran, wie er auf Thomas eingeredet hatte.

»Das sind keine Menschen mehr«, hatte er gesagt. »Das sind Monster, Thomas. Die wissen überhaupt nicht mehr, was mit ihnen passiert.«

»Ich kann das nicht«, sagte Thomas wieder. »Ich kenn den da sogar. Ich hab mit dem mal ein Tutorium gehabt.«

»Fahr, Thomas«, sagte Carsten. »Wir müssen hier raus. Die werden uns umbringen, wenn du nicht fährst.«

»Ich schaff das nicht«, schluchzte Thomas. »Fuck, fuck, fuck, es tut mir so leid. Ich pack das nicht.«

»Komm«, meinte Carsten. »Wir tauschen die Plätze. Ich fahre.«

»Okay.«

Er öffnete die Autotür, da warf sich ein Mann auf die Motorhaube. Ein zweiter kam von rechts, schnell und behände sprang er auf das Auto. Carsten schlug die Tür wieder zu, verriegelte sie. Beide Männer starrten ihnen durch die Windschutzscheibe entgegen, warfen sich gegen das Sicherheitsglas.

»Das hält«, meinte Carsten. »Keine Angst, das hält. Wir können die Plätze nicht tauschen. Du musst jetzt fahren. Das sind keine Menschen mehr. Das sind Monster. Fahr!«

»Das … das geht einfach nicht«, stammelte Thomas.

Carsten zwängte sein Bein an der Mittelkonsole vorbei

und drückte mit seinem Fuß das Gaspedal herunter. Noch einmal heulte der Motor auf. »Lass die Kupplung los!«

In diesem Moment brach die Windschutzscheibe. Überall durchzogen Risse das Glas, die Angreifer drückten die gebrochene Scheibe wie eine Matte aus Scherben nach innen. Thomas verstellte den Sitz soweit es ging nach hinten; Carsten zog die Pistole. Und zum ersten Mal in seinem Leben richtete Carsten Lemmner, der Primarstufenpädagoge, der Kriegsdienstverweigerer, eine Waffe auf einen Menschen. Seit er die Pistole dem Polizisten im Hauptbahnhof abgenommen hatte, hatte er vier Schüsse abgefeuert, um sich mit der Waffe vertraut zu machen. Mehr hatte er sich verboten, um Munition zu sparen. Er zielte auf einen der beiden Männer. Einer war im mittleren Alter und trug eine rote Outdoorjacke. Carstens Hände zitterten. Die Augen des Mannes starrten Carsten wild und wirr an. Carsten hatte den Finger am Abzug. In seinem Kopf wiederholte er, was er vor einem Augenblick noch Thomas gesagt hatte. Es sind Monster. Keine Menschen mehr. Monster. Aber es gelang ihm nicht, sich selbst zu überzeugen. Der Mann schlug mit seiner Faust ein Loch in die splittrige Windschutzscheibe, Luisa kreischte auf der Rückbank, die blutige Faust zuckte Thomas entgegen. Carsten feuerte auf die rote Jacke. Und noch mal. Die Wucht des Schusses riss den Angreifer rückwärts von der Motorhaube. Carsten richtete die Waffe auf den Mann und drückte ab. Er traf ihn in den Hals; sein Blut pumpte stoßweise auf die Scheibe, sein Körper wurde schlaff, blieb auf der Motorhaube liegen.

Plötzlich war es still. Die Frau, die in der Ausfahrt gesessen hatte, stand stumm und reglos vor der Stoßstange.

Thomas riss die Autotür auf und übergab sich.

Er war noch auf dem Parkplatz gestorben. Mit Luisa hatte

Carsten den Baumarkt erreicht, aber sie hatten es nicht einmal in die Nähe ihrer Eltern geschafft.

Es war schon nach Mittag, als Carsten das nächste Ziel auf seiner Liste erreichte.

Er hatte die Hauptstraße erneut verlassen und sich vom Navigationssystem durch ein Netz von Seitenstraßen führen lassen. Jetzt stand er vor einem Haus, das von niedrigen Hecken umgeben war, die inzwischen lange Triebe über ihre ehemalige Kastenform hinaus geschossen hatten.

Carsten griff über das Gartentor, um die Klinke herunterzudrücken und betrat das Grundstück. Im Erdgeschoss waren Rollläden vor den Fenstern heruntergelassen, die Fenster im Obergeschoss waren geschlossen. Ein Weg aus Schieferplatten führte ihn zur Haustür, neben der ein kleines Namensschild bestätigte, dass er hier richtig war: Hier wohnte Familie Gruda. Oder hatte hier gewohnt. Deren Sohn Benjamin ging in seine Klasse. War in seine Klasse gegangen.

Er blieb unschlüssig stehen. Schließlich streckte er den Finger nach dem Klingelknopf aus, verharrte aber in der Bewegung, als ihm die Unsinnigkeit seiner Handlung klar wurde. Er klopfte. Wartete. Nichts geschah. Dann beschloss er, das Haus zu umrunden.

Dieser Plan zahlte sich aus: Er fand ein Fenster, bei dem die Rollläden oben waren, und blickte direkt in die Küche der Familie. Er drückte gegen den Rahmen, doch das Fenster rührte sich nicht. Kurzentschlossen hob er die Axt und schwang die stumpfe Seite gegen die Scheibe, sie zerbarst und fiel in tausend Scherben aus dem Rahmen. Carsten nahm sich Zeit zu lauschen. Nichts zu hören.

Er setzte den Rucksack ab und stieg durch das Fenster ein.

Gab Acht, sich nicht an den Scherben und Glassplittern zu verletzen, als er auf die Arbeitsfläche der Einbauküche kletterte. Er griff nach draußen und hob den Rucksack herein.

Er überlegte, ob er die Rollläden herunterlassen sollte oder nicht. Im besten Fall würden sie verhindern, dass ihm jemand folgte. Im schlechtesten Fall würde er damit seinen einzigen Fluchtweg versperren. Er ließ sie oben.

Aus der Küche trat er in den Flur und lauschte. Dann begann er vorsichtig, die einzelnen Räume zu überprüfen, die Pistole vor sich ausgestreckt. Er fand niemanden im Wohnzimmer, niemanden in der Gästetoilette, auch nicht im Garderobenschrank.

Im Obergeschoss war niemand im Bad und niemand im Schlafzimmer. Die dritte Tür führte ihn in Benjamins Kinderzimmer. Lego-Raumschiffe hingen an Nylonfäden von der Decke. In einem schmalen Regal entdeckte Carsten die Schulbücher des Jungen.

Benjamin war nicht da. Er war auch nicht auf dem Dachboden und nicht im Keller. Das Haus war menschenleer.

Carsten kehrte zurück in die Küche und setzte sich an den Tisch. Er kramte einen Stift aus dem Rucksack, zog das Klassenbuch heraus und legte es vor sich hin. Dann blätterte er zu der Liste seiner Schüler und zog eine feine rote Linie durch Benjamins Namen. Er strich den neunten von dreizehn Namen durch.

Wieder dachte er an die Tierärztin. »Klingt nach keinem allzu ausgereiften Plan, wenn du mich fragst«.

Wofür machte er das hier? Wie wahrscheinlich war es, dass er jemanden finden würde? Dass er jemanden retten könnte? Und warum sollten sie, falls sie tatsächlich noch gesund und am Leben waren, zu Hause auf ihn warten? Was würde er tun, wenn er nicht seine Schüler suchte?

Benjamins Familie konnte längst tot sein oder an einen sicheren Ort geflohen, falls es so etwas noch geben sollte. Dann hätte Carsten auch schon längst dort sein können, wenn er sich nicht mit seiner aussichtslosen Rettungsaktion selbst aufhalten würde.

Er holte den Whiskey aus dem Rucksack.

14

Oh, but Nancy wore green stockings
and she slept with everyone
Leonard Cohen

Es war nicht viel später, als Carsten sich eingestand, dass er zu betrunken war, um sich heute noch der allgegenwärtigen Lebensgefahr auszusetzen. Er lief noch mehrmals das ganze Haus ab, bis er sich sicher war, hier wirklich allein zu sein. Dann ließ er die Rollläden in der Küche herunter und verschloss so den einzigen Zugang zu dem Einfamilienhaus. Danach begann er, das Haus im Schein seiner Taschenlampe nach Brauchbarem zu durchsuchen; er brach den Plan jedoch bald wieder ab. Fremde Wohnzimmerschränke zu durchwühlen fühlte sich ganz anders an, als Lebensmittel in einem Supermarkt einzusammeln. Er wollte sich nicht wie ein Dieb fühlen. Er beschloss, sich auf Vorräte zu beschränken. Die lagerten im Keller, das hatte er bei seinen Kontrollgängen bereits gesehen.

Im Keller herrschte ein übler Geruch, der von einer Tiefkühltruhe zu kommen schien, die schon seit Wochen ohne Strom sein musste. Carsten vermied es, sie zu öffnen. Stattdessen kontrollierte er die Abfülldaten der Konservendosen im Vorratsschrank auf der Suche nach haltbaren Lebensmitteln, die mindestens sechs Monate vor Ausbruch der Seuche abgefüllt worden waren. Spätestens als man von den ersten

Veganern gehört hatte, die erkrankt waren, war klar geworden, dass man sich nicht nur durch Fleischverzehr mit Prionen infizieren konnte.

Während er suchte, mischte sich wieder die Tierärztin in seine Gedanken. Stumm schüttelte er den Kopf über ihre Ideen von Immunität, über ihre Unbedarftheit. Ob sie wirklich glaubte, was sie sagte? Oder konnte sie es nur nicht ertragen, der Wahrheit ins Gesicht zu sehen? Die Wahrheit war, dass es keine Hoffnung mehr gab. Dass die ganze Welt ansteckend war. Dass das Leben selbst im Sterben lag.

Carsten packte ein paar Konserven und zwei Gläser mit Brühwürstchen in eine Plastiktüte. Dazu noch drei Rollen Toilettenpapier und einen Beutel mit Teelichtern. Diese Tüte trug er in die Küche zu seinem Rucksack.

Dann zog er sich mit seinem Gepäck an den sichersten Platz im Haus zurück – den Dachboden.

Das Dachgeschoss war zu einem großen Zimmer ausgebaut. Die Luft war abgestanden. Der Raum war unschwer als das Zimmer eines Teenagers zu erkennen; Carsten war sich nicht sicher, ob Benjamin je von einem großen Bruder gesprochen hatte. Poster von Musikstars waren an alle Wände geheftet, und obwohl Carsten mindestens doppelt so alt sein musste wie der ehemalige Bewohner dieses Zimmers, kannte er die meisten seiner Idole: Jim Morrison, Bob Dylan und Iggy Pop blickten ihm von den Wänden entgegen.

Carsten schloss die Tür zur Treppe hinter sich und drehte den Schlüssel. Er vermisste seine Alarmanlage aus Konservendosen, die er in dem Bistro gelassen hatte, und nahm sich vor, bald eine neue zu basteln. Er öffnete eins der Dachfenster, um Luft hereinzulassen.

In der Mitte des Zimmers, zwischen Kleiderschrank, Schreibtisch und Bett, setzte er sich auf den Boden. Der Alkohol hatte ihn träge gemacht und seine Stimmung noch verschlechtert. Er hing seinen Gedanken nach und schüttelte von Zeit zu Zeit den Kopf, ohne es zu merken. Er öffnete ein Glas mit Würstchen und aß ohne Appetit, kaute mechanisch, ohne etwas zu schmecken. Schließlich setzte die Dämmerung ein. Zwielicht fiel durch die großen Dachfenster auf den Teppichboden. Carsten stellte rings um sich herum Teelichter auf.

Als es dunkel wurde, zündete er die Kerzen an. Der Raum begann, orange zu schimmern. Carsten fühlte sich in diesem Jugendzimmer voller Musikposter zugleich sicher und abgeriegelt. Ein sicheres Gefängnis. Er hatte die Welt aus- und sich selbst eingesperrt.

Das erste Mal seit Wochen würde er wieder in einem Bett schlafen. Und das erste Mal seit langer Zeit zog er die Schuhe aus, bevor er sich hinlegte. Auch die Jacke und das Hemd, sogar die Strümpfe. Er verzog das Gesicht, als ihm der Geruch von altem Schweiß aus seiner abgelegten Kleidung in die Nase stieg, und fuhr sich mit der Hand durchs Haar, nur um sich zu bestätigen, wie fettig es war. Er sah sich wieder durch die Augen der Tierärztin und beschloss, sich morgen gründlich zu waschen, bevor er das Haus verlassen würde. Im Keller hatte er einen Kasten mit Mineralwasserflaschen gesehen.

Er legte die Axt neben sich auf die Matratze. Neben dem Bett stand ein quadratischer Beistelltisch, auf dem Musikzeitschriften und Kataloge in ungeordneten Stapeln aufgetürmt waren. Obenauf platzierte er die Pistole, direkt neben einem MP3-Player. Er hob das kleine Gerät auf und schaltete es ein – es funktionierte. Wie lange schon hatte er keine

Musik mehr gehört? Er hob noch einmal den Oberkörper aus den Kissen und lauschte. Nichts zu hören. Er traute sich, die Kopfhörer aufzusetzen. Bevor er die Wiedergabe startete, regulierte er die Lautstärke herunter, soweit es ging. Er blätterte durch die Bibliothek der gespeicherten Musik; all die Idole von den Postern an den Wänden waren auf dem Player vertreten. Carsten endete bei Leonard Cohen, »Song about Nancy«, und legte seinen schweren Kopf auf dem Kissen ab. Er erinnerte sich an das Stück, kannte es von früher. Allerdings die Albumversion, nicht diese Live-Aufnahme. Die vorsichtigen Gitarrenakkorde, die allzu faktisch klagende Stimme, sie bauten sich auf und schienen dann tief in ihn hineinzugreifen. Die Augen geschlossen spürte er, wie er fiel, schwebte, begann, sich zu verlieren. Er riss die Augen auf, fand sich wieder auf dem Bett des Teenagers. Carsten stoppte das Stück. Seine Harmonien wollten etwas in ihm öffnen, etwas freilassen, das er nicht von der Kette lassen wollte. Er setzte sich auf und atmete durch. Er schluckte, was ihm merkwürdig schwerfiel.

Er schaute auf das kleine Display und blätterte weiter. Musik von R.E.M. fand Carsten weder gut noch schlecht; auf dem MP3-Player waren ganze Alben davon gespeichert. Irgendwie passte sie zu diesem Moment. Er spielte verschiedene Stücke an, ließ dann eins laufen und legte sich wieder hin, streckte sich auf der weichen Matratze aus. Es dauerte lange, bis er einschlief.

Er schreckte hoch und riss sich die Kopfhörer von den Ohren. Er hatte etwas gehört – oder nur geträumt? Er lauschte. Dann hörte er es wieder: ein gequältes, langgezogenes Kreischen. Von einer Katze? Vielleicht. Es klang so. Wahrscheinlich eine

Katze. Sie kreischte noch einmal auf, dann verstummte sie. Carsten schlief bald wieder ein.

Die schlimmsten Träume waren die, in denen alles wie früher war. Sie führten ihm so unbarmherzig vor Augen, was er alles verloren hatte. Und wie wenig er damals genossen hatte, was er besaß. Wie sehr er für eine unbestimmte Zukunft und wie wenig er für jede einzelne verrinnende Stunde gelebt hatte ...

Er presste die Kiefer aufeinander und hasste diese Binsenweisheiten und Kalendersprüche dafür, wie viel Wahrheit sie enthielten. Schwere saß ihm auf der Brust, wie der Nachtmahr in Füsslis Gemälde. Der rieb sich die Hände und feixte, drückte ihn zurück in die Kissen. Und aus seinen Augen starrten ihm die vielen Gesichter entgegen, die verloren waren; die vielen Freunde, die gestorben waren, der Infektion erlegen, von Infizierten umgebracht, totgeschlagen, zerrissen, aufgefressen. Und die Gesichter, die er versucht hatte, nicht anzusehen. Gesichter seiner Opfer, die er umgebracht hatte, mit der Axt, mit der Pistole; Gesichter von Menschen, die noch Tage vor der Infektion einfach irgendwelche Leute gewesen waren ... Leute, neben denen man in der Straßenbahn sitzt, Leute, die an der Kasse vor einem stehen, Leute, die laut lachen und am Kiosk eine gemischte Tüte kaufen.

Carsten gab der Schwere nach und ließ sich auf die Matratze drücken, folgte den Bildern vor seinem inneren Auge in einen neuen flachen Schlaf.

Er lag in einem harten Kiesbett am Ufer eines Flusses, das Wasser umspülte kalt seinen Körper, seine Kleidung war vollgesogen und seine Haut aufgeweicht. Er wusste, dass er aufstehen musste, dass er aufstehen wollte, aber gleich neben ihm lag eine Frau, ganz eingehüllt in nasse schwarze Tücher, nur das blasse Gesicht war frei. Ihre schlanke Hand lag eiskalt in seiner. Und in ihren Augen lag eine so tiefe und endgültige Traurigkeit, dass Carsten sie nicht länger ansehen konnte. Sie wollte nicht, dass er ging.

Als er das nächste Mal aufwachte, war es heiß und stickig unter dem Dach. Die Teelichter waren längst ausgebrannt, trübes Sonnenlicht sickerte durch die Dachfenster.

Ruhig und gemütlich schnurrte eine Katze, er spürte sie, warm und weich an seinem Oberschenkel. Überrascht blickte er sich um, und da sah er sie liegen, neben ihm im Bett, zusammengerollt gab sie wohlige Laute von sich, eine grau getigerte Hauskatze. Alle Muskeln in seinem Körper spannten sich, doch der erste Impuls, sich von der Decke freizustrampeln und vor der Katze Reißaus zu nehmen, versiegte, bevor er ihn umsetzen konnte.

Auch Haustiere konnten von der Infektion betroffen sein, sie in sich tragen, sie übertragen. Die Katze hob jetzt verschlafen den Kopf, schaute Carsten mit halbgeöffneten Augen an und gähnte. Sie zeigte ihre kleinen Reißzähne und streckte die Pfoten vor sich aus. Carsten spürte ein Schmunzeln im eigenen Gesicht.

»Na ... du?«, sprach er das Tier an; in der Stille des Hauses war seine Stimme viel lauter, als er erwartet hatte. Die Katze maunzte zur Antwort und begann gleich wieder zu schnurren, und Carsten wollte weder glauben, dass sie krank, noch dass sie gefährlich war. Er gab eine bestätigende Antwort und streckte ihr die Hand entgegen; sie zögerte.

»Du weißt auch nicht, ob du mir trauen kannst, was?«

Dann schien eine ihrer widerstreitenden Motivationen zu

gewinnen, und die Katze erhob sich auf alle viere, machte zwei Schritte und rieb den warmen Kopf an Carstens Hand. Sie trug ein ledernes Halsband mit einem runden Anhänger.

»Siehst du – ich bin ganz ungefährlich. Genau wie du«, sagte Carsten. Er streichelte ihr über den Kopf und kraulte ihr den Nacken. Sie ließ sich begierig streicheln und schnurrte noch lauter als zuvor.

»Du bist einsam, was? Einsamkeit ist für niemanden gut.«

Auf dem Anhänger am Halsband las Carsten einen eingeprägten Namen: Chewbacca.

»Ein Kater bist du dann wohl, hm? Pelziger Copilot«, sagte er zu der schnurrenden Katze, die auf der Matratze herumstakste, immer wieder zu seiner streichelnden Hand zurückkam. »Wo kommst du denn her? Die Tür ist zu ... Warst du schon hier drin, als ich gekommen bin? Hast du dich so gut versteckt?«

Die Matratze und das Bettzeug waren warm und weich um ihn herum, und Carsten konnte spüren, dass diese Nacht seinem Körper gutgetan hatte. Er musste trotzdem aufstehen, musste weitermachen.

Wenig später stieg er in die Duschtasse im ein Stockwerk tiefer gelegenen Bad. Er hatte eine kleine Kommode von innen gegen die Tür gerückt. Darin hatte er Handtücher und sogar eine noch verpackte Zahnbürste gefunden. Die Pistole lag griffbereit auf dem Rand der Badewanne. Chewbacca hatte sich auf den Badezimmerteppich gesetzt und leckte sich die Pfoten. Carsten rieb sich Shampoo ins trockene Haar und verteilte Duschgel auf seiner Haut.

Sein Körper hatte sich verändert. Seit seiner Jugend hatte er seine Hüftknochen nicht mehr so deutlich gesehen. Der kleine Wohlstandsbauch, der Carsten die letzten Jahre wie ein ungebetener Gast begleitet hatte, war verschwunden.

»Und hast du ein Quartier hier in der Nähe? Ein Lager, ein – Zuhause?«, schallte die Stimme der Tierärztin durch seinen Kopf.

Carsten goss sich eine Flasche Mineralwasser über den Kopf. Vielleicht war es tatsächlich möglich, ein Haus so zu sichern, dass man darin wohnen konnte. Ein Haus wie dieses, das Haus von Familie Gruda. Das Wasser war kalt, prickelte auf seiner Haut. Er bückte sich nach der nächsten Flasche.

Und dann? Wie würde es dann weitergehen? Im sicheren Haus sitzen und warten? Worauf?

Er stieg aus der Duschtasse und rieb sich mit Handtüchern trocken. Mit dem Geruch von Duschgel in der Nase war der Gestank seiner abgelegten Kleidung kaum noch zu ertragen. Auch wenn er fror, wollte er sie auf keinen Fall wieder anziehen. Er band sich ein Handtuch um die Hüften und stieg, die Pistole in der Faust, wieder die Treppe hinauf.

Im Kleiderschrank von Benjamins mutmaßlichem Bruder fand er ordentlich zusammengelegte Kleidung, die immer noch nach frischem Waschmittel roch. Während er vor dem Kleiderschrank stand, strich die Katze aufgeregt um seine Beine. Carsten zog ein T-Shirt an und einen schwarzen Kapuzenpullover darüber. Einen ganzen Stapel gebügelter T-Shirts steckte er in seinen Rucksack. Trotz seiner veränderten Figur passte er nicht in die Hosen des Teenagers. Benjamins Vater hatte nur ein paar Anzughosen im Schlafzimmerkleiderschrank zurückgelassen, die Carsten hoffnungslos zu groß waren. Er würde also doch wieder in seine alte, dreckige Jeans steigen müssen. Er hatte sich verkommen lassen.

Für den Moment beließ er es bei frischen Shorts aus dem Kleiderschrank. Er setzte sich aufs Bett und holte aus seinem Rucksack ein paar Dinge zum Frühstücken hervor; eine Dose dänisches Frühstücksfleisch, Butterkekse und eine Flasche Cola. Chewbacca maunzte.

»Hast du auch Hunger, Chewie?«

Carsten überlegte, ob er etwas für die Katze hatte. Frühstücksfleisch? Er erinnerte sich vage an ein Verbot, Katzen mit Schweinefleisch zu füttern, war sich aber nicht mehr sicher, was es damit auf sich hatte. Er bemerkte den Impuls, im Internet nachzulesen, und stellte gleich darauf fest, wie absurd dieser Gedanke war.

Er stand noch einmal auf und ging die Treppen hinunter. Im Erdgeschoss war es durch die heruntergelassenen Rollläden stockdunkel. Im Schein seiner Taschenlampe fand Carsten in einem der Küchenschränke Konserven mit Katzenfutter, in einer Schublade einen Dosenöffner und in einem Geschirrschrank ein Porzellanschälchen, das sich als Napf eignen sollte.

Auf dem Küchentisch lag noch das Klassenbuch, daneben die Flasche mit einem kleinen Rest Whiskey darin. Allein seine Sachen und die Scherben auf der Arbeitsfläche brachten Unordnung in diese gepflegte Einbauküche.

Im Zimmer von Benjamins Bruder stürzte sich Chewbacca gierig auf seine Mahlzeit. Carsten setzte sich auf den Teppichboden vor dem Bett, aß Frühstücksfleisch mit Butterkeksen und trank die Cola dazu.

Er schaltete das Handy ein, las Nathalies SMS und überlegte, während das Gerät ein Signal suchte. Er könnte noch etwas in diesem Haus bleiben. Seine Hose waschen. Noch einmal im weichen, warmen Bett schlafen mit dem schnurrenden Kater an seiner Seite. Sich noch einen Tag sicher im Jugendzimmer einsperren. Das Handy hatte kein Netz gefunden. Er schaltete es wieder aus.

Dann räumte er die Taschen seiner alten, dreckigen Jacke aus; die wollte er nicht weiter mitnehmen. Der Kapuzenpullover von Benjamins Bruder würde ausreichen, dafür war das Wetter noch warm genug. Es war schlimm genug, dass er seine stinkende Jeans wieder anziehen musste. Er förderte alles Mögliche aus seinen Jackentaschen zu Tage und warf es aufs Bett: eine leere Packung Kopfschmerztabletten, einen Phasenprüfer, ein Taschenmesser. Eine Hand voll Kleingeld. Sein Portemonnaie. Einen USB-Stick. Zerknüllte Einkaufszettel, alte Bons. Ein Schlüsselbund mit Schlüsseln, die er nie wieder benutzen würde. Daran ein Schlüsselanhänger, den Carla ihm aus London mitgebracht hatte. Nichts Besonderes, besonders nur, weil er ein Geschenk von Carla war. Sie hatten die Reise nach London gemeinsam unternehmen wollen, doch Carsten war in letzter Sekunde abgesprungen, um die plötzlich erkrankte stellvertretende Schulleiterin zu vertreten. Carla war ohne ihn gefahren, hatte eine Freundin mitgenommen. Der Schlüsselanhänger zeigte das Emblem von Ghostbusters Teil zwei, der verbotene Geist, der zwei Finger vorstreckt. Dabei mochte Carsten eigentlich nur den ersten Teil. Nathalie hatte er nie gesagt, woher er den Schlüsselanhänger hatte. Sie hatte auch nie gefragt. Warum auch?

Bis auf den Müll und das Kleingeld packte er alles in seinen Rucksack. Beim Portemonnaie zögerte er. Personalausweis, Führerschein, EC-Karte, Versichertenkarte, Videotheksausweis, Kreditkarte. Alles unnötiges Gepäck, genauso wenig wert wie das Kleingeld, das er auf der Bettdecke liegen ließ. Trotzdem steckte er das Portemonnaie wieder ein.

Er spülte zwei leere Katzenfutterdosen sorgfältig aus, das schmutzige Wasser goss er aus dem Dachfenster. Mit dem Phasenprüfer stieß er Löcher in den Boden der Konservendosen und verband sie mit einem Stück Schnur. Seine neue Alarmanlage. Er rollte die Schnur auf und steckte die Konserven in den Rucksack.

Er schluckte zwei Vitamintabletten und ging wieder hinunter ins Bad, um sich die Zähne zu putzen. Zahnpasta schmeckte nach Zivilisation. Wortlos tadelte er sich für seine schlechte Zahnhygiene. Zahnschmerzen waren das letzte, was er in einer Welt ohne Zahnärzte gebrauchen konnte. Tom Hanks auf einer einsamen Insel kam ihm in den Sinn.

Beim Zähneputzen lief er im Badezimmer auf und ab und durchdachte seinen Plan: drei weitere Adressen im Osten der Stadt. Die Ideen, die gestern alle seine Pläne so jämmerlich hatten aussehen lassen, winkten aus der Ferne. Carsten drehte ihnen den Rücken zu. Es gab keine Zeit zu verlieren. Er würde sich weder vom Spott einer Tierärztin noch von einem weichen Jugendbett oder einem gemütlichen Kater aufhalten lassen. Er spuckte aus.

15

Auf dem Schuhschrank im Erdgeschoss fand er einen Autoschlüssel, und draußen auf der Straße entdeckte er schnell den passenden Wagen. Er öffnete die Fahrertür und setzte sich hinein, ließ die Tür offen stehen. Kurz flammte ein Bild vor ihm auf, eine Erinnerung an das letzte Mal, dass er in einem Auto gesessen hatte. Er hatte das Gaspedal durchgetreten und die Reifen hatten nicht gegriffen, hatten durchgedreht in Schlamm aus Erde und Blut, und neben ihm auf dem Beifahrersitz hatte Luisa geschrien.

Er traute sich nicht, den Motor zu starten, zu laut, zu gefährlich. Er drehte den Schlüssel behutsam nur in die erste Position, um die Elektrik des Wagens einzuschalten; plötzlicher Lärm ließ ihn vor Schreck zusammenfahren – er brauchte einen Augenblick, um zu begreifen, dass es das Rauschen des Radios war, das sich mit der Zündung eingeschaltet hatte. Er drehte den Schlüssel wieder zurück, und das Rauschen verstummte. Er sah sich um. Hatte das Geräusch etwas alarmiert? Der Kater stand neben der Autotür; ansonsten war es ruhig um ihn herum. Keine Bewegung zu erkennen.

Carsten suchte nach dem richtigen Schalter, um das Radio abzustellen. Dann startete er die Elektrik wieder.

Er steckte das Ladekabel fürs Handy in den Zigarettenanzünder. Während die Autobatterie den Handyakku lud, tippte Carsten die nächste Adresse von dem Ausdruck im Klassenbuch ins Navigationsgerät.

Sein Ziel war die Adresse von Regina Keller, einem Mädchen, das sich vor allem in Mathematik außergewöhnlich talentiert gezeigt hatte. Ihre Eltern hatte Carsten mehrmals bei Elternsprechtagen gesehen. Sie waren grundsätzlich gemeinsam aufgetreten, hatten sich sehr für ihre Tochter interessiert und sich außerdem sehr in der Schulpflegschaft engagiert. Carsten erinnerte sich gut an sie; beide waren ihm sympathisch gewesen, Frau Keller noch mehr als ihr Mann, ein Orthopäde, wenn Carsten sich richtig erinnerte. Frau Keller war Dramaturgin am Schauspielhaus gewesen, das wusste er noch sicher. Er hatte mehrere Inszenierungen gesehen, an denen sie mitgewirkt hatte, und sie hatte geholfen, einen Schulausflug hinter die Kulissen des Theaters zu organisieren.

Der Weg zum Haus von Familie Keller würde Carsten nahe am Krankenhaus vorbeiführen, und die Nähe von Krankenhäusern war immer gefährlich. Die Wahrscheinlichkeit, in der näheren Umgebung auf ehemalige Patienten zu treffen, war hoch. Krankenhäuser waren die erste Anlaufstelle für die Infizierten gewesen, und schnell waren die Kapazitäten erschöpft und die Kliniken überfüllt gewesen. Man hatte Betten auf die Flure gestellt, hatte Container und Notzelte aufgebaut, und trotzdem hatte der Platz nicht für alle Hilfesuchenden gereicht. Und es hatte keine erfolgversprechende Behandlung gegeben, kein wirksames Medikament.

Immer mehr Patienten hatten fixiert werden müssen, an ihre Betten gebunden und mit Beruhigungsmitteln gezähmt, um ihre ungezielte Aggression unter Kontrolle zu bringen. Gebissen werden war der sicherste Weg zur Infektion, und schon bald waren immer mehr Krankenschwestern und Ärzte zu den Patienten ihrer Kollegen geworden.

Als das Handy ihm volle Akkuladung anzeigte, zog er

das Kabel ab und verstaute sein Gepäck wieder im Rucksack. Er streichelte Chewbacca noch einmal über den Kopf.

»Und du? Kommst du mit mir mit? Oder bist du ein Einzelgänger? Ich hab extra ein paar Dosen Katzenfutter für dich eingepackt. Ich hab dir aber auch im Haus noch was hingestellt, falls du hierbleiben willst.« Der Kater maunzte.

Carsten öffnete den Kofferraum, fand den Verbandskasten, nahm die Latexhandschuhe heraus und steckte sie in seine Jacke. Dann klappte er den Kofferraum wieder zu und machte sich auf den Weg. Den Autoschlüssel ließ er in der Zündung stecken.

Der Himmel war grau und drohte mit Regen. Der Kater lief noch ein paar hundert Meter neben Carsten her, dann blieb er stehen, gerade als Carsten weit voraus zwei schwarze Rauchsäulen bemerkte.

»Na, Chewie?«, fragte Carsten. »Zu weit weg von zu Hause?« Der Kater maunzte. Carsten ging in die Hocke und streichelte ihm den Kopf. »Ich muss aber weiter. War nett, dich kennenzulernen. Pass auf dich auf.«

Carsten stand aus der Hocke auf und wandte seine Aufmerksamkeit wieder den Rauchsäulen zu. Schwarz und schmierig schraubten sie sich in den verhangenen Himmel. Ihr Anblick erinnerte Carsten an Debatten darüber, wie mit den infizierten Körpern der Verstorbenen zu verfahren sei. Eine Anordnung hatte das Verbrennen der Leichen vorgeschrieben, bis Forscher festgestellt hatten, dass die Prionen sogar die Hitze der Krematorien überstanden und durch die Schornsteine in die Luft geschleudert wurden. Nach dieser Erkenntnis mussten die Leichen als hochinfektiöses Material behandelt werden, und so wurden gegen alle Regeln der Pietät die Totentransporte eingerichtet. Durch die Nachrichten gingen Bilder von Güterzügen, vollgeladen mit Särgen, bis es zu wenig Särge gab und zu wenig Menschen, um neue Särge zu bauen. Dann wurden die Leichen in schwarzen Plastiksäcken von Männern in Schutzanzügen in die Waggons gestapelt, und die Züge fuhren in Endlager für chemische Abfälle, wo die Toten zwischen tausend anderen ein anonymes Grab in der Tiefe unterirdischer Deponien fanden.

Als Carsten sich wieder umdrehte, war der Kater schon verschwunden.

Dann begann der Regen. Carsten stellte sich an einer Straßenbahnhaltestelle unter und kramte einen dunkelgrünen Regenponcho aus seinem Rucksack, der ihn und sein Gepäck komplett bedeckte, sogar sein Gesicht mit einer transparenten Folie schützte. Niemand wusste, ob die Prionen nicht auch mit dem Regenwasser aus den Wolken gespült wurden, in die sie durch die Schornsteine der Krematorien aufgestiegen waren.

Die Straße kroch glänzend vor ihm nach Osten, und er sah, wie die beiden Rauchsäulen ein sattes Grau annahmen. Während er ihnen immer näher kam, schienen sie an Substanz zu verlieren und zerfaserten schließlich völlig in dem trüben Himmel. Der Regen prasselte dumpf auf Carstens Kapuze. Er hatte die Grenze des nächsten Vororts hinter sich gelassen und kam dem Krankenhaus immer näher. Er blieb unschlüssig stehen, als er eine Blockade sah, quer über die Hauptstraße errichtet. Stacheldraht in großen Knäueln auf Holzgestellen. Er schaute auf das Navigationssystem, um sich zu orientieren: Vor ihm führten zwei Straßen von der Hauptstraße weg; nach rechts zum Krankenhaus und weiter zu Hauptfriedhof und Pferderennbahn, nach links in ein Wohngebiet. Beide Einmündungen und die Hauptstraße selbst waren durch Hindernisse versperrt.

Carsten sah sich um und ging langsam weiter. Hatte das Militär diese Blockaden hinterlassen? Er runzelte die Stirn. Sie wirkten improvisiert, aus der Not geboren. Ineinander verkeilte Stühle, Türblätter und andere Möbelstücke dienten als Basis für den Stacheldraht. Unter dem Geräusch des fallenden Regens bemerkte Carsten ein tiefes Surren, mehr Vibration als Geräusch.

An der Einmündung zur Linken stand ein Eckhaus, ein altes, dreistöckiges Gebäude mit unregelmäßigem Grundriss und Ladengeschäften im Erdgeschoss. Seitlich schloss eine Gartenmauer an das Gebäude an, die das Grundstück hinter dem Haus umschloss. Vielleicht kam das Surren von dort. Das Gebäude selbst war geradezu zu einer Festung ausgebaut. Vor die hohen Bogenfenster im ersten und zweiten Stock waren große Knäuel Stacheldraht gespannt, auch die Gartenmauer war von Stacheldraht gekrönt. Die großen Fenster der Ladengeschäfte waren mit Brettern und Türblättern vernagelt. Carsten meinte, sich an einen Zeitschriftenladen zu erinnern. Oder Schreibwaren? Er trat näher an die erste Blockade heran. Dem befestigten Haus gegenüber lag eine Videothek, und auf dem Parkplatz davor standen drei auffällige Autos nebeneinander: ein roter und ein gelber Sportwagen, daneben ein großer schwarzer Jeep. Wer immer sich hier eingerichtet hatte, musste beim Kurzschließen von Autos weniger Schwierigkeiten haben als Carsten.

Er schob sich an der ersten Straßensperre vorbei. Erst jetzt entdeckte er zwei unförmige Haufen auf der Straße, die im Regen dampften. Die Rauchsäulen. Hier musste ihr Ursprung sein. Carsten schaute nach rechts, die Straße zum Krankenhaus hinauf. Nach links zu dem befestigten Haus. Er trat näher an eine der dampfenden Formen heran. Mit dem Unterarm versuchte er, die Regentropfen von der Folie vor seinem Gesicht zu wischen.

Halbverbrannt, schwarzverkohlt und im Regenwasser glänzend lagen die Überreste eines Menschen vor seinen Füßen. Rücken, Gesicht, Rippenknochen. Carsten spürte sein eigenes Gesicht die Form verlieren, Speichel lief in seinem Mund zusammen. Er schluckte. Plötzlich schnellten seine Augen wie von allein zu einem winzigen roten Lichtpunkt, der vor seinen Füßen erschienen war, gleich neben dem halbverbrannten Körper. Ein Knall zerriss die Luft, noch bevor Carsten reagieren konnte, und direkt vor seinen Füßen zerfetzte der Asphalt. Ein zweiter Schuss fiel und schlug noch näher an Carstens rechtem Fuß in die Straßendecke. Carsten sah sich selbst auf der Straße stehen, unfähig sich zu rühren, im Visier eines unsichtbaren Schützen.

»Hände hoch und Waffen weg«, ertönte eine verzerrte Männerstimme unnatürlich laut. Der rote Punkt erschien jetzt direkt vor Carstens Gesicht, zitterte über die transparente Folie des Regenponchos.

»Na los, du Missgeburt«, setzte die Stimme nach, und jetzt entdeckte Carsten den Schützen. »Hände hoch und Waffen weg!«

Er stand hinter dem Stacheldraht am mittleren Bogenfenster im ersten Stock des befestigten Gebäudes, ein Megaphon in der einen Hand, die andere an einem Gewehr, das auf der Fensterbank auflag und genau auf Carsten zeigte.

Carsten streckte die Arme unter dem Poncho hervor und hob die Hände, die Axt in der rechten. »Es ist okay!«, rief er, ohne vorher nachzudenken. »Ich bin gesund!«

»Weg mit dem … Beil und runter auf den Bauch!«

»Ich bin gesund! Es gibt keinen Grund ...«

Ein weiterer Schuss schlug vor ihm in die Straße. Er trat einen Schritt von der dampfenden Leiche weg und ging langsam in die Knie, die Augen auf den Schützen geheftet. Dann stieß er die Axt von sich weg und legte sich hin, die Wange auf den nassen Asphalt.

So lag er. Und es geschah nichts. Es kam ihm vor, als könnte er den roten Punkt auf seinem Rücken spüren. Er dachte so angestrengt nach, dass seine Augen hin und her rasten. Was passiert, wenn ich aufstehe und renne? Wird er mich erschießen? Was passiert, wenn ich liegen bleibe?

Jetzt hörte er knirschende Schritte vom Haus her näherkommen. Er hob den Kopf in den Nacken und sah zwei schwarze Lederstiefel – Arbeitsschuhe oder Militärstiefel.

»Liegen bleiben.« Ohne Megaphon klang die Stimme immer noch scharf und blechern.

»Bist du gebissen?«

»Nein«, antwortete Carsten. »Ich bin gesund, es gibt ...«

»Aufstehen.«

Carsten stemmte sich gegen das Gewicht des Rucksacks hoch und richtete sich auf. Vor ihm stand ein Mann in einem grauen Overall, deutlich kleiner als Carsten und erheblich breiter im Körperbau. Sein Gesicht hatte etwas Keilförmiges, als wäre es bereit, sich jederzeit in die engsten Lücken zu zwängen. Er hatte kurzgeschnittenes dunkles Haar, das vom Regen nass wurde. Das Gewehr hielt er mit beiden Händen, den Zeigefinger am Abzug, direkt auf Carsten gerichtet.

»Hast du noch mehr Waffen?«

Carsten zögerte. Konnte er die Pistole verschweigen? Hätte er eine Chance, ihn mit der Pistole zu überwältigen?

Oder war es besser, ehrlich zu sein, um kein Misstrauen zu erregen?

Er zögerte zu lange: Der Mann drückte ihm die Mündung des Gewehrlaufs unter das Kinn und begann, ihn mit der linken Hand durch den Regenponcho abzutasten. Er hatte schnell das Holster an Carstens Seite entdeckt. Er grinste triumphierend, griff unter den Poncho und zog Carstens Pistole hervor.

»Sonst noch was?«, wollte er wissen. Carsten schüttelte den Kopf. »Dann los. Vorwärts!« Mit dem Kopf wies der Mann zum Eckhaus.

»Was soll das?«, fragte Carsten, halb flehentlich, halb protestierend.

»Los, los!«

Der Mann trat neben ihn und drückte ihm den Gewehrlauf in die Seite. Carsten machte einen Schritt auf das Haus zu.

»Was haben Sie mit mir vor?«

»Quarantäne.«

»Was?«

»Quarantäne. Weitergehen!«

Mit dem Gewehrlauf an den Rippen ging Carsten weiter. »Was soll das bedeuten?«, fragte er.

»Du kommst in Quarantäne. Wenn ich sicher bin, dass du kein Zombie bist, lass ich dich wieder raus.«

Da war das Wort.

»Das macht wenig Sinn«, versuchte Carsten zu erklären und drehte sich dabei um. Ein harter Stoß mit dem Gewehrlauf.

»Nicht umdrehen! Weitergehen!«

Carsten gehorchte. Vorerst. Er wollte diese Unvernunft nicht hinnehmen und versuchte es noch mal.

»Ihr Plan macht keinen Sinn – Sie sehen doch, dass ich gesund bin. Was soll es da bringen, wenn ...«

»Schnauze halten, weitergehen«, schnitt der Mann ihm das Wort ab.

Sie hatten das Haus fast erreicht. Und Carsten seine Geduld verloren.

»Was soll denn dieser Scheiß?!«, ließ er seinen Ärger frei und fuhr zu dem Mann herum, doch der schlug ihm im gleichen Augenblick den Gewehrkolben in den Bauch, dass Carsten die Luft wegblieb. Schmerz und Übelkeit ließen ihn auf die Knie fallen. Der Schütze lachte trocken. Er zog ihn grob wieder auf die Füße.

»Jetzt rein da«, herrschte er ihn an und drückte ihm wieder das Gewehr in die Seite.

Vor sich sah Carsten den zur Straße hin offenen Eingangsbereich des Gebäudes; drei Türen gingen von ihm ab, nach links und rechts zu den Ladengeschäften und geradeaus in den Wohnteil des Hauses. Alle Türen waren mit aufgenagelten Brettern verstärkt und durch Vorhängeschlösser gesichert.

Vor seinem geistigen Auge sah Carsten eine ganze Auswahl an amerikanischen Actionhelden, die allesamt herumwirbelten, dem Peiniger das Gewehr entrissen und ihn mit seiner eigenen Waffe zur Strecke brachten.

Carsten gehorchte. Er betrat den Korridor. Die Waffe immer noch auf den Gefangenen gerichtet, öffnete der Mann die Tür zur Rechten und wies Carsten mit dem Kopf in den Raum. Unwillig trat Carsten auf die Schwelle. Er schwitzte unter seinem Regenponcho.

Der Geruch von nasser Pappe und Urin schlug ihm entgegen; er wollte nicht glauben, was er vor sich sah. Es fiel nur wenig Licht durch das vernagelte Schaufenster. Der ganze Boden war mit zerrissenen Kartons ausgelegt.

An der linken Wand, weit von der Tür entfernt, saß eine junge Frau, den Rücken kraftlos an die Wand hinter sich gelehnt, die Arme über den Kopf gestreckt. Ihre Hände waren mit Handschellen an eine kurze Stahlkette gefesselt, die durch einen Metallring in der Wand lief. Ihr Kopf hing schlaff nach vorne, Carsten konnte kaum ihr Gesicht sehen. Sie trug ein blassblaues Oberteil mit starken Schweißrändern auf der Brust und um die Achseln. Die Knie ihrer Jeans waren aufgeschlagen. An den Wänden sah Carsten weitere Ringe, Ketten und Handschellen. Das konnte er nicht zulassen. Er machte einen Schritt in den düsteren Raum und ließ den Schützen nachkommen. Dann griff er an: Mit seinem ganzen Gewicht warf er die Schulter gegen den Schützen, dass er gegen den Türrahmen knallte, eingequetscht war zwischen Carsten, seinem eigenen Gewehr und dem Rahmen. Aber der Schütze war schneller und stärker als er: Er schlug ihm den Ellenbogen ins Gesicht, dass Carsten die Tränen in die Augen schossen und er sein eigenes Blut schmeckte. Seine Brille fiel auf den Boden. Durch die Tränen in seinen Augen konnte Carsten kaum noch sehen, er spürte, wie seine Arme zurückgerissen wurden, und im nächsten Augenblick fand er sich auf dem Boden kniend und vor Schmerz winselnd wieder, während der Mann ihm den Arm auf den Rücken drehte.

»Und jetzt, Junge?!«, herrschte der Mann ihn an. »Was willst du jetzt machen, eh? Sterben?! Willst du jetzt sterben, Junge?!«

Winseln, das war alles, was Carsten tun konnte. Vor Schmerz und Hilflosigkeit winseln.

Mit einem Klicken schloss sich eine Handschelle eng um Carstens Handgelenk. Dann wurde er an seinem vor Schmerzen brennenden Arm über die Pappen gezerrt, er strampelte sinnlos mit den Beinen. Der jungen Frau gegenüber kettete der Schütze ihn an die Wand, dann nahm er ihm Poncho und Rucksack ab.

»Jetzt bist du nicht mehr so clever, was?«, spottete er. »Verdammt clever …«

»Bitte«, flehte Carsten, »bitte machen Sie mich los. Ich … ich bin gesund!«

Die Hand des Mannes krallte sich in Carstens Schopf; er zog seinen Kopf so zurecht, dass Carsten die gefesselte Frau ansehen musste.

»Darf ich vorstellen?«, fuhr er ihn an. »Das ist Katrin. Katrin Gerlach, glaub ich. Die meinte auch, sie ist gesund. Sieht nicht so gesund aus, oder? Ist kaum noch wach. Sagt kaum noch was. Ich lass mich nicht verarschen, Junge, lass ich nicht. Und erst recht nicht von so einer armseligen Schwuchtel wie dir.«

Er ließ los, und Carstens Kopf kippte nach vorn.

Der Schütze schulterte Carstens Rucksack und ging zur Tür. Carsten schrie. Er riss mit beiden Armen an der Kette, was nur den Schmerz in seinem Arm auflodern ließ.

»Quarantäne«, presste der Mann noch hervor, dann zog er die Tür hinter sich zu. Das Vorhängeschloss klickte.

16

Carsten hatte viel Zeit zum Nachdenken; doch seine Gedanken schienen vor ihm davonzurennen. Einer unterbrach den anderen, jagte dem nächsten hinterher, um ihn abzureißen. Er konnte förmlich sehen, wie der Mann ein Stockwerk über ihm seinen Rucksack durchwühlte und sich über jedes Stück lustig machte, das ihm in die Hände fiel: das Handy mit Nathalies SMS, das Klassenbuch und das schwarze Notizbuch, in dem Carsten die Ereignisse der ersten Wochen wie in einem Tagebuch dokumentiert hatte. Er brachte keinen Gedanken zu Ende.

»Trinken, bitte«, hörte er die schwache Stimme der gefesselten Frau. Im Dämmerlicht sah er, wie sie sich kraftlos bemühte, den Kopf zu heben. Ihre Augenlider flatterten. »Bitte. Durst.«

Für einen Augenblick gelang es ihr, die Augen zu öffnen und Carsten anzusehen. Neue Wut brandete in ihm auf.

Er rasselte mit den Ketten. »Hey! Wir brauchen was zu trinken! Hey!«

Katrins Kopf sank wieder auf ihre Brust. Kurz darauf hörte Carsten tatsächlich Schritte auf der Treppe im Inneren des Hauses. Er hörte, wie das Schloss geöffnet wurde, und der Schütze erschien im Türrahmen. Er hatte sich umgezogen, trug jetzt ein T-Shirt in Tarnmuster und eine ausgewaschene schwarze Hose. In der linken Hand hielt er zwei Flaschen Mineralwasser.

»Ist sie wach?«, fragte er Carsten und deutete grob auf

Katrin. Carsten nickte. Der Mann sprach sie laut an. »Hey! Aufwachen! Hier gibt's Wasser.« Sie reagierte nicht. »Hast du Durst? Katrin! Hier gibt's Wasser!«

Sie hob beschwerlich den Kopf.

»Hier!« Der Mann hielt ihr die Flasche hin, doch sie schien zu schwach, ihre gefesselten Hände zu bewegen. Der Schütze schraubte die Flasche auf und setzte sie an Katrins Lippen. Katrin sah ihn an und begann zu trinken.

»Wie geht's dir?«, fragte der Mann, und Carsten war überrascht, tatsächlich so etwas wie Sorge in seiner Stimme zu entdecken.

Katrin antwortete nicht. Ihr Kopf kippte in den Nacken, pendelte über die Schulter und sank schließlich kraftlos wieder vornüber, sodass nur noch ihr Scheitel zu sehen war.

Der Schütze atmete laut durch die Nase aus. Dann drehte er sich zu Carsten um. »Sieht nicht gut aus für sie, wenn du mich fragst. Auch trinken?« Er bot Carsten die andere Flasche an.

»Machen Sie mich bitte los«, versuchte Carsten die Gelegenheit zu einem vernünftigen Gespräch zu nutzen. »Es ist nicht nötig, mich hier anzubinden. Und Sie werden dadurch nicht erfahren, ob ich infiziert bin oder nicht. Dafür gibt es keinen Test. Und die Inkubationszeit … Sie sehen doch, dass ich gesund bin! Bitte …«

Der Mann drückte Carsten die Flasche in die gefesselte Hand.

»Sie sehen doch, dass ich gesund bin«, flehte Carsten.

Der Mann antwortete nicht. Er drehte sich zur Tür und schüttelte den Kopf.

»Was ist, wenn ich aufs Klo muss?«, fragte Carsten.

»Junge, Junge«, erwiderte der Mann und drehte sich in der

Tür noch einmal zu Carsten um. »Ich werd ihn nicht für dich halten, wenn du das meinst, Tussi.«

Damit schloss er die Tür hinter sich. Das Schloss klickte.

Die Kette zwischen Carstens Händen ließ gerade genug Bewegung zu, um die Flasche zu öffnen und zum Mund zu führen. Vorher prüfte Carsten, dass das Plastiksiegel am Drehverschluss unversehrt war.

»Katrin«, versuchte er die gefesselte Frau anzusprechen, »Katrin.«

Sie reagierte nicht. Er versuchte es wieder und wieder, aber die junge Frau hing nur schlaff in ihren Ketten und gab von Zeit zu Zeit ein leises Wimmern von sich.

Wenig später hörte Carsten Schüsse. Erst dachte er, im Haus würde geschossen, doch dann nahm er an, dass der Schütze wieder durchs Fenster angelegt hatte. Er gab eine ganze Serie von Schüssen ab, und danach hörte Carsten seine blecherne Stimme triumphal ausrufen.

Er hätte nicht herkommen sollen. Die Schüsse, die er gestern gehört hatte, und die Rauchsäulen hätten ihm Warnung genug sein sollen. Er war unvernünftig und unvorsichtig gewesen und war ein unnötiges Risiko eingegangen.

Carsten versuchte aufzustehen. Er probierte herum, wie es gelingen konnte, trotz der Handschellen auf die Beine zu kommen, ohne dabei die Flasche zu verlieren. Er verdrehte die Hände in den Handschellen und kam schließlich zum Stehen, mit dem Rücken zu Katrin, das Gesicht zur Wand. Einen halben Schritt zu jeder Seite, mehr Bewegung ließ die kurze Kette nicht zu. Der Ring, durch den sie gezogen war,

war in Hüfthöhe in die Wand getrieben. Er ließ sich weder drehen noch aus der Wand ziehen. Auch durch Rütteln konnte er ihn nicht lockern. Er saß stumm und fest in der Wand.

Carsten probierte alles, was ihm einfiel. Er prüfte, ob er die Flasche als Hebel benutzen konnte, ob sich Kettenglieder aufbiegen ließen oder ob er rund um den Ring Schwachstellen im Mauerwerk finden konnte. Er endete beim Einsatz roher Gewalt: Er riss und rüttelte, stemmte das Bein gegen die Wand und drückte sich mit aller Kraft rückwärts. Er zerrte so sehr an den Ketten, dass sich die Handschellen in seine Handgelenke gruben. Vergebens.

Er blieb stehen und überlegte, aber ihm fiel nichts mehr ein. Ein letztes Mal riss er mit aller Kraft an seinen Fesseln, und Schmerz bebte durch seine Arme. Er gab auf. Er drehte sich wieder um die Kette herum und setzte sich auf die Kartons.

Abwarten. Mehr konnte er nicht tun. Das war das enttäuschende Ergebnis seiner Überlegungen.

Seine Blase drückte. Er sah, dass die Pappen um Katrin nass waren. Saß sie in ihrem eigenen Urin?

Zeit vergeht am schnellsten, wenn man schläft, dachte er. Und so bemühte er sich einzuschlafen. Doch der Schlaf wollte nicht kommen. Gerade in dem Moment, in dem sich Ruhe einstellen wollte, schreckte er wieder hoch.

Die Stunden vergingen, und auch das wenige Dämmerlicht, das durch die vernagelten Fenster fiel, verschwand. Carsten starrte in die Dunkelheit, die ganze Nacht hindurch. Katrins Atem ging schnell und flach wie bei einem überhitzten Tier.

»Das Gefährlichste in einer Welt der Toten sind die Lebendigen.« Aus irgendeinem Winkel seines Gedächtnisses sprang ihn dieser Satz an, und Carsten überlegte, ob es ein Zitat aus irgendeinem Zombiefilm war, den er mit seinen Freunden gesehen hatte.

»Wer überlebt die Zombieapokalypse?«, dachte Carsten im Halbschlaf nach. Genau die Menschen, die bereit sind zu töten. Die ihr eigenes Leben höher stellen als das von anderen. Die in der Lage sind, ihre Nachbarn, Freunde und Geliebten umzubringen, ohne zu zögern.

Der Schütze passte gut in diese Welt. Viel besser als Carsten.

Er schreckte hoch. Ein Auto hatte ihn geweckt, Motorengeräusche entfernten sich. Katrin hing ihm gegenüber, ihr Gesicht schien Carsten noch bleicher als am Vortag. Er war also tatsächlich eingeschlafen.

Er erinnerte sich an einen wirren Traum. Zahnräder und ein Kettenkarussell waren darin vorgekommen, und Carsten hatte furchtbare Kieferschmerzen in diesem Traum gehabt. Er fragte sich, was der Traum mit seiner Situation zu tun haben sollte.

Seine Handgelenke schmerzten. Die Wasserflasche lehnte neben ihm an der Wand, sie musste ihm im Schlaf aus der Hand gerutscht sein.

Der Schmerz aus seiner überdehnten Blase strahlte inzwischen durch den ganzen Bauch. Er hatte schon darüber nachgedacht, bevor er eingeschlafen war, und war zu keiner besseren Lösung gekommen: Umständlich stand er auf, öffnete mit seinen gefesselten Händen die Hose und pinkelte auf die Kartons. Dann ging er zurück, soweit es die Ketten zuließen, und setzte sich wieder hin.

Er versuchte noch einmal, Katrin anzusprechen. Und tatsächlich reagierte sie: Sie hob mit sichtlicher Anstrengung den Kopf und sah ihn an. Schluckte angestrengt. Dann fragte sie: »Wer sind Sie?«

Carsten nickte. »Mein Name ist Carsten Lemmner. Ich bin hier gefangen, genau wie Sie. Wie lange sind Sie schon hier? Wie geht es Ihnen?«

»Ich hatte ein Kleid an«, sagte sie.

»Ein Kleid?«

»Aber es war besetzt.«

»Besetzt?« Carsten verstand nicht. »Was war besetzt?«

»Alles eigentlich.« Ihre Stimme klang resigniert.

Carsten wollte es anders versuchen. »Wie lange hält er Sie hier schon fest?«, fragte er.

»Ich kann das nicht so gut.«

»Was? Was meinen Sie?«

»Ich weiß auch nicht, aber ...«

Der Satz blieb unvollendet. Sie schlug die Augen nieder, schüttelte schwach den Kopf und seufzte.

Carstens Gedanken rasten nicht mehr. Stattdessen kam es ihm vor, als gebe es keinen einzigen Gedanken mehr in seinem Hirn. Sein Kopf war leer. Er lehnte ihn an die Wand und atmete aus. Hauptsache, die Zeit vergeht.

Aber die Zeit wollte nicht vergehen. Er versuchte einzuschlafen, aber er erreichte nur einen flachen Dämmerzustand, aus dem er bei jedem Laut hochschreckte. Mehrfach konnte er nicht entscheiden, ob er wirklich etwas gehört hatte oder ob das Geräusch Teil eines Traums gewesen war.

Er versuchte noch einmal, Katrin anzusprechen, aber sie reagierte nicht mehr.

Irgendwann schreckte er aus einem neuen, erschöpften Dämmerschlaf auf: Mit unerwarteter Kraft riss Katrin an ihren Ketten, sie stand auf den nassen Pappen, den Rücken zu Carsten gewandt, und warf sich mit ihrem ganzen Gewicht rückwärts in den Raum. Sie brüllte unartikuliert vor Anstrengung.

Carsten stammelte ihren Namen, zu überrascht, um wirklich einzugreifen. Er bemühte sich, auf die Füße zu kommen.

Wieder und wieder warf sich die Frau rückwärts, Carsten sah, wie sich die Handschellen ins Fleisch ihrer wunden Handgelenke gruben.

»Es nützt nichts!«, schrie er über ihr Brüllen. »Sie werden sich nur verletzen! Das … ich hab das auch schon versucht!« Seine Worte schienen nicht zu ihr durchzudringen. Mit einem hohlen Ton fielen Tropfen dunklen Bluts auf die Kartons unter ihr. »Hören Sie auf!«, schrie Carsten sie an.

Katrin blutete immer stärker. Das Blut lief ihre Unterarme herunter und troff von ihren Ellenbogen auf die Pappen. Unablässig warf sie sich in die Ketten, und mit jedem Mal schnitten die Handschellen tiefer in ihre Arme.

Carsten streckte sich, so weit er konnte, doch es war aussichtslos: Er konnte sie nicht erreichen. Und was er auch brüllte, sie reagierte nicht darauf.

Dann, ganz plötzlich, verließ alle Spannung Katrins Körper. Sie sackte zusammen und kippte auf die Pappen, den Rücken Carsten zugewandt, die blutenden Hände schlaff in den Handschellen. Ihr Atem ging rasch und hechelnd. Carsten bemerkte, dass er selbst völlig außer Atem war.

Es musste schon früher Abend sein, als der Mann, der sie gefangen hielt, zurückkam. Carsten hörte das Auto herankommen und die Tür klappen.

Katrin lag unverändert da. Ihr Atem hatte sich kaum beruhigt. Sie hatte auf keinen von Carstens Versuchen, sie zu erreichen, reagiert. Die Pappen hatten ihr Blut noch immer nicht vollständig aufgesogen. Es glänzte in dunklen Perlen im Dämmerlicht.

Carsten hörte Schritte auf der Treppe, dann laute Musik aus dem Stockwerk über ihm. Er ließ die Hände schlaff in den Ketten hängen und versuchte wegzudämmern. Raus aus diesem Albtraum.

Als er geweckt wurde, war es fast vollständig dunkel. Ein grimmiges Knurren riss ihn aus dem Schlaf. Es klang wie ein Hund, der an einem Knochen nagt, schlimmer noch: wie ein Wolf, der sich wütend und brutal in seine Beute verbeißt.

Carsten versuchte, im Dunkel auszumachen, was dieses Geräusch zu bedeuten hatte, und er erkannte unscharf die zusammengekauerte Form von Katrin, die Zähne ins eigene Handgelenk vergraben.

»Nein!«, schrie er und versuchte, auf die Beine zu kommen. »Nein! Hey! Katrin!«

Sie reagierte nicht. Sie nagte und riss mit den Zähnen an ihrem Arm; wie ein Tier, das sich aus einer Falle befreien will.

In der Dunkelheit sah Carsten das Blut schwarz aus ihren Wunden quellen. Es war über ihr Gesicht verteilt und lief vom Kinn herunter in ihr Oberteil. Carstens Herz hämmerte. Sie wird sterben, wenn ich sie nicht aufhalte. Sie wird sich umbringen beim Versuch, sich zu befreien. Und wenn sie nicht stirbt? Wenn sie freikommt, und sich auf mich stürzt ... Schon jetzt war alles voll mit infiziertem Blut. Carsten riss an seinen Fesseln, so brutal, dass er selbst zu bluten anfing.

Er schrie um Hilfe. Er schrie, so laut er konnte, wieder und wieder. Katrin knurrte und nagte. Carsten schrie.

Dann flog die Tür auf, und er wurde von Licht geblendet. Katrin sprang auf alle viere, Blut pumpte aus ihrem zerbissenen Arm. Sie fauchte dem Licht entgegen. Eine Taschenlampe in der einen, eine Pistole in der anderen Hand stand der Schütze in der Tür, breitschultrig und stumm. Katrin warf sich ihm entgegen, von den Ketten zurückgehalten. Der Schütze trat drei Schritte auf sie zu, ohne einen Blick in Carstens Richtung zu werfen. Gerade außerhalb ihrer Reichweite blieb er stehen.

Mit weit aufgerissenen Augen starrte sie ihm entgegen, ihr blutverschmierter Mund klappte auf und zu. Er sah von oben auf sie hinab und streckte die Pistole vor. Ihre Zunge ragte weit aus ihrem Mund. Drei schnelle Schüsse trafen Katrin direkt in die Brust. Sie brach auf den Pappen zusammen und lag reglos da.

Carsten war still geworden. Er stammelte irgendetwas, woran er sich später nicht mehr erinnern konnte.

»Kacke«, sagte der Schütze. Er steckte die Pistole in den Gürtel, klemmte sich die Lampe unter den Arm und zog ein Paar Arbeitshandschuhe unter seinem Gürtel hervor. »Gut, dass du gerufen hast«, sagte er, ohne Carsten anzusehen. Er streifte die Handschuhe über und beugte sich hinab, um Katrins Fesseln zu lösen. Er drehte sie auf den Rücken und griff ihr unter die Achseln, um sie zur Tür zu ziehen. Die Beine der jungen Frau schleiften schlaff und leblos hinter ihr her, ihre Fingerspitzen streiften über die Pappe.

Als der Mann mit der Lampe und Katrins totem Körper aus dem Raum verschwand, wurde es wieder dunkel. Carsten bemerkte, dass er furchtbar laut atmete. Der Schütze tauchte wieder in der Türöffnung auf und stellte Carsten eine Flasche Wasser hin. »Wenn du morgen noch in Ordnung bist«, sagte er, »mach ich dich los.«

Carsten antwortete nicht.

17

Erst, als es hell wurde, erkannte Carsten, wie viel Blut Katrin verloren hatte. Große Flecken hatten sich in die Kartons gesogen, waren inzwischen braun eingedunkelt. Carsten hatte nicht mehr geschlafen. Nicht viel später hörte er Schritte auf der Treppe. Geräusche folgten, aus denen Carsten schloss, dass der Schütze Katrins Leiche auf die Straße zerrte. Es plätscherte draußen, dann hörte Carsten ein Feuer aufflammen.

Bald darauf öffnete sich die Tür zu seinem Gefängnis. Der Schütze betrachtete ihn argwöhnisch.

»Alles klar?«, fragte er.

»Das kann nicht Ihr Ernst sein, oder?«, schnaubte Carsten.

Der Schütze trat zu ihm und führte einen kleinen, silbernen Schlüssel zu seinen Handschellen.

Carsten spürte Tränen in sich aufsteigen, als die Fesseln um seine wunden Handgelenke aufklappten. Er versuchte, sich zu kontrollieren; dieser Mann sollte ihn nicht weinen sehen. Als er sein Kinn beben spürte, biss er die Kiefer aufeinander.

»Ich bin Jens«, sagte der Schütze mit seiner blechernen Stimme und nickte Carsten zu. »Du kannst raufkommen und dich waschen, wenn du willst.«

Carsten schüttelte den Kopf. Er befürchtete, in Tränen auszubrechen, sobald er etwas sagte. Umständlich bemühte er sich, auf seine schweren, halbtauben Beine zu kommen, und wandte sich von dem Schützen ab. »Ich wasche mich nicht mit Leitungswasser«, sagte er zur Wand und war erleichtert, dass seine Stimme weniger zitterte, als er erwartet hatte.

»Meinst du, ich?«, hörte er den Mann, der Jens hieß, hinter sich sagen. »Ich hab oben einen Boiler voll mit Mineralwasser. Garantiert sauber. Kannst heiß duschen, wenn du willst. Na, wie cool ist das?«

Carsten wollte weg. Dieser Ort und dieser Mensch widerten ihn an. Aber er fühlte sich so ekelhaft nach zwei Tagen in diesem Gefängnis voll Blut und Schweiß und Urin, dass die Aussicht auf eine heiße Dusche zu verlockend war.

»In Ordnung«, sagte er und drehte sich um.

Beim Verlassen der Zelle hob Carsten seine Brille auf. Jens führte Carsten die Treppe hinauf und öffnete eine mehrfach gesicherte Tür. Dann betraten sie einen bieder eingerichteten Flur. Die Wände waren mit dunklen Holzpaneelen vertäfelt, ein ausgetretener Teppich in Grün- und Blautönen lag auf dem Boden.

Jens öffnete eine Tür auf der linken Seite des Flures, ein Milchglasfenster war darin eingesetzt, griff mit der Hand in den Raum und schaltete elektrisches Licht an.

»Generator«, sagte er und deutete mit dem Daumen über die Schulter zum Garten. »Hinten.«

Carsten nickte und erinnerte sich an das vibrierende Summen.

»Ich leg dir frische Sachen vor die Tür.«

Carsten bedankte sich nicht. Er betrat das Bad – hellblaue Fliesen, 50er-Jahre – und schloss die Tür hinter sich ab.

Durch das Badezimmerfenster sah er eine schwarze Rauchsäule in den Himmel steigen. Da draußen brennt Katrin, wurde ihm klar. Und niemand weiß es. Keine Beerdigung. Keine Eltern mit Tränen in den Augen. Niemand, der um sie trauert. Niemand, der weiß, dass sie gestorben ist. Nur ich. Und ich kann nicht noch mehr trauern.

In seinem Kopf bauten sich Bilder davon auf, wie ihr Leben ausgesehen haben mochte. Er hatte sie nicht gekannt. Und er hatte ihr nicht helfen können. Und die unzerstörbaren Prionen aus ihrem Körper verteilten sich im Wolkenhimmel.

Carsten befreite sich von seinen schmutzigen Kleidern und spülte die Dusche mit der Handbrause aus, bevor er hineinstieg.

Er duschte lange. Er würde weder Wasser noch Strom sparen, nicht für diesen Unmenschen da draußen. Er roch den Gestank seiner Zelle, als er ihn aus seinem Haar wusch. Seine Gelenke schmerzten und seine Muskeln waren taub und schwer. Wasser und Seife brannten in seinen wunden Handgelenken. Nachdem er sich ausgiebig gewaschen hatte, schloss er die Augen und ließ das heiße Mineralwasser über seine Nackenmuskeln laufen.

Der Raum war voll Wasserdampf, als Carsten die Dusche verließ, trotzdem ließ er das Fenster geschlossen, um den Qualm der brennenden Katrin nicht hineinzulassen. Er nahm sich ein Handtuch und trocknete sich ab; es roch nach Waschmittel und Weichspüler. Er reinigte auch seine Brille und rieb sie sorgfältig trocken. Das Klebeband an dem gebrochenen Gestell wurde locker, hielt aber noch.

Das kleine Bad war mit einem großen Vorrat an Hygieneartikeln vollgestellt. Carsten packte eine neue Zahnbürste aus und putzte sich die Zähne. Er fand auch einen originalverpackten Nassrasierer, mit dem er sich den stoppeligen

Bart aus dem Gesicht schor. Seine Barthaare waren schon so lang, dass die Klinge sie mehr ausriss als zu schneiden. Dann band er sich das Handtuch um die Hüften und öffnete die Tür zum Flur. Tatsächlich lag ein Stapel frischer Kleidungsstücke auf dem Boden, noch mehr überraschte ihn allerdings, dass neben der Tür an der Wand sein Rucksack lehnte, eingepackt in einen großen schwarzen Müllsack, aus dem nur das obere Ende herausschaute. Carsten räumte alles ins Bad und verschloss die Tür wieder hinter sich. Er zog seinen Rucksack aus dem Müllbeutel und öffnete den Reißverschluss. Alles schien an seinem Platz zu sein – nichts fehlte. Carsten runzelte die Stirn.

Er zog Kleidung aus dem Rucksack an – Shorts, Socken und T-Shirt von Benjamins Teenager-Bruder, dazu eine Kapuzenjacke und eine robuste schwarze Hose von dem Stapel, den Jens ihm hingelegt hatte. Endlich eine neue Hose. Seine alte Kleidung stopfte er in den Müllsack und wusch sich gleich darauf noch einmal die Hände. Dann zog er ein frisches Paar Latexhandschuhe an.

Er verließ das Bad, stellte den Rucksack im Flur ab und trat durch die gegenüberliegende Tür in einen großen Raum, der früher ein Wohnzimmer gewesen sein musste.

Der Raum war mit Vorräten und Ausrüstungsgegenständen vollgestellt. Mehrere Kommoden aus dunklem Holz waren überhäuft mit Konservendosen, Flaschen und anderen abgepackten Lebensmitteln. An der Wand zur Linken standen drei Tiefkühlschränke aufgereiht und brummten leise. Auf einem runden Esstisch mit ramponierter Oberfläche war ein Gaskocher aufgebaut, daneben sah Carsten seine Axt und seine Pistole liegen.

Auf zwei großen Flachbildschirmen an den Wänden liefen zwei verschiedene Filme; der eine zeigte Dolph Lundgren, der andere eine Nahaufnahme kopulierender Genitalien ohne Ton.

Jens stand mit dem Rücken zu ihm und sah aus dem mittleren von drei hohen Bogenfenstern direkt auf die Kreuzung; das Fenster, aus dem der Schütze zum ersten Mal auf Carsten angelegt hatte. An der Fensterbank lehnte eine ganze Auswahl verschiedener Gewehre.

Carsten trat zu einer Kommode, auf der Flaschen mit Alkohol aufgereiht standen, einige leer, einige angebrochen, andere ungeöffnet. Nach kurzem Suchen fand er eine Flasche Jack Daniel's, noch versiegelt, hob sie zwischen den anderen heraus und verfügte: »Die gehört jetzt mir.«

Jens drehte sich nicht zu ihm um. Den Blick immer noch aus dem Fenster gerichtet fragte er: »Willst du was essen? Ich hab viele verschiedene Sachen. Cevapcici sind gut. Mit Reis.«

Das Letzte, was Carsten gegessen hatte, war Dosenfleisch mit Butterkeksen, und das war mehr als zwei Tage her. Allein der Anblick der vielen Konserven mit ihren bebilderten Etiketten ließ ihm das Wasser im Mund zusammenlaufen. Aber mit diesem Mann wollte er nicht essen.

Jens drehte sich um, bevor Carsten geantwortet hatte. »Du kannst ein paar Tage bleiben, wenn du willst.«

Carsten trat zu dem Esstisch, auf dem seine Waffen lagen. Er stellte den Jack Daniel's daneben. »Nein«, sagte er dann und sah Jens an.

»Es ist gut hier«, antwortete der. »Strom. Essen. Duschen ... Filme.« Er zeigte auf die großen Bildschirme. Dolph Lundgren war gerade dabei, sich eine Fleischwunde zu verarzten.

»Was machst du hier?«, fragte Carsten.

Jens nickte. »Zombies umlegen.« Mit dem Daumen wies

er über die Schulter auf das Waffenarsenal vor dem Fenster.

»Wozu?«

»Was?«

»Wozu tötest du die ... Warum bringst du sie um?«

»Solange es noch Munition auf dieser Welt gibt, pick ich sie mir. Einen nach dem anderen. Ich sitze hier und warte, bis sie kommen. Und dann räum ich sie ab.«

Das war keine Antwort. Aber Carsten fragte nicht weiter, denn er wusste, dass er keine Antwort bekommen würde. Weil es keine Antwort gab. Jeder sucht sich seine Aufgabe, sagte die Tierärztin in seinem Kopf.

»Walther P99«, sagte Jens und zeigte auf Carstens Pistole auf dem Tisch. »15 Schuss im Magazin. ›Double Action Only‹. Standardbewaffnung der Polizei. James Bond hat die auch, wusstest du das? Der Remington Steele. Hab sie gestern mal ausprobiert. Schießt sich gut.«

Carsten nickte, dabei hatte er überhaupt keine Ahnung von Waffen. Nur durch Herumprobieren hatte er sich selbst beigebracht, wie man die Pistole lud und abfeuerte.

»Wo hast du die ganzen Sachen her?«, fragte er und zeigte auf Jens' Gewehre. Erst jetzt entdeckte er eine Schachtel mit Handgranaten auf der Fensterbank. Der verwüstete Eingang des Elektromarkts in der Innenstadt kam ihm in den Sinn.

»Polizeiwache«, antwortete Jens und zog die Schultern hoch. »Und ›Jagd und Sport‹ in der Innenstadt.«

Carsten glaubte nicht, dass es dort Handgranaten gab, aber es war ihm auch egal. Er sah über Jens' Schulter hinweg die Rauchsäule vor dem Fenster ersterben.

»Hast du Überlebende gefunden bei deinen Streifzügen?«, fragte er. Jens deutete ein Kopfschütteln an.

»Schon lange nicht mehr. Ab und zu kommt einer vorbei,

der noch nicht ganz hinüber ist. Wie Katrin. Und du. Aber die meisten haben die Scheiße schon in sich. Wie Katrin. Bist der erste Gesunde seit Wochen.«

»Und davor?«

»Vor ...«, Jens schien zu überlegen, »... fünf Wochen oder so waren ein paar Leute hier, kleine Gruppe. Wollten sich in die Hauptstadt durchschlagen.«

»In die Hauptstadt? Wieso das denn?«

»Die meinten, viele würden dahin gehen. Dass man da viele trifft.«

»Und du bist nicht mitgegangen?«

Jens schüttelte den Kopf. »Die waren nicht ... nicht so meine Art von Leuten, verstehst du? Jeder wollte Chef sein, und keiner hatte Ahnung. Nicht mein Ding.«

Sie schwiegen. Carsten sah auf die Tischplatte.

»Was hast du vor?«, fragte Jens dann.

»Meine Sache«, antwortete Carsten knapp.

Jens schürzte die Lippen.

Dolph Lundgren erklärte lautstark, dass er nichts sagen würde, egal, wie sehr man ihn folterte. Auf dem anderen Bildschirm verkeilten sich zwei Frauen mit übertriebenen Brüsten ineinander.

»Willst du noch 'n Film mitgucken, bevor du gehst?«, fragte Jens. »Ich hab alle möglichen da.«

Er wies auf mehrere Stapel DVD-Hüllen aus der Videothek von der anderen Straßenseite.

Carsten schüttelte den Kopf.

Sie schwiegen.

Dolph Lundgren litt.

»Brauchst du noch was?«, fragte Jens.

Carsten schüttelte wieder den Kopf. Dann sagte er sich, dass diese Form von Stolz unsinnig war.

»Munition für meine …«, er versuchte, sich zu erinnern, wie Jens die Waffe genannt hatte, doch es fiel ihm nicht ein, »… Pistole wäre gut.«

Jens nickte. »Ich guck mal. Hab ich bestimmt da.«

Er drehte sich zum Fenster und spähte kurz mit einem Fernglas auf die Straße. Dann bückte er sich über einen Seesack und begann, darin herumzukramen. Carsten nahm den Whiskey vom Tisch, ging in den Flur und verstaute die Flasche im Rucksack.

Als er zurückkam, hatte Jens ein halbes Dutzend Magazine auf den Tisch gelegt. Carsten hielt sich selbst davon ab, ihm zu danken. Diesem Mann würde er niemals danken.

»Gut«, sagte er stattdessen. »Dann mach ich mich jetzt wieder auf den Weg.«

»Alles klar.« Jens begleitete ihn die Treppe hinunter. »Guten Weg«, wünschte er Carsten zum Abschied. Carsten nickte. Dann schloss Jens die Tür hinter ihm. Carsten hörte das Schloss einrasten. Aus dem Hauseingang trat er wieder auf die Hauptstraße, endlich raus aus diesem Haus. Es war bereits Mittag, die Sonne stand hoch und schien warm auf sein frisch gewaschenes Haar. Auf der Kreuzung sah er die Reste von Katrins Körper, graue Knochen und verkohltes Fleisch. Carsten fühlte, wie sein Hals zuschwoll. Zeit zu gehen.

Eine Bewegung aus der Straße gegenüber ließ ihn in Richtung Krankenhaus spähen: Vier Gestalten schlurften auf die Straßensperre zu, noch in sicherer Entfernung. Zwei Männer in Patientenkimonos, einer in einem blauen OP-Kittel. Daneben eine Frau in einem Hosenanzug. Carsten zog die Pistole.

»Hey!«, hörte er Jens über sich. Er sah zum Fenster hinauf. Jens streckte umständlich den Arm aus dem Fenster, um

Carstens Regenponcho herunterzuwerfen, ohne ihn im Stacheldraht zu verhaken. Carsten fing ihn auf und bedankte sich. Und verdrehte die Augen über seine Höflichkeit.

»Hast du die gesehen?«, fragte er den Schützen und deutete die Straße hinauf.

Jens nickte. Er zeigte eins seiner Gewehre.

Sie kamen langsam näher. Ziele für Jens' Zielfernrohr. Nichts weiter. Carsten drehte sich um und ging.

18

Als Kind hatte Carsten oft Indianer gespielt. Er hockte hinter ein Auto geduckt auf dem Bürgersteig einer Seitenstraße. Familie Keller wohnte in dieser Straße, oder hatte gewohnt. Genau das wollte Carsten herausfinden. Schon von weitem hatte er die Geräusche ungeschlachter Bewegungen gehört und sich herangeschlichen, so vorsichtig er konnte. Über die Motorhaube hinweg beobachtete er zwei junge Männer in einem Vorgarten unter einem großen Kastanienbaum.

Sie sprangen immer wieder aus dem Stand in die Höhe und kamen plump auf beiden Füßen auf. Die Anstrengung ließ sie keuchen. Sie bemühten sich vergeblich, die Leiche eines Mannes zu erreichen, der an einem Strick um seinen Hals in der Krone des Kastanienbaumes hing, gerade außerhalb ihrer Reichweite. Sein Hals war skurril in die Länge gestreckt, die dunkle Zunge aus dem Mund des verwesenden Gesichts gequollen. Die Hosenbeine und seine Wadenmuskeln waren schon in blutige Streifen gerissen, ein Fuß fehlte.

Einer der Männer war ganz in Schwarz gekleidet, der andere nackt bis auf eine schmutzige Jeans. Für die Axt waren die beiden zu gefährlich. Noch zu schnell, zu koordiniert, viel zu kräftig. Schießen war ebenfalls zu riskant. Carsten wollte nicht noch mehr von ihnen anlocken. Doch die beiden waren so auf die Leiche im Baum fixiert, dass es ihm gelingen sollte, unbemerkt an ihnen vorbeizugelangen.

In der Deckung parkender Autos schlich Carsten weiter, tief über den Boden geduckt. Er erreichte den Vorgarten von Familie Keller und bewegte sich vorsichtig den Weg entlang zur Haustür. Er warf einen Blick zurück auf die gegenüberliegende Straßenseite: Die beiden jungen Männer hatten in ihren Versuchen, die Beute im Baum zu erreichen, nicht nachgelassen.

Die Haustür stand offen. Das konnte kein gutes Zeichen sein. Carsten schob den Axtstiel unter seinen Gürtel und zog die Pistole. Noch immer in der Hocke bewegte er sich vorsichtig und langsam über die Schwelle in den engen Flur. Der Gestank von faulendem Fleisch ließ Übelkeit in ihm aufsteigen. Carsten zog die Arme aus den Riemen des Rucksacks und ließ sein Gepäck zu Boden gleiten. Mit dem Fuß schob er langsam die Haustür zu, bis sie angelehnt war.

Ein Schuhschrank war das einzige Möbelstück im Flur. Darauf stand ein Telefon, darüber hingen zwei gerahmte Fotos an der Wand: Herr und Frau Keller, der Orthopäde und die Dramaturgin, an der Reling eines kleinen Segelboots. Auf dem anderen Bild Regina, das kleine Mathematikgenie, mit einem Tretroller auf einer Terrasse. Sie schaute nach rechts aus dem Bild hinaus, als sei sie im Augenblick der Fotografie abgelenkt worden.

Drei Türen gingen vom Flur ab und führten tiefer ins Haus. Carsten erhob sich langsam aus der Hocke, blieb geduckt und näherte sich mit vorgehaltener Waffe der nächsten Tür. Sie stand weit offen.

Schon im Flur hörte Carsten die Fliegen summen. Durch die Tür sah er in die Küche. Der kleine Raum war verwüstet. Ein Schrank war umgestürzt, was darin gestanden hatte, lag zerschlagen und zersplittert über den Fliesenboden verteilt.

Inmitten des Chaos lag ein Golden Retriever, offenbar schon länger tot. Glänzende Fliegen saßen zu Dutzenden auf seiner eingetrockneten Nase.

Carsten schloss die Tür und wandte sich der nächsten zu. Sie war angelehnt, ins weiße Türblatt war eine große Milchglasscheibe eingesetzt. Carsten drückte die Tür langsam auf; der Raum war hell. Fliegen summten. Ein großes Wohnzimmer mit Panoramafenster, eine Treppe führte in den ersten Stock. Carsten legte den Arm vors Gesicht, drückte die Nase in die Ellenbogenbeuge; der Gestank war kaum zu ertragen.

Am Fuß der Treppe lag Herr Keller. Sein linker Fuß ruhte auf der zweiten Treppenstufe, als sei er rückwärts heruntergestürzt. Bis auf Boxershorts war er nackt, und sein Körper hatte sich an vielen Stellen dunkel verfärbt. Er war von trockenem Blut und Fliegen umgeben. Carsten trat näher heran. Seine Hände waren zerschnitten, die Brust zeigte zwei offene Wunden. Unter seinem Kinn ragte der Griff eines Küchenmessers hervor; die Klinge war durch den Unterkiefer eingedrungen, die Messerspitze aus der linken Wange wieder ausgetreten. Seine Augen standen offen; in den trockenen Augäpfeln verlief eine rotbraune Linie von Augenwinkel zu Augenwinkel. Auf seiner Lippe krochen Fliegenmaden.

Carsten wandte die Augen ab und sah sich im Rest des Raumes um. Dann setzte er behutsam die Füße neben den toten Orthopäden, um die Treppe zu erreichen, ohne ihn zu berühren. Auch der hölzerne Handlauf war mit dunkel getrocknetem Blut beschmiert. Die Stufen knarrten leise unter jedem seiner Schritte. Im ersten Stock lag ein weiterer Flur vor ihm.

Drei weiße Türen. Auf einer stand »Regina« in bunten

Buchstaben, eine andere Tür war halb geöffnet; auf ihr befand sich der Abdruck einer blutigen Hand.

Carsten lauschte. Er versuchte, seine Füße lautlos auf den Teppichboden zu setzen. Drei Schritte, um die halb geöffnete Tür zu erreichen. Vor der Tür lauschte er erneut, dann trat er seitwärts in den Raum.

Frau Keller, Reginas Mutter, die Dramaturgin. Bäuchlings lag sie auf dem Ehebett in einem geräumigen Schlafzimmer mit Fenstern zur Straße, das Gesicht von Carsten abgewandt. Ihr dunkles Haar fiel verknotet und wirr über die Bettdecke, auf der sie lag. Sie trug weiße Unterwäsche und ein graues Männerhemd.

Carsten atmete aus. Wenn beide Eltern tot sind, was würde ihn in Reginas Zimmer erwarten?

Der Kopf der Frau zuckte; Carsten fuhr zusammen. Sie gab ein Geräusch zwischen Raunen und Stöhnen von sich, brachte die Arme unter den Oberkörper und drehte das Gesicht zu Carsten. Blass und kraftlos sah sie zu ihm herüber.

»Wie spät ist es?«, fragte sie mit zerbrechlicher Stimme.

»Ehm …«, stammelte Carsten perplex. »Halb fünf … gleich. Frau Keller, ich …«

»Wie spät ist es?!«, wiederholte sie eindringlich und schnitt Carsten damit das Wort ab. Carsten wusste nichts zu sagen. Sie bemühte sich, den Körper von der Matratze zu heben, aber die Arme knickten unter ihrem Gewicht ein, sie kippte vornüber mit den Schultern ins Kopfkissen. Carsten konnte sehen, dass ihre Zunge wild im Mund herumfuhr. Er trat einen Schritt näher zum Bett.

»Wie spät ist es?!«, fragte sie noch einmal und sah Carsten dabei unverwandt an. »Wie spät ist es?« Ihre Augenbrauen zogen sich zueinander, und ihre Stimme klang immer verzweifelter. »Wie spät ist es?! WIE SPÄT IST ES?!«

Noch einmal versuchte sie, auf alle viere zu kommen. Die Zunge streckte sie dabei weit aus dem Mund. Wieder kippte sie vornüber. Carsten streckte die Hände vor, zwei Schritte von ihr entfernt, war aber völlig unschlüssig, was zu tun sei. »Wie spät ist es? WIE SPÄT IST ES?!« Verzweiflung verzerrten ihr Gesicht und ihre Stimme. Noch einmal stürzte sie aufs Bett. »WIE SPÄT IST ES?!« Sie ließ Carsten nicht aus den Augen.

Alles in ihm zog sich zusammen. Er sah die engagierte Dramaturgin vor sich, sah die BSE-Rinder im Fernsehen und das kranke Pferd in der Nebenstraße.

Sie begann zu schreien: »WIE SPÄT IST ES?!!! WIE SPÄT IST ES?!!!« ... Sie schrie und schrie und schrie.

Carsten riss die Pistole hoch und feuerte, drei Schüsse, schnell hintereinander.

Er keuchte. Seine Augen brannten, es rauschte in seinen Ohren. Die Wucht der Schüsse hatte Frau Keller vom Bett gerissen. Ihr Blut war bis auf die Fensterscheiben gespritzt. Carsten stützte die Hände auf seine Knie.

Niemals unüberlegt handeln, ermahnte er sich. Nur deshalb hatte er so lange überlebt. Solche Fehler durften nicht passieren, er durfte sich nicht übermannen lassen, nie! Weder von Angst, noch von Ekel, noch von Mitgefühl.

Dann schnelle Schritte von der Straße, immer näher, Fensterscheiben klirrten, und es polterte im Erdgeschoss. Jetzt waren sie im Haus. Die beiden Männer vom Kastanienbaum. Carsten schluckte. »Hab sie gestern mal ausprobiert. Schießt sich gut«, echote es in seinem Kopf. Er hatte die Pistole nicht geladen, seit Jens damit geschossen hatte. Ob der Waffennarr die Pistole selbst nachgeladen hatte? Wo waren die Magazine, die er von ihm bekommen hatte? Im Rucksack. Der stand unten im Flur. Wie konnte ihm das passieren? Er spürte seinen Herzschlag im Rachen. Wie viele Patronen waren noch im Magazin? Gerade hatte er dreimal geschossen …

Poltern aus dem Erdgeschoss, dann Knurren, kaum menschlich. Er ahnte, was jetzt im Erdgeschoss mit der Leiche des Orthopäden geschah. Die Vorstellung ließ ihn erschaudern, doch es würde ihm zumindest etwas Zeit verschaffen. Carsten kontrollierte die Munition in der Waffe: Zwei Kugeln waren übrig. Zwei Kugeln, zwei Angreifer. Und er war ein miserabler Schütze. Er suchte einen Fluchtweg: Durch das Fenster auf die Straße? Oder war das zu hoch?

Carsten schlich zum Fenster und hielt die Augen von Frau Kellers totem Körper abgewandt. Als er die Hand nach dem Fenstergriff ausstreckte, bemerkte er, wie stark er zitterte. So leise er konnte, öffnete er ein Fenster und spähte nach unten. Es war hoch. Sehr hoch. Und unten gab es kein Gebüsch, keine Möglichkeit, den Sturz abzufangen. Er würde den Sturz überleben, aber wenn er sich ein Bein brach? Sie würden ihn auf jeden Fall hören, und dann würden sie ihm nachsetzen. Sein Atem ging schnell und flach. Er drehte sich wieder zur Tür, schloss beide Hände um die Waffe. Verstecken? Noch konnten sie nicht wissen, dass er hier oben war. Die Schüsse hatten sie ins richtige Haus geführt, aber sicherlich konnten sie sie nicht ins richtige Zimmer führen. Vielleicht würden sie sich an der Leiche des Orthopäden laben und dann wieder gehen. Würden sie wieder verschwinden, wenn sie ihn nicht fanden? Oder konnten sie ihn riechen? Frau Kellers frisches Blut, das er im Raum verspritzt hatte?

Kämpfen, fliehen oder verstecken? Jetzt hörte er Schritte auf der Treppe. Entscheide dich!

Carsten öffnete den großen Kleiderschrank und zwängte sich zwischen Hosen, Hemden und Kleiderbügel. Das gelang ihm nicht so leise, wie er gehofft hatte; der Axtstiel in seinem Gürtel war ihm im Weg. Er zog die Tür zu, aber sie wollte nicht geschlossen bleiben. Die Schritte kamen näher. Von innen konnte er die Schranktür nicht richtig packen; er musste die Fingerspitzen gegen eine Holzleiste auf der Innenseite der Tür pressen, um sie zu bewegen, und schaffte es so gerade eben, die Tür wieder zu schließen. Jetzt kauerte er in der Dunkelheit des Kleiderschranks und hielt seine Finger gegen die Leiste gedrückt, damit die Tür geschlossen blieb.

Einer der beiden Männer betrat den Raum. Carsten konnte ihn nicht sehen. Er konnte gar nichts sehen. Aber er hörte das schwere, raue Atmen. Carsten traute sich nicht, Luft zu holen. Er hörte, wie der Mann sich mit zwei schnellen Sätzen auf den Körper von Frau Keller stürzte. Carsten erschauderte vor der Mischung aus Knurren, Schmatzen, Reißen und den feuchten Geräuschen, die der tote Körper von sich gab.

Carsten musste lange zuhören. Er atmete flach in dem Bemühen, kein Geräusch von sich zu geben. Seine Fingerspitzen wurden taub unter dem Druck gegen die Holzleiste. Er hatte sich falsch entschieden. Er hätte versuchen sollen zu fliehen. Dann hätte er zumindest eine Chance gehabt.

Dann verlor er den Griff an der Holzleiste. Die Tür kippte lautlos vorwärts, öffnete sich eine Handbreit. Carsten hielt den Atem an. Er sah den Mann im schwarzen T-Shirt über Frau Keller kauern, den Kopf wie eine Hyäne in ihre Eingeweide vergraben. Magensäure stieg ihm in den Mund. Vorsichtig streckte er die Hand aus, um die Tür wieder zu schließen. Er presste seine Fingerspitzen gegen die Leiste und zog, doch er rutschte ab. Der Kopf des Mannes schnellte hoch. Die Tür stand eine Handbreit auf. Carsten griff noch einmal zu und zog die Tür heran. Er kniff die Augen zu und lauschte. Jetzt wünschte er sich, das Schmatzen und Kauen wieder zu hören, das ihn noch vor Sekunden so angewidert hatte. Doch es setzte nicht wieder ein. Stattdessen hörte er, wie der Mann sich erhob und Schritte in seine Richtung machte. Dann ein Stoß gegen die Schranktüren. Carsten hielt die Luft an. Er saß in der Falle. Noch einmal stieß der Mann gegen die Türen. Beim dritten Stoß brach eins der Scharniere, die Tür kippte in den Schrank, schlug auf Carstens Schädel. Carsten feuerte, feuerte durch die Schranktür die beiden Schüsse, die ihm blieben. Er hörte, wie der Mann vor den Schranktüren zusammenbrach. Und hörte den anderen Mann die Treppe heraufrennen.

Carsten warf sich aus dem Schrank ins Zimmer, machte einen Satz zur Tür und schlug sie zu. Ein Schlüssel steckte im Schloss, Carsten drehte ihn. Er riss an der Kante des Kleiderschranks, um das schwere Möbelstück vor die Tür zu kippen, doch der Schrank rührte sich nicht. Mit einem dumpfen Schlag warf sich der Angreifer von draußen gegen die Tür. Carsten wich zurück, rückwärts Richtung Fenster. Schon beim zweiten Stoß barst die Tür aus dem Schloss und sprang auf; der blutbeschmierte junge Mann stürzte in den Raum und auf Carsten zu, das Gesicht eine Fratze aus Hass, Gier und Blut. Carsten hörte sich selbst winseln. Zwei Schritte zwischen ihm und dem Mann. Weg! Er drehte sich um und sprang aus dem Fenster, verlor noch im Sprung die ungeladene Pistole. Als er aufkam, fuhr ein reißender Schmerz in seinen rechten Knöchel. Er stürzte auf die Seite, die Brille fiel ihm aus dem Gesicht, und der Axtstiel drückte ihm schmerzhaft in den Bauch.

Er drehte sich um und sah hoch zum Fenster; sein Angreifer warf sich lang ausgestreckt hinaus, ihm hinterher. Carsten rollte sich zur Seite. Der junge Mann stürzte mit einem widerlichen Geräusch auf den Plattenweg.

Carsten kroch rückwärts, um Abstand zu gewinnen, zog dabei die Axt unter dem Gürtel hervor und versuchte, auf die Beine zu kommen. Sein Verfolger versuchte ebenfalls, sich aufzurichten; der Sturz hatte ihn verlangsamt. Carsten stand als Erster, auf den Axtstiel gestützt. Sein rechtes Bein schmerzte, Wegrennen kam nicht in Frage. Sekundenbruchteile zum Entscheiden.

Bevor der junge Mann sich vollständig aufrichten konnte, sprang Carsten mit einem wilden Schrei vorwärts und schmetterte ihm die Axt durchs Schlüsselbein tief in die Schulter. Der grölte laut auf und griff nach Carsten, nur der eine Arm gehorchte ihm noch. Er packte Carstens Gürtel und zog ihn zu sich heran. Carsten stemmte sich mit aller Kraft dagegen, riss das Axtblatt frei und schlug ein zweites Mal zu, hieb in den Hals seines Gegners. Durch den Stiel spürte er Sehnen und Knochen unter dem Axtblatt knirschen. Er befreite die Axt, der Mann kippte mit einem stimmlosen Gurgeln nach hinten, Carsten taumelte zurück, der Axtstiel glitt ihm aus den Händen. Er fiel und blieb im kniehohen Gras des Vorgartens sitzen. Der Mann rührte sich nicht mehr.

So laut … die Schreie und die Schüsse. Wie viele würde das anlocken? Wie eine Lawine stürzte alles auf Carsten ein, Angst, Erleichterung und wildes Entsetzen, als sich die Szenen vor seinem inneren Auge wiederholten.

Er packte Brille, Axt und Pistole, schleppte sich ins Haus, schlug die Haustür hinter sich zu und kauerte sich dahinter auf dem Boden zusammen, die Arme um die Knie geschlungen, die Augen fest geschlossen.

19

Im Fernsehen hatte Carsten einmal einen amerikanischen Soldaten gesehen, der gefragt wurde, wie man die Schrecken des Krieges ertragen könne und wie die Armee ihn darauf vorbereitet habe.

»Da gibt es keinen Trick«, hatte er geantwortet. »Du machst einfach immer weiter. Du siehst all diese Dinge, diese ... unvorstellbaren Dinge, und du denkst nicht darüber nach. Du hast einen Job zu tun, und du machst diesen Job. Und wenn du wieder zu Hause bist, dann musst du damit leben. Du hast keine andere Wahl. Irgendwie lebst du einfach damit.«

Carstens Körper war schwer, als er am nächsten Morgen aufwachte. Er lag in seine Wolldecke gewickelt auf einem harten Estrichboden in einem abgeschlossenen Raum, der nur von seiner Taschenlampe erhellt wurde. Er hatte sie wieder die ganze Nacht brennen lassen. Es roch nach Benzin und Reifengummi. Er lag in einer Garage, hinter dem Heck des darin geparkten Autos.

Er hatte noch lange dort im Flur gekauert, bis er wieder zu sich gekommen war. Der Lärm hatte niemanden angelockt. Dann hatte er ein frisches Magazin aus dem Rucksack in die Waffe geladen und sich dem Ziel seiner Wanderung gewidmet: Reginas Zimmer mit den bunten Buchstaben an der Tür. Die Erinnerung an das, was er in diesem Zimmer gesehen hatte, würde er für den Rest seines Lebens von sich fernzuhalten versuchen.

Viel zu spät hatte er das Haus verlassen, um einen Platz zum Übernachten zu suchen; es hatte bereits angefangen zu dämmern, und Schmerz und Erschöpfung hatten ihn müde und unaufmerksam gemacht. Die Garage war kein gutes Versteck. Eine Sackgasse ohne einen zweiten Ausgang. Eine Todesfalle. Er hatte sich damit begnügt und sich darauf verlassen, dass sie nicht mehr in der Lage sein würden, ein Garagentor zu öffnen.

Er war beinahe sofort eingeschlafen, doch in der Nacht mehrfach hochgeschreckt, ohne zu wissen, ob ihn Geräusche oder seine Träume geweckt hatten.

Er setzte sich auf und streckte den Rücken durch. Schaltete die Lampe ab. Durch die Ränder des Garagentors schien das Sonnenlicht herein. Mit der Pistole in der Hand öffnete er das Tor. Das Blech fuhr ratternd nach oben. Geblendet blinzelte er dem neuen Tag entgegen. Es gab keine Anzeichen von Gefahr in dem Hof vor der Garage, keine Anzeichen von Leben.

Carsten holte den Rucksack hinter dem Auto hervor und wuchtete ihn auf die Motorhaube des Wagens. Sein Knöchel schmerzte bei jedem Schritt. Er zog das Handy hervor, schaltete es ein und las Nathalies SMS. Sie war so gelogen wie jeden Tag, und wie jeden Tag wusste er, dass sie gelogen hatte, um ihn zu beruhigen.

Carsten würde nicht noch einmal in Gefahr geraten, weil er keine Munition in der Waffe hatte. Er nahm ein Ersatzmagazin aus dem Rucksack und steckte es in eine Tasche der Kapuzenjacke. Allzu sicher schien es ihm da nicht, er würde es bei der ersten schnellen Bewegung verlieren. Also steckte er es stattdessen in eine der rückwärtigen Taschen seiner Hose, dahin, wo er früher sein Portemonnaie getragen hatte.

Er setzte sich auf die Motorhaube und kramte eine Rolle Gewebeband aus dem Rucksack, schnitt mit dem Taschenmesser ein Stück ab und ersetzte damit das ausgeleierte Klebeband an seinem Brillengestell. Dann zog er vorsichtig den rechten Schuh und seinen Socken aus, um den schmerzenden Knöchel in Augenschein zu nehmen. Das Gelenk war stark geschwollen, die Schwellung hatte sich über Nacht rot und blau verfärbt. Carsten tastete vorsichtig mit zwei Fingern den Knöchel ab, doch er zog die Hand schnell wieder zurück, denn das Einzige, was er durch das Abtasten erreichte, war, den Schmerz zu verstärken. Kühlung wäre sicherlich das Richtige für sein Gelenk, doch in einer Welt ohne Strom war das eine schwierige Aufgabe. Vorsichtig, um nichts zu vergeuden, goss er etwas Mineralwasser über seinen Socken und wickelte ihn um das Gelenk. Das brachte ein wenig Linderung.

Er nahm das Klassenbuch hervor und schaute auf den Computerausdruck mit Namen und Adressen. Er zog eine rote Linie durch Reginas Namen, die zehnte rote Linie. Die nächste Adresse auf der Liste war kaum zwanzig Wegminuten entfernt. Die Adresse von Miriam Klapczyk.

Das Handy konnte kein Netz finden, Carsten schaltete es wieder ab.

Hunger hatte er nicht. Er sah das gierige, blutverschmierte Gesicht des jungen Mannes vor sich; des Mannes, dem er die Axt in den Hals geschlagen hatte. Im Kopf versuchte er, dieses Gesicht zu überführen in das Antlitz, das es einmal gewesen sein mochte. Er sah blondes Haar, einen Dreitagebart und stellte sich ein verschmitztes Lächeln vor. Vielleicht ein Informatiker. Oder ein Architekturstudent. Vielleicht ein angehender Kinderarzt. Oder ein junger Fotograf, dem die Frauenwelt zu Füßen lag.

Carsten wurde übel, und er begann zu würgen, doch er erbrach sich nicht. Er fasste in den Rucksack und fand die Whiskeyflasche, stopfte sie dann aber zurück. Er ließ sich auf die Motorhaube sinken und starrte aus dem Eingang der Garage in den völlig leeren Himmel.

In Miriam Klapczyk sah Carsten einen seiner größten pädagogischen Erfolge. Das kleine Mädchen hatte sich zur Überraschung seiner Eltern schon vor der Einschulung das Lesen beigebracht und seitdem Bücher verschlungen. Miriam war hochintelligent, gleichzeitig aber sehr still und so schüchtern, dass sie im Unterricht nichts sagte und kaum Anschluss bei ihren Mitschülern fand. Carsten hatte lange daran gearbeitet, das kleine Mädchen selbstsicherer zu machen, und dabei auch ihre Eltern eingebunden. Die hatten sich beide ständig in großer Sorge um ihr kleines Mädchen befunden und sich sehr bemüht, alles richtig zu machen.

Der Weg zu ihrem Haus führte Carsten durch einige Nebenstraßen in ein ruhiges Wohnviertel aus Einfamilienhäusern mit kleinen Vorgärten. Ein grauer Dauerregen beherrschte den Tag, Carsten trug seinen Regenponcho.

Quer auf der Einmündung von Miriams Straße stand ein Auto mit eingedrückter Windschutzscheibe. Die Leiche des Fahrers lag auf der Motorhaube, durch die Windschutzscheibe geschleudert oder aus dem Auto gezerrt; in jedem Fall musste das schon einige Zeit her sein. Eine Frauenleiche lehnte neben der offen stehenden Beifahrertür. Beide waren verstümmelt und stark verwest, an vielen Stellen lagen ihre gelben Knochen frei. Der Körper des Fahrers sah aus, als wäre er auf der Motorhaube geschmolzen. Er hatte sich breiig über das Blech verteilt, in der Sonne eingetrocknete Blasen geworfen und war mit den Resten der zerrissenen Kleidung zu einer ekelhaften Masse verbacken, die sich jetzt im Regen wieder auflöste. Carsten legte unbewusst die Hand vor den Mund. Vor seinem inneren Auge spielten sich Szenen ab, die ihm zeigten, was hier passiert sein konnte, wie das Auto zum Stehen gekommen war und wie gierige Arme die beiden aus ihrem Wagen gerissen hatten. Carsten wandte die Augen ab und ließ das Auto schnell hinter sich.

Als er vor dem Haus der Klapczyks stand, sah er sich in alle Richtungen um. Der hohe Giebel schien auf ihn herunterzublicken. Der Vorgarten war von einer hohen Hecke umgeben, die nur durch ein Gartentor durchbrochen war. Ein metallisches Klappern drang durch das Rauschen des Regens an sein Ohr. Carsten zog die Pistole unter dem Regenponcho hervor und ging auf das Gartentor zu. Über das Tor hinweg sah Carsten in den Vorgarten, und er entdeckte sofort einen Hund, nass vom Regen, in einem Haufen aufgetürmter Konservendosen am Fuß der Hauswand. Und der Hund entdeckte ihn. Er fixierte Carstens Blick und baute sich drohend auf dem nassen Rasen auf. Seine Schulterblätter zeichneten sich deutlich unter dem kurzen, braunen Fell ab.

An Hunden soll man vorbeiblicken, erinnerte sich Carsten, den Blick nicht erwidern, um sie nicht zu provozieren. Er lenkte seinen Blick auf die Pfote des Tiers. Der Hund begann zu knurren und machte einen Schritt auf ihn zu. War er infiziert? Oder war er ein Streuner, weil seine Besitzer gestorben waren? Hunde waren von RSD genauso betroffen wie Menschen, und nicht wenige Menschen waren durch unerwartete Bisse ihres treuen vierbeinigen Freundes Opfer der Infektion geworden.

Der Hund machte einen plötzlichen Satz vorwärts, Carsten schoss. Die Wucht des Schusses riss das Tier rückwärts. Blut floss über sein nasses Fell. Ein weiterer Mord.

Carsten sah den Haufen leerer Konservendosen an. Ravioli in Tomatensoße. Kartoffeleintopf mit Würstchen. Erbseneintopf. Mindestens zwei Dutzend leerer Konserven. Er ließ seinen Blick aufwärts über die Fassade wandern, erst zu einem Fenster im ersten Stock, dann entdeckte er noch höher eine Konserve in der Dachrinne des Hauses. Regentropfen trommelten auf die Folie vor seinem Gesicht, als er nach oben schaute. Der Dachboden also. Der sicherste Ort eines Hauses. Carstens Herz begann zu hämmern.

Quer über die Haustür waren vier starke Kanthölzer geschraubt. Ein Akkuschrauber und eine Hand voll langer Holzschrauben lagen noch im Blumenbeet vor dem Haus.

Carsten klopfte zwischen den Kanthölzern gegen die Tür und wartete auf eine Reaktion. Vergeblich. Er hob den Akkuschrauber auf und setzte ihn an einen Schraubenkopf an. Dieses Haus war nicht gegen Menschen gesichert worden, die noch Werkzeug benutzen konnten. Zwei lange Schrauben quälte der Schrauber aus dem Holz, bevor sein Akku aufgab. Carsten ließ das Werkzeug ins Blumenbeet fallen. Er setzte die Axt an und hebelte die restlichen Schrauben aus dem Türrahmen, riss eine Latte nach der anderen herunter. Eine stabile Haustür lag jetzt vor ihm. Von ihr würde er sich nicht aufhalten lassen. Er sah sich noch einmal in alle Richtungen um, dann packte er den Axtstiel fest mit beiden Händen und schlug mit aller Kraft auf die schwere Tür ein, nah beim Schloss. Wieder und wieder, bis sie endlich unter seinen Hieben nachgab. Sein Herz hämmerte jetzt umso mehr, und die Anstrengung brachte ihn außer Atem. Die Regenfolie vor seinem Gesicht war beschlagen. Er sah noch einmal zurück, um sicherzugehen, dass der Lärm niemanden angelockt hatte. Dann betrat er das Haus.

Er setzte den Rucksack ab und zog den Poncho vom Kopf. Es war dunkel im Flur, vor allen Fenstern waren Rollläden heruntergelassen. Die Luft war abgestanden, aber frei vom Gestank verwesender Körper, und Carsten konnte auch keine Fliegen summen hören. Das waren alles gute Zeichen, doch sie mussten nicht mehr bedeuten, als dass die Klapczyks sich bemüht hatten, ihr Eigentum zu schützen, bevor sie geflohen waren, wohin auch immer. Allein die Konservendosen vor dem Haus hielten seine Hoffnung aufrecht, dass in diesem Haus noch jemand lebte. Mit wachsamen Blicken in jede Richtung kramte er im Rucksack, bis er die Taschenlampe gefunden hatte und begann, die Räume abzusuchen, Lampe und Pistole vor sich ausgestreckt.

Wohnzimmer, Küche, Bad, alles war in bester Ordnung, makellos eingerichtet und penibel sauber gehalten. Carsten kam sich vor, als schleiche er durch die Ausstellung eines Möbelhauses. Er stieg die Treppe in den ersten Stock hinauf, und auch hier fand er niemanden. Ein ordentliches Schlafzimmer und Miriams Kinderzimmer; ein Raum mit wenig Spielzeug und vielen Büchern. Die nächste Treppe musste ins Dachgeschoss führen, und Carstens Aufregung wuchs, als er auf der Treppe eine weitere Sicherung entdeckte: eine große Holzplatte war über die Stufen geschraubt und verwandelte die Treppe in eine abschüssige, glatte Fläche. Eine gute Art, ein Stockwerk zu sichern, dachte Carsten. Er traute sich zu rufen.

»Hallo? Ist jemand da oben?« Er wartete. Dann setzte er

einen Fuß auf die Platte und lehnte sich vor. Das Material gab unter seinem Gewicht nach. Es war dünn, vielleicht die Rückwand eines Schranks, mutmaßte Carsten. Als er mehr Gewicht auf sein Bein lehnte, bog sich die Platte durch und brach. Die Idee war gut, doch offenbar war das richtige Material nicht zur Hand gewesen. Er hielt sich am Geländer fest, machte einen großen Schritt und trat ein weiteres Loch in die Platte, um sicheren Stand zu gewinnen. Sein schmerzender Knöchel protestierte.

Mit drei weiteren ausholenden Schritten hatte er die Treppe überwunden und stand auf einem kleinen Treppenabsatz unter der Dachschräge vor einem altmodischen Schrank. Hinter dem schweren Möbelstück konnte Carsten den Rahmen einer Tür sehen, die durch den Schrank versperrt war. Abdrücke auf dem Fußboden verrieten, dass der Schrank vor Kurzem noch links neben der Tür gestanden hatte. Carsten griff von der Seite hinter das Möbelstück und wuchtete es beiseite, bis die Tür frei wurde.

In seinem Kopf entstanden Bilder von dem, was ihn hinter dieser Tür erwarten mochte. Carsten schluckte. Selbst wenn sich hier jemand verbarrikadiert und von Konserven ernährt hatte, konnte er längst der Infektion erlegen sein.

»Hallo? Ist jemand da?«, fragte er und horchte. Er streckte die Hand aus und drückte die Klinke herunter. Wie er erwartet hatte, war die Tür verschlossen. Er klopfte.

»Herr Klapczyk? Frau Klapczyk? Sind Sie da drin? Ich bin der Lehrer Ihrer Tochter, Carsten Lemmner.«

Keine Antwort.

»Miriam?«, fragte er dann. »Bist du da drin?«

Carsten meinte, ein Geräusch aus dem Zimmer zu hören. Er hielt den Atem an.

»Falls Sie da drin sind, gehen Sie bitte von der Tür weg. Ich werde sie jetzt aufbrechen. Miriam, falls du da drin bist, geh bitte weit weg von der Tür, okay?«

Carsten versetzte der Tür einen kräftigen Tritt gleich neben dem Schloss, doch das Türblatt rührte sich nicht, auch nicht beim zweiten Versuch. Carsten nahm die Axt und schlug zu, fünfmal, bis die Tür splitterte und aus dem Schloss brach.

Carsten blickte in einen kurzen Flur, der in einen großen Raum führte. Er ging vorsichtig hinein. Rechts und links vom Flur lagen eine Küche und ein kleines Bad. Nasse Kinderkleidung hing im Bad an der Stange für den Duschvorhang.

»Miriam?«, fragte Carsten erneut. Er betrat den großen Wohnraum, der sich über den Rest des Stockwerks erstreckte. Carsten sah Sprudelkästen aufgestapelt, Spielzeug über den Boden verteilt und ein kleines, buntes Igluzelt, das auf dem Teppichboden aufgestellt war.

Dann entdeckte er sie: Halb versteckt hinter einer grauen Couch sah er die zusammengekauerte Form der kleinen Miriam, die ihn vorsichtig und stumm beobachtete.

Carsten hatte das Gefühl, als würde er tief fallen. Er legte die Axt auf den Boden und ging mit ruhigen, langsamen Schritten auf das Mädchen zu.

»Miriam«, sagte er und streckte die Hände aus. Zwei Schritte entfernt von ihr blieb er stehen. Das Mädchen war so abgemagert, dass sich ihr Kinderschädel unter dem blassen Gesicht abzeichnete. Ihr helles Haar stand in spröden, struppigen Locken vom Kopf ab. In dem ausgezehrten Gesicht waren ihre Augen riesig.

»Herr Lemmner ...«, sagte sie schließlich.

Carsten nickte. Er hatte keine Ahnung, was er sagen oder tun sollte. Er ging in die Hocke, um mit dem Kind auf Augenhöhe zu kommen.

»Bist du allein hier?«, fragte er das Mädchen.

Sie nickte.

»Wie lange schon?«

»Ganz lange«, sagte sie leise. »Herr Lemmner?«

»Ja?«

»Warum sind Sie hier?«

Und dann sagte Carsten einen Satz, von dem er nie gedacht hatte, dass er ihn jemals aussprechen würde. »Ich bin hier, um dich zu retten.«

Miriam stand auf und lief zu ihm, warf die Arme um seinen Hals und krallte sich mit ihren knochigen Fingern in seine Jacke. Sie vergrub das Gesicht an seiner Brust und nach kurzem Zögern schloss Carsten die Arme um das Mädchen. Er spürte jede Rippe des abgemagerten Kindes, und seine Hände kamen ihm furchtbar groß und grob vor. Sie gab kaum einen Laut von sich, aber Carsten fühlte, dass sie weinte. Er hielt sie fest, und er spürte, wie sich in ihm etwas öffnete. Es war, als löse sich ein straffes Band um seinen Brustkorb, etwas in ihm wurde weit, offen und durchlässig, und er spürte seine eigenen Tränen über sein Gesicht laufen.

20

Irgendwann löste sich ihre Umarmung wie von allein. Carsten sah in Miriams rotgeweinte Augen und ihm fiel nichts Besseres ein als zu fragen: »Geht es dir gut?«

Sie schüttelte den Kopf. Carsten setzte sich auf den Fußboden und streckte die Beine aus, die nach dem langen Hocken schmerzten. Eine dämliche Frage. Miriam blieb dicht neben ihm stehen.

Carsten sah aufgestapelte Bücher, ein paar wenige Konservendosen neben den Sprudelkästen. Auf dem Fußboden lagen Spielfiguren, die sich auf ihre brutal zerrissenen und zerbrochenen Gegenstücke stürzten und dabei immer noch ein ungerührtes Lächeln im Gesicht trugen.

»Haben meine Eltern Sie geholt?«, fragte Miriam.

»Seit wann sind deine Eltern weg?«, stellte Carsten eine Gegenfrage.

Miriam schlug die Augen nieder. »Schon lange«, sagte sie. »Sie haben gesagt, sie holen Hilfe.«

»Und dann haben sie dich hier eingeschlossen?«, fragte Carsten. Das Mädchen nickte. »Und seitdem bist du hier alleine?« Miriam nickte erneut. Carsten stand auf und durchschritt langsam den Raum.

»Ist wie eine Burg hier, was? Deine Eltern haben alles hergebracht, was du brauchst.«

»Ich wär lieber mit ihnen mitgegangen«, sagte Miriam leise, und ihr rollten neue stumme Tränen über das Gesicht.

»Sie hätten dich bestimmt auch lieber mitgenommen«,

sagte Carsten. »Aber da draußen ist es jetzt sehr gefährlich.« Er zog eine Sprudelflasche aus einem der gestapelten Kästen. Sie war leer. Alle Flaschen in diesem Kasten waren leer. Und alle Flaschen in dem Kasten darunter. »Ist das alles leer?« Carsten zeigte auf die gestapelten Kästen.

Sie nickte.

»Hast du Durst?«

Sie schüttelte den Kopf.

»Seit wann ist das leer?«

Sie sah ihn nur an.

»Schon länger?«

Sie nickte.

»Was hast du denn getrunken, Miriam?«

Sie sah zu Boden.

»Was hast du denn getrunken?«, wiederholte er.

»Im Bad«, antwortete sie. »Aus dem Kran.«

Carsten fiel. In seinem Inneren fiel er in einen tiefen, kalten Schacht. Wenn das Mädchen seit Tagen das Leitungswasser trank, war sie mit Sicherheit infiziert. Und es war nur eine Frage der Zeit, der unberechenbaren Inkubationszeit, wann die Prionen beginnen würden, ihr Hirn zu zerlöchern.

»Ich weiß, ich sollte nicht«, sagte sie schuldbewusst, die Augen immer noch niedergeschlagen. »Aber ich hatte so Durst.«

Carsten ging wieder zu ihr und hockte sich hin. »Sieh mich mal an«, sagte er und bemühte sich, hoffnungsvoll und beruhigend zu klingen und auszusehen. Es war unsicher, ob ihm das tatsächlich gelang. Sie schaute ihn an, und er lächelte, wahrscheinlich übertrieben, während er noch immer eine Faust in seinem Magen spürte. »Es ist nicht so schlimm«, sagte er, »Was solltest du anderes machen? Du wärst ja sonst verdurstet. Komm, zeig mir alles.«

Er streckte ihr die Hand entgegen, ohne vorher die Handschuhe auszuziehen. Sie führte ihn im Stockwerk herum, zeigte ihm ihren Schlafplatz im bunten Igluzelt (»Aber die Taschenlampe geht nicht mehr«), die aufgestapelten Bücher (»Ich hab sie alle schon durch, aber ich lese sie trotzdem noch mal«), die verbleibenden Konservendosen (»Aber ich habe selten Hunger«), die kleine Küche (»Aber der Kühlschrank geht nicht mehr und der Herd auch nicht«) und das kleine Bad (»Hier wasche ich jeden Tag meine Sachen und lasse sie trocknen«). Carsten drehte vorsichtig den Wasserhahn auf, und tatsächlich floss klares Wasser heraus, wenn auch mit vermindertem Druck. Er trat einen Schritt zurück und streckte den Arm weit vor, um den Hahn wieder abzudrehen.

»Haben Sie meine Eltern gesehen?«, fragte Miriam. Carsten wurde klar, dass er diese Frage unbeantwortet gelassen hatte. Er drehte sich zu Miriam um und ging wieder in die Hocke, um sie anzusehen. »Nein, Miriam. Ich habe deine Eltern nicht gesehen und weiß nicht, ob sie wiederkommen werden.«

»Aber sie haben gesagt, dass ich hier auf sie warten soll.«

»Deine Eltern hatten einen guten Plan, Miriam. Aber er hat nicht funktioniert. Wenn wir Glück haben, treffen wir deine Eltern unterwegs.«

»Gehen wir von hier weg?« Carsten nickte.

»Und dann?«, fragte das Mädchen.

Carsten hatte keine Ahnung. Tagelang hatte er nach den Kindern gesucht, für die er die Verantwortung übernommen hatte. Wieder und wieder hatte er dabei sein Leben riskiert. Und jetzt endlich hatte er ein Mädchen gefunden. Ein Mädchen, das bereits infiziert war. Und er hatte keine Ahnung, wie es jetzt weitergehen sollte. Weiter hatte er nie geplant.

Und diese Tatsache erschien ihm gerade äußerst armselig. Vor ihm stand das kleine Mädchen mit den struppigen blonden Locken und wartete auf eine Antwort ihres Lehrers. »Erstmal kriegst du von mir was zu essen und gutes Wasser. Dann packen wir ein paar Sachen für dich ein. Und danach sehen wir weiter.«

»Aber ist es hier noch sicher? Sie haben die Tür eingeschlagen.«

»Stimmt«, antwortete Carsten. »Darum kümmere ich mich als Erstes. Ab jetzt passe ich auf dich auf, Miriam. Ich achte darauf, dass es sicher ist und dass dir nichts passieren kann. Aber dafür musst du mir ein paar Sachen versprechen, in Ordnung?«

»Was denn?«

»Du musst bei mir bleiben und nirgendwo hingehen, wo ich dich nicht sehen kann.« Miriam nickte. »Und du musst tun, was ich dir sage, okay? Sonst ist es zu gefährlich. Und versuch, nichts anzufassen. Auf gar keinen Fall darfst du was anfassen, wo Blut dran ist. Und nichts essen oder trinken, bevor du mich gefragt hast. In Ordnung?« Das Mädchen nickte. »Erklär mir noch mal, was wir jetzt vereinbart haben.«

»Ich esse nichts und trinke nichts, ohne zu fragen. Ich fasse nichts an. Ich tue, was Sie sagen, und ich laufe nicht weg.«

»Genau. Und ich pass auf dich auf.«

Miriam nickte. Und begann wieder zu weinen. Carsten strich ihr die struppigen Locken aus der Stirn und wischte vorsichtig mit dem behandschuhten Daumen die Tränen von ihren Wangen. »Ich geh jetzt runter und sichere die Haustür. Dann essen wir was und dann packen wir, okay?«

Das Mädchen aß wenig, dafür trank es umso mehr. Carsten dagegen aß mit so viel Appetit wie lange nicht mehr und nahm sich vor, seine Ausrüstung bei der nächsten Gelegenheit um einen Campingkocher zu erweitern. Ein Kind braucht warme Mahlzeiten.

Während sie sich stärkten, formulierte Carsten in seinem Kopf seine eigenen Regeln für den Umgang mit dem kleinen Schützling. Vermeide Kontakt mit ihrem Blut und ihrem Speichel. Benutze nicht das gleiche Besteck, trink nicht aus der gleichen Flasche. Iss nichts, was sie mit ihrer Gabel berührt hat. Und beobachte sie ganz genau, damit du jede Veränderung an ihr rechtzeitig bemerkst.

Nach dem Essen begann Miriam, alles aufzutürmen, was sie mitnehmen wollte, und währenddessen zog Carsten das Klassenbuch aus dem Rucksack. Er nahm den roten Stift und zog einen Rahmen um Miriams Namen. Auf der Liste standen zwei weitere Namen, die er noch nicht durchgestrichen hatte. Dominik Preis wohnte noch weiter im Osten der Stadt, Jakob Schäfer südlich von ihrer aktuellen Position.

Nachdem er Miriam gefunden hatte, konnte er seine Suche nicht abbrechen. Das Mädchen selbst war der Beweis dafür, dass seine Mission sich lohnte. Und wenn er sie jetzt aufgab, könnte es zwei kleine Jungen geben, die verbarrikadiert auf einem Dachboden oder in einem Keller versteckt verhungerten, weil er nicht nach ihnen suchte.

»Ich bin fertig mit Aussuchen«, erklärte Miriam.

»Gut.« Carsten sah sich den Gepäckstapel an. »Willst du dir Bücher mitnehmen?«

»Die wichtigsten habe ich.«

»Anziehsachen?«

»Hab ich.«

Carsten half ihr, einen kleinen Rucksack zu packen und

steckte den Rest zu seinem Gepäck. »In Ordnung, wir gehen jetzt raus, und sobald wir auf der Treppe sind, gelten unsere Spielregeln. Okay?«

Miriam nickte. »Wo gehen wir denn hin?«

»Dominik retten.«

»Dominik aus der Klasse?«

Carsten nickte.

»Wird das nicht gefährlich?«

»Es ist ein Abenteuer«, sagte Carsten und lächelte.

»Ich mag keine Abenteuer.«

»Ich auch nicht.«

21

Den Anblick der zerfallenden Leichen im Auto auf der Kreuzung wollte Carsten dem Mädchen ersparen, deshalb führte er Miriam die Straße in die andere Richtung hinauf, auch wenn das einen Umweg bedeuten würde. Miriam entdeckte das Auto trotzdem. Aufgeregt drückte sie Carstens Hand, zeigte die Straße entlang und flüsterte: »Unser Auto! Herr Lemmner! Das ist unser Auto! Mama und Papa ...«

Obwohl er den Klapczyks in vielen Gesprächen über ihre Tochter gegenübergesessen hatte, hatte er ihre verstümmelten Leichen nicht erkannt. Er hielt Miriams kleine Hand fest.

»Da gehen wir nicht hin, Miriam. Wir müssen da lang. Das Auto ist leer«, log er. »Deine Eltern müssen zu Fuß weitergegangen sein.«

»Aber ...«

»Wir müssen da lang«, sagte er entschieden und zeigte vom Auto weg. Das Mädchen folgte ihm, blickte sich aber noch mehrmals zu dem Wagen ihrer Eltern um. Carsten führte sie die Straße hinauf und in einem großen Bogen durch eine Reihe von Nebenstraßen zurück zur Hauptstraße.

Carsten war jetzt nicht nur für sein eigenes Leben verantwortlich, sondern auch für das des kleinen Mädchens, das neben ihm lief. Er bemühte sich, noch wachsamer zu sein als sonst, und suchte mit seinen Augen in jedem Schatten und jedem Winkel nach Anzeichen von Gefahr. Trotzdem ertappte er sich immer wieder dabei, wie er sich von seinen eigenen Grübeleien ablenken ließ. Wie sollte es weitergehen? Und warum hatte er sich das nicht früher überlegt? Warum hatte er immer nur darüber nachgedacht, wie er die Kinder finden könnte, und nie geplant, wie er sie dann in Sicherheit bringen könnte? Gab es überhaupt noch Sicherheit? Und selbst wenn es sie gab, was sollte man in dieser Sicherheit dann anfangen? Wie viel Wahrheit lag in den Worten der Tierärztin? Hatte Carsten tatsächlich nur nach seinen Schülern gesucht, um etwas zu tun zu haben? Hatte die Suche am Ende nur ihm selbst gedient und nicht den Kindern? Hatte er wirklich darauf gehofft, sie zu finden? Wäre es für ihn nicht sogar einfacher, wenn das Haus leer und das kleine Mädchen verschwunden gewesen wäre? Und was hätte er mit den vergangenen Wochen angefangen, hätte er nicht nach seinen Schülern gesucht? Was würde er tun, wenn die Namen auf der Liste abgearbeitet waren? Was sollte er tun in einer toten Welt, in der es nichts mehr zu tun gab?

Carstens geschwollener Knöchel schmerzte bei jedem Schritt. Obwohl er durch seine Verletzung verlangsamt war, musste Miriam sich sichtlich anstrengen, um mit ihm Schritt zu halten. Er nahm sein Tempo zurück. Mit dem kleinen, entkräfteten Mädchen würde er sehr viel langsamer vorankommen als bisher.

Sie riss ihn aus seinen Grübeleien. »Ich habe Angst«, hörte er sie sagen.

Sie drückte seine Hand, und Carsten entdeckte sofort die Gestalt, die sich mit unrhythmischen Bewegungen auf sie zubewegte, halb hüpfend, halb schlurfend. Er erkannte die grauhaarige Frau im schwarzen Mantel, der er vor fünf Tagen auf dem Weg zum Wasserturm bereits begegnet war. Getrocknetes Blut klebte in ihrem langen, grauen Haar, an ihrem Kinn und um ihren Mund. Irgendwo auf ihrem Weg musste sie Beute gemacht haben, lebende oder tote. Carsten fragte sich, wie sie an Jens' Stützpunkt vorbeigekommen war, ohne erschossen zu werden. Eine Gefahr sah er nicht in ihr, genau wie bei ihrem ersten Treffen. Sie war zu langsam, zu schwerfällig. Trotzdem nahm er Miriam an die linke Hand und zog mit der rechten die Pistole aus dem Holster.

»Du musst keine Angst haben«, antwortete er dem Mädchen, »ich pass auf dich auf. Die Frau ist nicht gefährlich, sie kann nur ganz langsam gehen.«

Carsten lief mit Miriam in sicherem Abstand an der Frau vorbei. Sie folgte ihnen mit ihren trüben Augen, drehte sich halb zu ihnen herum, blieb dann aber auf der Stelle stehen, als könnte sie sich nicht entscheiden, ob sie ihren Weg weiterverfolgen oder ihnen nachsetzen sollte. Wie lange würde sie noch durch die Straßen ziehen, bis ihr Hirn so weit zerfressen war, dass ihr Körper sich in Enthirnungsstarre zum Sterben hinlegt? Carsten sah Reginas Mutter vor sich und hörte sie »WIE SPÄT IST ES?!« schreien, sah das kranke Pferd, das er nicht getötet hatte, und überlegte, was richtig war. Er spürte die kalte Kinderhand in der linken, die Waffe in der rechten Hand. Er entschied sich, nichts zu tun. Wanderte mit Miriam weiter, blickte von Zeit zu Zeit über die Schulter zurück, nur um zu sehen, dass die Frau in ihrem schwarzen Mantel immer noch auf der gleichen Stelle stand.

Der Weg nach Osten führte sie durch ein spärlich bebautes Gebiet zwischen zwei Vororten. Felder auf der einen Straßenseite, Warenlager und Gewerbegebäude auf der anderen. In diesem kleinen Teil der Stadt waren kaum Anzeichen der Katastrophe zu erkennen. Die Sonne schien auf erntebereiten Futtermais. Vielleicht wucherten etwas zu viel Gras und zu viele Blumen auf den Äckern, und insgesamt war es eindeutig zu still. Kein Rauschen von der entfernten Schnellstraße, nicht der Gesang eines einzigen Vogels. Bei oberflächlicher Betrachtung hätte man meinen können, es wäre ein normaler Spätsommertag wie in den vielen Jahren zuvor und gleich käme die Straßenbahn um die nächste Biegung gefahren. Doch über der nächsten Straßenkuppe erschien keine Straßenbahn, sondern die Silhouetten von zwei schlurfenden, stolpernden Gestalten tauchten auf.

Am Druck ihrer Hand erkannte Carsten, dass Miriam die beiden ebenfalls entdeckt hatte. Das Mädchen war genauso wachsam wie er.

Carsten zog die Pistole und sah den beiden entgegen. Es waren zwei Männer, der eine trug einen Bademantel, seine Pyjamahose war ihm zu den Knöcheln heruntergerutscht und erlaubte ihm nur kleine Schritte. Der andere Mann war nur mit einem schmutzigen weißen T-Shirt und einem Strumpf bekleidet. Beide bewegten sich plump und grobschlächtig. Carsten hoffte, dass die Krankheit sie schon so ungefährlich gemacht hatte wie die grauhaarige Frau, dass er mit Miriam einen großen Bogen um die beiden machen und unbehelligt weiterziehen könnte. Doch seine Hoffnung wurde enttäuscht: Der Mann im T-Shirt stieß einen kläglichen Schrei aus und verdoppelte seine Geschwindigkeit. Er trottete auf sie zu, kam dabei immer wieder ins Straucheln. Hinter ihm schlurfte der Mann im Bademantel zwar deutlich langsamer vorwärts, doch er streckte seine Arme aus und krallte mit den Fingern in die Luft. Auch er hatte sie bemerkt, hatte Beute registriert.

Zeit zu handeln. Gedanken irrten durch Carstens Kopf, während die beiden Angreifer langsam näher kamen. Er musste Miriam vor ihnen schützen. Sie konnten sich nicht in die Felder schlagen, zu viele Horrorfilme spielten in Maisfeldern. Irgendwo zwischen den mannshohen Pflanzen konnten ausgehungerte Angreifer lauern. Die würde er auch anlocken, wenn er die Waffe abfeuerte. Also die Axt. Beide Männer schienen unkoordiniert genug, dass er den Einsatz der Axt wagen konnte. Er musste Miriam vor ihnen schützen. Konnte er sie auch vor dem Anblick schützen, wie ihr Lehrer zwei Menschen umbrachte?

»Miriam«, sagte er, und sie sah zu ihm auf. »Wenn ich es dir sage, machst du die Augen zu und drehst dich um, hörst du? Und du machst die Augen erst wieder auf, wenn ich es dir sage, okay?«

Sie schüttelte den Kopf. »Ich hab zu viel Angst.«

»Hab keine Angst. Denk an unsere Spielregeln. Du hast versprochen zu tun, was ich sage, richtig?« Sie nickte.

»Also wirst du die Augen zumachen, wenn ich es dir sage, in Ordnung?«

Das Mädchen nickte.

Carsten ließ Miriams Hand los, stellte den Rucksack ab, ging auf ein Knie herunter und sah dem Mädchen fest in die Augen. »Dann mach jetzt deine Augen zu und dreh dich um, Miriam. Dir wird nichts passieren, das verspreche ich dir.«

Tränen stiegen in die Augen des Mädchens. Sie schüttelte langsam den Kopf.

Carsten sah über die Schulter zu dem Mann im T-Shirt, er war schon nah herangekommen, es war keine Zeit mehr. »Tu, was ich dir sage. Ich verspreche dir, es wird in Ordnung sein.«

Er steckte die Pistole ein und zog die Axt aus dem Gürtel, sah Miriam noch einmal bestimmt an. Das Mädchen presste die Lippen aufeinander, trotzdem quollen ihr weiter die Tränen aus den Augenwinkeln. Sie kniff die Lider zusammen und wiegte ihren Körper leicht vor und zurück. So ließ Carsten sie stehen. Er drehte sich um, hielt die Axt fest gepackt und rannte auf den T-Shirt-Träger zu, um noch so viel Distanz wie möglich zwischen ihn und das Mädchen zu bringen. Mit jedem Schritt flammte der Schmerz in seinem Knöchel auf. Im schlaffen Gesicht des Angreifers leuchteten die Augen gierig. Er gab einen klagenden Laut von sich, die Stimme erschüttert von jedem seiner holpernden Schritte. Carsten bremste seine Geschwindigkeit nicht, als er den Mann erreichte. Er legte die ganze Energie seines Sprints in den Hieb, mit dem er dem Mann das Axtblatt in den Körper schlug. Unter den ausgestreckten Armen des Mannes hieb er es ihm in den weichen Bauch und riss es wieder frei. Der Mann stürzte auf die Seite und rollte auf den Rücken, Schlingen und Schlaufen seiner Innereien glitten aus seiner Bauchhöhle auf den Asphalt. Carsten näherte sich dem Mann im Bademantel mit schnellen, festen Schritten. Die Oberlippe des Mannes war um eine Platzwunde prall geschwollen. Seine Zunge fuhr unkontrolliert in seinem Mund herum. Carsten baute sich wie ein Baseballspieler vor ihm auf, die Axt in beiden Händen, die Beine zu einem stabilen Stand weit auseinander. Mit einem Axthieb gegen den Brustkorb brachte er den Mann zu Fall. Dann hieb er auf seinen Schädel ein, einmal, zweimal. Das genügte.

Carsten keuchte vor Anstrengung. Er war nassgeschwitzt. Er nahm das Gewicht von seinem rechten Bein, um den schmerzenden Knöchel zu entlasten. Strich das Blut vom Axtblatt an dem Bademantel ab und sah die Straße entlang. Niemand war zu sehen. Dann drehte er sich zu Miriam um; sie stand nur fünf Schritte hinter ihm, sah ihn an, ihre Unterlippe bebte. Bevor er zu ihr ging, sah er über sie hinweg die Straße hinunter, auch in dieser Richtung nichts zu sehen.

»Du solltest die Augen zumachen«, sagte er. Er sah auf das Mädchen hinab. Eine Träne löste sich und zog eine Spur über ihr Gesicht. »Du solltest die Augen zumachen und dich umdrehen.«

»Ich hab mich nicht getraut«, erwiderte sie mit schwacher Stimme.

»Ich wollte nicht, dass du das siehst.« Carstens Kehle schnürte sich zu. Was er getan hatte, wurde sehr viel wirklicher dadurch, dass das Mädchen zugesehen hatte. »Ich wollte das nicht«, wiederholte er.

»Tut mir leid«, wimmerte das Mädchen, »ich hab zu viel Angst gehabt.«

Immer mehr Tränen liefen ihr über die Wangen, und Carsten sah, wie sehr sie sich bemühen musste, nicht zu schluchzen. Sie barg das kleine Gesicht in ihren Händen und bebte am ganzen Körper. Er kniete sich zu ihr hin und nahm sie in den Arm.

»Ist schon gut, ist nicht schlimm, ist nicht schlimm«, versuchte er sie zu beruhigen. »Siehst du, uns ist nichts passiert, wie ich versprochen habe.«

22

Auf dem Weg zu Dominiks Adresse redeten sie kaum ein Wort. Es war Mittag, als Carsten und Miriam die richtige Straße erreichten.

Skelette von Rohbauten säumten die rechte Straßenseite; Häuser, die niemals fertiggestellt werden würden. Vor ihnen auf der Straße lag ein Koffer, daneben ein Gartenwerkzeug, dessen Namen Carsten nicht kannte. Es mochte jemandem als Waffe gedient haben. Aus der Mitte der Baustelle erhob sich ein Kran hoch über allem.

Carsten ging vorsichtig in der Straßenmitte, Miriam an der linken Hand, die Axt in der rechten. Er entdeckte die richtige Hausnummer und hielt auf den Hauseingang eines großen Mehrfamilienhauses zu. Neben den Mülltonnen im Hauseingang saß regungslos eine Frau, mit dem Rücken halb in der Gartenhecke versunken. Carsten brachte seinen Körper zwischen sie und das Mädchen. Ihre Augen standen offen, und sie atmete flach, reagierte nicht mehr auf das, was um sie geschah. Carsten schwenkte das Axtblatt vor ihrem Gesicht hin und her; ihre Augen blieben unfokussiert geradeaus gerichtet. Sie war tot, auch wenn ihr Körper noch lebte. In Enthirnungsstarre stellte sie keine Gefahr mehr dar. Carsten schaute das Mädchen an, das seinen Blick angsterfüllt erwiderte. Er sparte sich alle Erklärungen.

Die Haustür war intakt und fest verschlossen. Sie bestand aus einem Kunststoffrahmen und Sicherheitsglas, das über ein Gewebe aus feinen Metallfäden gegossen war. Daneben zwölf Briefschlitze, zwölf Klingelknöpfe. Die Fenster im Erdgeschoss waren mit Rollläden gesichert.

Carsten drehte sich noch einmal um, überblickte die Straße hinter sich. Dann wandte er sich wieder der Tür zu, hob die Faust und pochte dagegen ohne wirklich eine Reaktion zu erwarten.

Ein schnelles Scharren hinter der Tür ließ ihn zusammenfahren, Miriam schrie vor Schreck. Hände klatschten von innen gegen das Glas der Haustür und rutschten quietschend auf und ab. Mit einem gierigen Knurren warf sich etwas von innen gegen den Rollladen des Fensters neben der Tür, wieder und wieder. Carsten konnte nur hoffen, dass die Jalousie die wuchtigen Schläge aushalten würde.

»Dominik!«, rief Miriam und zeigte hoch über ihren Kopf. Tatsächlich sah Carsten das Gesicht des kleinen Jungen hinter einem Fenster im ersten Stock, seine Augen blitzten ihn aus einem blutverschmierten, vor Gier entstellten Gesicht an. Wieder donnerte es im Erdgeschoss von innen gegen den Rollladen, und an der Scheibe quietschten Hände auf und ab. Carsten steckte die Axt ein und zog die Pistole aus dem Holster. Er legte die linke Hand auf Miriams Schulter und schob sie sanft hinter sich, überlegte, ob es sicher war, durch die Rollläden zu schießen, oder ob er sie gerade dadurch zum Bersten bringen würde. Miriam zog am Rücken seiner Jacke: »Herr Lemmner!«

Erst, als er sich zu ihr umdrehte, sah er, was ihnen von hinten entgegenkam: Aus den Betongerippen der Rohbauten strömte eine ganze Meute, mehr als ein Dutzend Männer und Frauen in schmutzigen Kleidern. Fünf rannten vorneweg, die anderen schlurften und stolperten hinter ihnen her.

Carsten hatte keine Zeit zu überlegen. Er nickte dem Mädchen kurz zu, dann legte er die Hand auf ihre Wange und drückte sanft ihren Kopf an seinen Bauch. Miriam krallte sich in seine Jacke. Zum Zielen brauchte er beide Arme, also ließ er das Mädchen los und richtete die Waffe aus.

Gierige Fratzen rannten auf ihn zu, gefolgt von schlurfenden Füßen und zu Klauen verkrampften Händen. Hinter ihm donnerte es wieder gegen die Rollläden und an der Tür quietschte Haut auf Glas. Carsten fixierte sein Ziel und zählte seine Schüsse. Blaues T-Shirt: eins, zwei. Streifenbluse: drei, vier. Unterhemd: fünf, sechs. Graue Jacke: sieben, acht.

Einer nach dem anderen fiel seinen Schüssen zum Opfer, stürzte und blieb auf dem rauen Asphalt liegen. Da zersplitterten mit lautem Krachen die Rollläden hinter ihm. Carstens Herz hämmerte in seinem Rachen, er fuhr herum und feuerte ungezielt, schoss dreimal auf das Fenster. Eine Frau brach getroffen zusammen und sackte mit dem Oberkörper über den Fensterrahmen nach draußen. Miriam kreischte, Carsten warf sich wieder herum und schoss, eine Frau mit grünen Augen stand gleich vor ihm, er feuerte und feuerte, bis sie rückwärts auf die Straße stürzte. Die langsameren Gestalten hinter ihr waren keine zehn Meter mehr entfernt.

Wie viel Schuss hatte er noch im Magazin? Der Schreck hatte ihn das Zählen vergessen lassen. Neben ihm krallten sich Finger in die leere Luft: die Frau, die in den geborstenen Rollläden hing, war nicht tot. Sie versuchte, Carsten zu packen. Dominiks Mutter? Carsten schoss ihr in den Hinterkopf, sie sackte leblos über die Fensterbank. Hände quietschten auf dem Glas der Haustür. Drei Schritte neben ihm hechelte die Frau in Enthirnungsstarre.

Schon beim nächsten Schuss blieb der Schlitten der Pistole in der Ladeposition stehen. Die Waffe war leer. Carsten ließ das Magazin zu Boden fallen. Er wollte das Ersatzmagazin aus der Hosentasche ziehen, doch der Rucksack war im Weg. Sie kamen näher. Er würde Zeit zum Nachladen brauchen. Sie mussten Abstand zu ihren Angreifern bekommen. Wenn sie langsam waren, konnte er mit Miriam schneller sein.

»Wir müssen rennen.« Miriam nickte. »Los!«

Sie rannten die Straße hinunter, zurück in die Richtung, aus der sie gekommen waren, doch der Weg war versperrt: Zwei Gestalten, ein alter Mann im Unterhemd, über das sich Hosenträger spannten, und eine Frau mit gebrochener Nase, kamen ihnen entgegen. Carsten blickte hektisch zwischen den beiden Fronten von Angreifern hin und her. Er wand die Arme aus den Riemen und ließ den Rucksack zu Boden fallen, Miriam wimmerte. Jetzt konnte er das Ersatzmagazin erreichen, er setzte es in die Waffe ein, lud die erste Patrone in die Kammer und musste sofort feuern: die Frau, sie war ihnen am nächsten. Er brachte sie zu Fall, Patronenhülsen klimperten auf dem Boden. Er zielte auf den alten Mann neben ihr und schoss erneut, jetzt war der Weg frei.

»Renn, Miriam, renn!«

Das Mädchen stürzte die Straße entlang, eilte zwischen den beiden frischen Leichen hindurch. Carsten wandte sich um und blickte ihren Verfolgern entgegen. Sie waren nicht allein geblieben: aus den Rohbauten am Straßenrand folgten immer mehr humpelnde Gestalten. Carsten blieb breitbeinig über seinem Rucksack stehen und streckte mit beiden Händen die Waffe vor, visierte das erste Ziel an.

Dann eine Stimme: »Hier! Hier rüber! Schnell! Kommen Sie her!«

Es war eine Männerstimme, spitz und rau. Carsten erblickte den Mann, der nach ihm rief: Er schaute aus der

Straße heraus, aus einem Loch im Asphalt, nur ein grauhaariger Kopf und Schultern waren zu sehen, vielleicht zwanzig Schritte entfernt.

Carsten feuerte noch ein paar Schüsse in die Horde der Angreifer, dann packte er den Rucksack und setzte Miriam nach; als er sie einholte, griff er ihre Hand. »Komm!«

Er rannte mit dem Mädchen die Straße entlang, einem trägen Angreifer wich er mit einem großen Ausfallschritt aus, zog Miriam mit sich. Dann erreichten sie das Loch in der Straße; ein Kanaldeckel lag daneben. Der Kopf des Mannes war schon wieder verschwunden. Carsten blickte abwärts in einen Betonschacht; Steigeisen in der Wand ermöglichten den Abstieg. Unten stand der Mann, der sie gerufen hatte, er streckte die Arme hoch und drängte: »Schnell, geben Sie mir das Kind, ich fang sie auf.«

Miriam sah Carsten unschlüssig an, er nickte ihr zu und zog sie mit der Hand zum Einstieg.

»Halt dich an den Stufen fest«, sagte er, und sie fasste mit ihrer freien Hand den obersten der rostigen Trittbügel, die aus der Kanalwand standen. Der grauhaarige Mann konnte ihre Beine erreichen, Carsten ließ Miriam an der Hand herunter, bis der Mann sie sicher zu fassen bekam.

»Kommen Sie runter!«, rief der Mann. Irgendwo unten in dem Kanal bellte ein Hund.

Carsten, über dem Einstieg zusammengekauert, blickte noch einmal auf und sah die Angreifer kommen. Krampfende Finger griffen ungezielt in die Luft, den Kehlen entfuhren Laute von Gier und Wut.

»Kommen Sie!«, herrschte der Mann noch einmal von unten, Carsten nahm den Rucksack ab, rief »Vorsicht!« und ließ ihn in den Einstieg fallen, die Axt hinterher, und stieg über die Bügel nach unten. Auf der Hälfte blieb Carsten stehen, um den Kanaldeckel auf die Öffnung zu ziehen. Ketten klirrten, sie waren durch die Öffnungen im Kanaldeckel geführt, Carsten ließ ihre freien Enden nach unten pendeln.

»Gut, sehr gut«, lobte der Unbekannte von unten. Carsten stieg die letzten Stufen hinunter und kam auf dem Grund des Kanals zum Stehen. Der Mann drängte an Carsten vorbei, stieg hoch, bis er die Enden der Kette greifen konnte, und befestigte sie mit kräftigen Vorhängeschlössern an den Steigeisen. Füße trampelten jetzt auf den Kanaldeckel, überquerten ihn, andere folgten schlurfend. Ein magerer Mischlingshund lief an Carsten vorbei und bellte den Schacht hinauf.

Carsten sah nach Miriam; sie stand drei Schritte von ihm entfernt und erwiderte seinen Blick. Carsten nickte ihr zu und bemerkte, dass er lächelte. Der grauhaarige Mann war mit dem Befestigen der Schlösser fertig, stieg die rostigen Eisenbügel wieder herunter und kam direkt neben Carsten zum Stehen. Carsten roch ausgeschwitzten Alkohol. Der Mann beugte sich zu dem bellenden Hund herunter, um ihn zu beschwichtigen.

Carsten hob Axt und Rucksack auf, ging zu Miriam und versuchte, das Mädchen zu beruhigen; dabei hatte er sich längst selbst noch nicht beruhigt. Er war nassgeschwitzt, zog die Kapuzenjacke aus, legte sie auf den Rucksack und sah sich um.

Sie befanden sich in einer Betonröhre, so hoch, dass Carsten aufrecht stehen konnte. Der Wartungsschacht, durch den sie eingestiegen waren, stieß senkrecht in den Kanal hinein. Es war kühl und roch nach feuchtem Stein, Sand und Beton, nicht nach Abwasser oder Kloake, wie Carsten erwartet hatte. Am tiefsten Punkt der Röhre war eine Abflussrinne in die Rundung geschnitten, die trocken zu ihren Füßen lag. An einer Wand hing eine Lichterkette und spendete genug Helligkeit, dass man sich im Kanal umsehen konnte. Sie wurde von einer Autobatterie gespeist; mehrere solcher Batterien standen nebeneinander auf Ziegelsteinen, die sie vor der Feuchtigkeit schützten.

Der Hund gab langsam das Bellen auf, und der Mann kam aus der Hocke hoch. Sein graues Haar war fettig; einige Strähnen verrieten, dass es einmal blond gewesen sein musste. Er trug eine graue Wollhose und ein schmutziges helles Hemd mit hochgekrempelten Ärmeln.

»Herzlichen Dank«, sagte Carsten, noch außer Atem. »Das war Rettung in letzter Sekunde.«

»Sehr gerne«, antwortete der Mann freundlich. Sein Lächeln enthüllte freiliegende Zahnhälse, von Tabakrauch gelb gefärbt. Er schaute zu Miriam und nickte ihr zu. »Wir müssen doch zusammenhalten. Wann, wenn nicht jetzt?«

Er kam zu ihnen hinüber und streckte Carsten die Hand entgegen. »Kröpp ist meine Name.«

»Lemmner«, antwortete Carsten. »Und ... Händeschütteln hab ich mir abgewöhnt.« Er schaute auf die ausgestreckte Hand des Mannes.

»Verständlich«, antwortete der und ließ die Hand wieder sinken. »Und du, wer bist du?«, fragte er Miriam, bückte sich dabei und sprach ein wenig zu bemüht kindgerecht für Carstens Geschmack.

Miriam antwortete nicht.

»Sie gehört zu mir«, erklärte Carsten.

»Ihre Tochter?«, fragte Herr Kröpp.

Carsten schüttelte den Kopf.

Miriam sog hörbar die Luft ein, als die Ketten unter dem Kanaldecken klirrten; der Hund bellte noch einmal den Schacht hinauf.

»Keine Angst«, sagte Herr Kröpp. »Hier unten sind wir ganz sicher. Die werden da oben jetzt noch ein bisschen rumwandern und irgendwann das Interesse verlieren. Das hab ich schon oft genug erlebt. Hier kommen die nicht rein, die Ketten könnte kein Mann auf der Welt durchreißen. Schon gar nicht ohne Werkzeug. Aber es wird ein bisschen Zeit ins Land gehen, bis die Luft wieder rein ist. Der kleine Kläffer da ist übrigens Theo«, er zeigte auf den Hund, »mein letzter Freund. Komm her, Theo.«

Der Hund kam vom Einstieg zu Herrn Kröpp herüber und blieb neben ihm stehen. Er wirkte jung und aufgeweckt, hatte ein weißes Fell mit braunen Flecken.

»Keine Angst. Der beißt nicht. Es sei denn, ich befehle es ihm«, lächelte Herr Kröpp.

»Darf ich den streicheln?«, fragte Miriam vorsichtig.

»Na schau mal, die kleine Dame kann ja doch sprechen«, stellte Herr Kröpp begeistert fest.

Carsten schüttelte den Kopf. »Besser nicht. Wir wissen nicht, wo er gewesen ist.«

»Ach«, sagte Herr Kröpp, »sieht so ein kranker Hund aus? Ich habe gut auf ihn aufgepasst. Der ist so gesund wie Sie und ich.«

Carsten fiel der Kater Chewbacca ein; aber da hatte er nur über seine Sicherheit entschieden, nicht über die des Mädchens. »Trotzdem«, beharrte er. »Tiere können die Infektion auch übertragen. Und man sieht ihnen nicht an, ob sie infiziert sind oder nicht. Das ist tatsächlich wie bei Ihnen. Und mir. Und Miriam.«

Herr Kröpp lächelte jetzt etwas weniger. »Wie auch immer. Herzlich willkommen.«

Er zeigte die Kanalröhre entlang.

Carsten schaute sich im Schein der Lichterkette um. »Sie

haben sich hier ja richtig eingerichtet«, sagte Carsten anerkennend und schritt die Röhre ab. Getränkekästen, Klappkisten und Reisekoffer standen hier und da quer über die Rinne am Boden gestellt. Der Kanal endete knapp zehn Meter weiter vor einer Betonwand. Davor waren Gerüstbretter so in die Rundung des Kanals gelegt, dass sie als Ablagefläche dienten. Darunter war eine Schlafstätte eingerichtet; Decken und ein Schlafsack auf Euro-Paletten, die die Abwasserrinne überbrückten.

Carsten trat nah an die Schlafstelle heran, um die Regale vor der Betonwand in Augenschein zu nehmen; Feuerzeuge, Medikamentenschachteln und mindestens ein Dutzend Armbanduhren lagen dort, ordentlich nebeneinandergelegt, mit dem Ziffernblatt nach oben. Weitere Uhren hingen an der Wand über den Ablagen.

Herr Kröpp trat neben Carsten. »Wenn eine aus dem Ruder läuft«, erklärte er und wies auf die Uhren, »kann ich sie anhand der anderen wieder richtig stellen.«

Offenbar bemerkte er Carstens unschlüssigen Blick und setzte zu einer weiteren Erklärung an: »Wir wissen sonst bald nicht mehr, wie spät es ist, verstehen Sie? Haben Sie darüber schon mal nachgedacht? Wenn es nur noch eine Uhr auf der Welt gibt – und die geht vor. Oder falsch, sagen wir mal. Dann werden wir nie mehr wissen, wie spät es wirklich ist. Deshalb die vielen Uhren.« Er zeigte auf die Ablage. »Ich hab auch Zeitungen hier«, er zeigte auf einen Stapel Klappkisten und Reisekoffer, »kistenweise. Chronologisch geordnet, immer eine komplette Ausgabe. Verschiedene Blätter. Die ›Hoffnung‹ auch. Das ist jetzt … Geschichtsschreibung, sozusagen. Verstehen Sie?«

Carsten nickte.

»Na, machen Sie es sich erst mal bequem«, sagte Herr

Kröpp dann, und mit dem Gebaren eines bemühten Gastgebers eilte er hin und her, um aus Koffern, Kisten und einem Klappstuhl eine improvisierte Sitzgruppe zu schaffen.

Carsten bedankte sich und nahm auf dem angebotenen Getränkekasten Platz. Er war noch immer außer Atem, und sein Herz pochte.

»Und für dich habe ich hier auch noch was ...« Herr Kröpp eilte wieder zum Ende des Kanalabschnitts, öffnete einen Koffer und kramte darin, dann kam er mit einem Stofftier zurück, einem grauen Elefanten, und streckte ihn Miriam hin. »Der hat auch einem kleinen Mädchen gehört. Meiner Enkelin.«

Miriam sah Carsten fragend an, Carsten wusste selbst nicht, was er ihr bedeuten sollte. Die Infektion konnte an allem haften. Sicher auch an einem Stofftier. Aber genauso sicher auch an dem Getränkekasten, auf dem er saß. Er nickte knapp.

»Danke«, sagte Miriam, nahm den Elefanten an und legte ihn neben sich.

»Hier«, sagte Herr Kröpp und zog umständlich sein Portemonnaie aus der hinteren Hosentasche, »das ist ein Foto von meiner Enkelin.« Er zeigte erst Miriam, dann Carsten ein Foto von einem kleinen Mädchen mit blonden Locken, jünger als Miriam. Er blätterte weiter. »Und das ist ein Foto von ... meinem Sohn ... und das ist meine Frau.«

Carsten sah sich jedes Foto an, lächelte und nickte. Er stellte keine der offensichtlichen Fragen, um allen Anwesenden die offensichtlichen Antworten zu ersparen. Er sah in Miriams Augen unterdrückte Tränen aufsteigen. Über ihren Köpfen schlurften weiter die trägen Schritte, und von Zeit zu Zeit klingelten die Ketten im Einstiegsschacht.

»Möchten Sie etwas essen, trinken? Du? Hast du Hunger?

Durst?«, bemühte sich Herr Kröpp. »Ich hab zwar nicht viel, aber ich teile gern.« Er begann, in seinen Kisten zu suchen. »Ich hab hier, glaube ich, noch Kekse, und irgendwo gibt's sogar noch ... eine Tüte Chips. Aber ich hab auch richtiges Essen, Kartoffeleintopf ... Wenn ich hier in den Vorräten krame, dann denkt Theo immer direkt, es gibt Abendessen.« Der Hund winselte.

»Ich würde gern mit Ihnen essen«, nickte Carsten, »und ich würde gerne etwas von unseren Vorräten beisteuern. Wir sind Ihnen sehr zu Dank verpflichtet.«

Herr Kröpp winkte ab. »Ach, wie gesagt. In Krisenzeiten müssen die Menschen zusammenhalten! Und eine größere Krise kann wohl kaum noch kommen. Außerdem bin ich froh, dass jemand da ist, mit dem ich reden kann. Man wird ... merkwürdig, wenn man zu lange alleine ist, wissen Sie? Und es ist nicht schön, das an sich zu bemerken.«

Carsten holte Proviant aus seinem Rucksack, Herr Kröpp brachte Konserven, Flaschen und Schraubgläser. Er stellte einen Campingkocher auf und entzündete ihn. Währenddessen kontrollierte Carsten die Abfülldaten auf den Lebensmitteln, die Herr Kröpp gebracht hatte, und war zufrieden.

»So ... mal sehen«, meinte Herr Kröpp. Er setzte eine Lesebrille auf, nahm eine Konservendose in die Hand und las das Etikett vor: »›Kartoffelsuppe mit Gartengemüse‹.«

Über den Rand seiner Brille beobachtete er die Reaktion des Mädchens. Miriam zuckte unsicher die Schultern. Herr Kröpp nahm die nächste Büchse auf: »›Westfälischer Linseneintopf mit Wurststücken‹.« Sie nickte zögerlich.

»›Ravioli in Tomatensoße mit fleischiger Füllung‹.« Das Mädchen schüttelte heftig den Kopf. Die Männer schmunzelten.

Bald teilten sie ein Essen aus Linseneintopf, Brühwürstchen und Salzcrackern. Herr Kröpp servierte sogar Bier mit sicherem Abfülldatum, und Carsten nahm dankbar an. Er wusste nicht mehr, wann er seine letzte warme Mahlzeit zu sich genommen hatte. Das musste in der Universität gewesen sein. Es fühlte sich gut und zivilisiert an, etwas Warmes zu essen, selbst auf dem Boden eines Abwasserkanals.

»Wisst ihr, was ich vermisse?«, fragte Herr Kröpp mit einem Salzcracker in der Hand, um seine Frage gleich darauf zu beantworten: »Brot. Leckeres, frischgebackenes Brot vom Bäcker. Oder Brötchen, warm aus dem Ofen. Wo die dann immer sagen: ›Ich lass Ihnen die Tüte mal noch auf, die sind noch so warm‹. Ich wär sogar mit Toast schon zufrieden. Ein schöner weißer Toast, frisch geröstet und dann mit Butter und Marmelade ... Das gibt's nicht in Dosen.«

»Käse«, sagte Miriam. »Mir fehlt Käse. Und Obst.«

»Na, Obst könnte noch mal irgendwann klappen«, meinte Herr Kröpp, »Käse wird schwieriger. Und Sie?«, fragte er Carsten. »Welches Essen vermissen Sie?«

»Pizza«, sagte Carsten. »Mit Schinken und Peperoni. Und Fleisch direkt vom Grill. Im Sommer. Mit einer Flasche Bier ... und ... Freunden.«

»Tja ...«, sagte Herr Kröpp wehmütig.

»Und Kaffee«, ergänzte Carsten noch. »Heißen, schwarzen, starken Kaffee.«

»Na, das kriegen wir doch hin«, entgegnete Herr Kröpp euphorisch. »Grillen oder Pizza wird hier nix, aber heißes Wasser geht und Kaffee hab ich hier irgendwo und eine Filtertüte auch.«

Während Herr Kröpp Kaffee und die nötigen Utensilien suchte, fragte Carsten: »Wie kommt's, dass Sie sich hier unten eingerichtet haben? Wie sind Sie auf die Idee gekommen?«

»Ich hab bei der Stadt gearbeitet, beim Tiefbauamt. Ich kenn die ganzen Pläne von allem hier«, er machte eine unbestimmte Geste. »Die ganze Kanalisation, die Durchlaufkanäle, die Fangbecken und das alles. Und ich wusste, dass es diesen Abschnitt hier gibt, der wurde vor Kurzem erst unter die Erde gebracht und ist noch gar nicht ans System angeschlossen. Wird er jetzt wohl auch nicht mehr ... Und dann, als ... es soweit war, da konnte ich in unserer Wohnung nicht bleiben. Und ich wusste auch sonst nicht wohin ... Da fiel mir das hier ein. Ein einziger Wartungsschacht als Zugang, ein einziger Schachtdeckel, keine Türen, keine Fenster. Leicht zu sichern, leicht zu beobachten. Und genug Platz für mich und Theo und Vorräte. Dafür nicht grad hoher Wohnkomfort, zugegeben. Aber Sicherheit geht vor. Und ein paar Annehmlichkeiten gibt es doch. Apropos: Da hinten hab ich eine Chemietoilette. Die leere ich jeden Tag. Also, wenn Bedarf besteht ...«

Carsten schaute Miriam an, sie schüttelte den Kopf.

»Haben Sie nicht Angst, dass Sie hier überflutet werden?«, wollte Carsten wissen.

Herr Kröpp schüttelte den Kopf.

»Wie gesagt, der Kanal ist noch nicht angeschlossen. Die ganzen Zuleitungen, die das Becken hier auffangen soll, kommen noch gar nicht an. Wasser kommt hier nur durch den Schacht rein. Und das ist nicht viel. Wenn's richtig schüttet, aber so richtig, dann sammelt sich ein bisschen Wasser hier unten in der Rinne. Das bleibt dann aber auch nicht lange stehen. Das geht durch den Ablauf da hinten weg.«

Carsten nickte. »Klingt gut«, sagte er. Ihm würde ein zweiter Ausgang fehlen, dachte er, sagte es aber nicht. Und auch, dass es hier im Winter zu kalt werden würde, sprach er nicht aus. »Wie machen Sie das mit dem Hund? Muss der nicht mehrmals raus am Tag?«

Herr Kröpp zuckte die Schultern. »Wir müssen uns alle umgewöhnen im Moment. Theo auch«, er tätschelte dem Hund den Bauch, »und das kriegt der ganz gut hin. Ich geh mit ihm, wenn die Luft rein ist, manchmal lass ich ihn auch alleine raus. Und an manchen Tagen muss er eben so klarkommen. Ohne Gassi gehen.« Er goss Mineralwasser in einen Kessel und stellte ihn auf die Flamme. »Und was ist mit Ihnen? Was treibt Sie durch die Straßen?«

»Ich bin Lehrer«, erklärte Carsten, »Miriam war in meiner Klasse.« Das Mädchen nickte. »Sie und 12 andere Kinder. Ich hab ihre Adressen und ... ziehe deshalb durch die Stadt.«

»Sie suchen die Kinder? Die Sie unterrichtet haben?«

Carsten nickte.

»Hut ab«, meinte Herr Kröpp. »Hut ab. Das nenne ich mal Courage. Wie viele haben Sie schon gefunden?«

Carsten deutete auf Miriam. »Sie ist bisher die einzige.«

Herr Kröpp schaute ernst. »Und bei wie vielen waren Sie schon?«

»Elf.«

Herr Kröpp senkte den Blick und schüttelte langsam den Kopf. Er seufzte. »Bei den Kindern ... ist es am schlimmsten. Meine Enkelin ...«, er sah Carsten an, dann Miriam. Dann winkte er ab. »Und machen Sie noch weiter mit Ihrer Suchaktion?«

Carsten nickte.

»Und dann?«

Carsten rieb sich das Gesicht. »Ich ...«, fing er langsam an, »... bin noch nicht sicher.«

»Hmm«, machte Herr Kröpp unschlüssig.

»Erstmal zu Ende suchen«, erklärte Carsten, »und dann ... hoffentlich einen Platz finden, der ... sicher ist. Wo – weiß ich noch nicht.«

»Tja«, meinte Herr Kröpp, »wie soll man das auch wissen. Wo soll's das noch geben? Hier im Kanal ..., das ist auch nicht gerade ein Plan mit – sagen wir mal – langfristiger Perspektive. Spätestens zum Winter muss mir was anderes einfallen.«

Carsten nickte.

»Ich sag Ihnen was. Warum lassen Sie das Mädchen nicht hier, während Sie weitersuchen? Hier ist sie auf jeden Fall in Sicherheit. Und wenn Sie dann noch ein Kind finden, dann kommen Sie hierher zurück. Und wenn nicht, dann auch. Dann müssen Sie sich um die Kleine keine Sorgen machen. Nicht wahr, Kleine?«

Miriam erwiderte seinen Blick unsicher.

Herr Kröpp stand auf und ging zu ihr.

»Ich weiß nicht«, antwortete Carsten.

»Da draußen ist es viel zu gefährlich«, meinte Herr Kröpp. »Das ist keine Umgebung für so ein kleines Mädchen. Das ist keine Umgebung für irgendwen! Außerdem – alleine sind Sie mit Sicherheit schneller und müssen nicht auch noch auf sie aufpassen. Das kann ich übernehmen.«

Er trat von hinten an das sitzende Mädchen heran und legte die Arme um sie, schmiegte sein stoppelbärtiges Kinn in ihr Haar. Carsten konnte Miriam ansehen, wie unwohl sie sich dabei fühlte. Offenbar war sie aber zu ängstlich oder zu höflich, um etwas zu sagen.

»Das mag sie nicht«, sagte Carsten und erhob sich unwillkürlich.

»Na, na«, machte Herr Kröpp beschwichtigend. »Alle kleinen Mädchen mögen doch ein bisschen schmusen.« Er ließ sie langsam los und wuschelte ihr mit der Hand durch die spröden Locken. »Meine Enkelin hat so gerne mit ihrem Opa gekuschelt.«

»Ja, aber ...« Carsten sprach lauter und strenger als er wollte. Er nahm sich etwas zurück, bevor er fortfuhr: »... Miriam ist nicht Ihre Enkelin.«

Herr Kröpp nahm die Hand von Miriams Kopf und nickte. »Das müssen Sie mir nicht sagen. Das weiß ich auch so. Wie auch immer: Was halten Sie von meinem Vorschlag?«

»Ich weiß nicht«, sagte Carsten und setzte sich wieder. »Ich passe lieber selbst auf sie auf. Ich werde mich wohler fühlen, wenn ich sie bei mir habe.«

Miriam nickte.

»Das halte ich nicht für richtig«, erklärte Herr Kröpp kopfschüttelnd. »Auf diese Art bringen Sie – ich sage das ungern, aber es ist so – auf diese Art bringen Sie das Mädchen unnötig in Gefahr.«

Carsten überlegte, was richtig war. Ob er seine Entscheidung aus falschen Gründen traf.

Bevor er sich zu einer Erwiderung durchgerungen hatte, ergriff Herr Kröpp wieder das Wort: »Aber lassen Sie uns nicht streiten. Sie müssen das ja nicht jetzt entscheiden. Wenn Sie wollen, können Sie über Nacht hierbleiben. Ich hab genug Zeug hier, damit Sie sich einrichten können. Und dann können Sie sich das noch mal durch den Kopf gehen lassen und entscheiden, bevor Sie wieder aufbrechen. Das muss auch nicht sofort morgen sein, um das klarzustellen.«

Carsten nickte. Im Kessel begann das Wasser zu brodeln.

»Das ist ein nettes Angebot.« Er schaute Miriam an. »Ich

denke, dass wir das annehmen werden. Es war ein ... harter Tag, um es gelinde auszudrücken, und es wird bald Abend. Es ist gut, dass wir hier einen sicheren Ort für die Nacht haben.«

Später half Herr Kröpp ihnen mit allerlei Materialien, ein passables Nachtlager herzurichten. Sie legten eine große Plastikfolie unter und breiteten Decken darauf aus. Herr Kröpp zündete zwei Kerzen in improvisierten Ständern aus Kaffeetassen an und trennte die Lichterkette von der Autobatterie. »Strom sparen«, sagte er und lächelte wieder mit seinen langhalsigen Zähnen. Eine der Kerzen stellte er Carsten hin.

Herr Kröpp machte den Hund los und führte ihn zu seinem Nachtlager. »Komm, Theo, wir gehen schlafen«, sagte er zu dem Tier und zu Carsten: »Eine gute Heizung, so ein Tier. Der Theo hält mich nachts warm.«

Carsten packte alles, was er aus dem Rucksack genommen hatte, wieder ein. Taschenlampe und Pistole legte er neben sich. Im Schein der Kerze untersuchte er seinen Fuß; die Schwellung war etwas zurückgegangen. Er goss noch einmal Wasser auf seinen Socken und wickelte sie um das Gelenk, um es weiterhin etwas zu kühlen. Miriam stieg in ihren kleinen Kinderschlafsack und verschwand bis zur Stirn darin.

»Schlaf gut, Miriam«, sagte Carsten.

»Gute Nacht«, murmelte sie aus dem Schlafsack.

»Ja, eine gute Nacht für uns alle«, sagte Herr Kröpp aus dem Hintergrund.

Carsten lag noch lange wach. Er dachte über den Vorschlag des Mannes nach. War Miriam hier sicher? Und entschied er wirklich im Interesse des Mädchens, wenn er sie mitnahm?

Als er endlich einschlief, war sein Schlaf tiefer und fester, als ihm lieb gewesen wäre.

23

Carsten wachte auf und tastete nach seiner Pistole. Er griff ins Leere. Er setzte sich auf und sah sich um.

Alles war da – seine Brille, die Taschenlampe, die Axt. Nur die Pistole fehlte. Miriam schlief noch. Carsten war sicher, dass das vorsichtige Mädchen nicht die Pistole nehmen würde, während er schlief.

Herr Kröpp war schon auf den Beinen. Er stand über dem Petroleumkocher, in dem wieder eine Flamme unter dem Kessel brannte.

»Ah, Sie sind wach«, lächelte er zahnig. »Guten Morgen.« Er deutete auf den Kocher. »Frühstückskaffee. Hatten sie bestimmt schon lange nicht mehr.«

Carsten rieb sich die Augen. »Das kann man wohl sagen«, antwortete er und bemühte sich, euphorisch zu klingen. Er setzte die Brille auf und überlegte, wie er vorgehen sollte. Waren sie in Gefahr? War dieser Mann gefährlich? Oder wollte er sich nur selber schützen, indem er Carstens Waffe genommen hatte?

Carsten stand auf, seine Kleidung war klamm. Er sah noch einmal nach Miriam, dann trat er zu Herrn Kröpp und dessen Campingkocher.

»Haben Sie gut geschlafen?«, fragte der freundlich. »So ein Kanal ist ja leider kein Fünf-Sterne-Hotel«, fügte er hinzu.

»Das stimmt. Aber die Sicherheit tut gut.«

Herr Kröpp nickte zustimmend. »Wollen Sie frühstücken? Oder erst mal austreten? Ich hab da eine Plane hingehängt für die Privatsphäre. Wir müssen uns ja nicht wie die Wilden benehmen, nicht wahr?«

Carsten musste tief geschlafen haben, wenn Herr Kröpp schon so viel unternommen hatte und er davon nicht aufgewacht war. Er nahm das Angebot an. Während er die Campingtoilette benutzte, überlegte er weiter, wie er vorgehen sollte.

Als er wieder hinter der Plane hervorkam, krabbelte Miriam gerade aus ihrem Schlafsack.

»Guten Morgen, junge Dame!«, begrüßte Herr Kröpp sie sonnig. »Gut geschlafen?«

Miriam nickte und murmelte etwas, das Carsten nicht verstehen konnte. Carsten hatte sich für eine plumpe, offene Herangehensweise entschieden.

»Herr Kröpp, haben Sie meine Pistole genommen?«, fragte er und stellte sich zu ihm hin, mit dem Kocher zwischen ihnen.

»Was?«, fragte Herr Kröpp nach kurzem Zögern, lächelnd.

»Haben Sie meine Pistole genommen?«

»Nein«, lautete die Antwort. »Warum sollte ich? Ich geh doch nicht an Ihre Sachen, während Sie schlafen.«

Carsten nickte.

»Okay«, sagte er. »Es ist nur – ich hatte sie neben mich hingelegt und eben beim Aufwachen – sie ist weg.«

»Sie legen eine geladene Waffe im Schlaf neben sich? Das ist aber sehr gefährlich.«

»Nach meiner Erfahrung ist es gefährlicher, *keine* Waffe neben sich zu haben.«

Herr Kröpp gab einen unentschlossenen Brummton von sich. »Was wollt ihr denn frühstücken?«, fragte er dann. »Ich habe … na ja, eigentlich das, was ich gestern schon hatte. Darf's davon was sein?«

Sie frühstückten. Zu dritt auf dem Boden des Kanals, und die Erwachsenen tranken heißen Kaffee. Carsten bemühte sich, entspannt zu wirken, beäugte aber aufmerksam jede Bewegung des anderen Mannes. Er suchte mit den Augen nach der Waffe. Herr Kröpp schien sie nicht am Körper zu tragen, er musste sie irgendwo in seinen Kisten und Koffern verborgen haben.

Als das Frühstück beendet war, sagte Carsten zu Miriam: »Pack schon mal deine Sachen ein. Wir brechen gleich auf.« Herrn Kröpp erklärte er: »Wir haben den Weg zur nächsten Adresse vor uns. Es ist schön, ausgeschlafen und gut gestärkt zu starten. Vielen Dank noch mal.«

»Sie haben sich also entschieden?«, fragte Herr Kröpp.

»Ja.«

»Und das Mädchen?«

»Kommt mit mir. Nur dann weiß ich, dass sie sicher ist.«

»Ist sie nicht, wenn Sie sie mitnehmen. Sicher ist sie, wenn sie hierbleibt.«

Miriam kam zu Carsten, der noch am Boden saß. Sie hatte den aufgerollten Schlafsack in der Hand. »Ich will lieber mitkommen«, sagte sie halblaut. »Nicht hierbleiben.«

»Ja, so machen wir das auch«, stimmte Carsten zu und stand auf. »Ich packe jetzt, und dann gehen wir los.« Er ging zu seinen Sachen.

»Haben Sie das gut überlegt?«, wollte Herr Kröpp wissen.

»Ja, hab ich«, sagte Carsten und nahm seinem Gefühl folgend die Axt als erstes Gepäckstück in die Hand.

»Es tut mir leid«, sagte Herr Kröpp, »aber ich kann das nicht zulassen.«

»Wie bitte?«

»Ich kann nicht zulassen, dass Sie das Kind da draußen in diese Gefahr bringen.«

»Sie haben doch gehört, sie möchte nicht hierbleiben.«

Herr Kröpp polterte plötzlich los: »Ach, das kann sie doch gar nicht entscheiden. Wie soll denn ein Kind das entscheiden?! Danach können wir ja wohl nicht gehen.«

Miriam stellte sich hinter Carsten.

»Ich schätze Ihre Sorge um Miriam«, meinte Carsten ruhig, »trotzdem werde ich sie mitnehmen. Ich packe jetzt, und dann gehen wir zusammen hier raus.«

»Wie Sie meinen«, sagte Herr Kröpp, hob den Kessel auf, drehte sich um und stapfte zum Ende des Kanals zu seinen Ablagen. Carsten behielt die Axt in der Hand und ließ ihn nicht aus den Augen. Doch das verschaffte ihm keinen Vorteil, als der Mann sich wieder umdrehte, Carstens Pistole in der Hand. Miriam krallte sich von hinten in Carstens Hosenbein.

Die Waffe vor sich ausgestreckt näherte Herr Kröpp sich ihnen entschlossen. Fünf Schritte entfernt blieb er stehen. »Ich tue das wirklich ungern«, herrschte er sie jetzt an, als müsse er sich anstrengen, seine Wut zu beherrschen. »Aber ich kann das nicht zulassen. Sie packen jetzt. Ihre Sachen. Und dann gehen Sie.« Er deutete mit dem Lauf der Pistole auf den Wartungsschacht. »Und wenn Sie den Jungen finden, den Sie suchen, dann kommen Sie zurück. Und dann mach ich Ihnen auf, und koch Ihnen Kaffee. Und dann sehen wir weiter. Aber das Mädchen bleibt hier.«

»Ich gehe nicht ohne sie.«

Herr Kröpp streckte den Arm mit der Waffe durch.

»Ist das Ihr Ernst?«, fragte Carsten. »Wollen Sie auf mich schießen?«

»Ich will nicht«, presste Herr Kröpp zwischen den Zähnen hervor, »aber ich sehe keine andere Möglichkeit, wenn Sie sich weigern, das Mädchen hierzulassen.«

»Und wenn Sie mich erschießen? Meinen Sie, damit tun Sie dem Mädchen einen Gefallen?«

Dann meldete sich Miriam vorsichtig: »Herr Kröpp, bitte«, sagte sie.

Herr Kröpp mahlte mit den Kiefern.

Carsten seufzte. »Sie sind ein freundlicher Mann. Sie sind uns so nett begegnet. Haben Sie schon mal auf einen Menschen geschossen? Mussten Sie schon einen Menschen töten?« Er spürte, wie sich ihm selbst beim Sprechen der Hals zuschnürte.

Herr Kröpp schüttelte langsam den Kopf.

»Wenn Sie jetzt auf mich schießen, werden Sie sich nie wieder so fühlen wie vorher«, sagte Carsten leise. Langsam sprach er weiter. »Sie werden ganz viel ... in sich vergraben müssen, einmauern. Und jeden Tag und jede Nacht Angst haben, dass es sich losmacht. Und es wird Ihnen nicht gelingen, nur die schlechten Gefühle einzumauern. Sie werden einen großen Teil von sich selber abschneiden müssen und verlieren; weil Sie sich sonst jeden Tag damit beschäftigen müssten, was Sie getan haben. Dass Sie ein Leben unwiederbringlich beendet haben. Wenn Sie jetzt schießen, ändern Sie mein Leben, ihr Leben«, er wies auf Miriam, »und Ihr eigenes. Für immer.«

»Und wie viele Menschen haben Sie schon getötet?«, wollte Herr Kröpp wissen. »Mit dieser Waffe?«

Carsten schüttelte langsam den Kopf.

»Ich habe aufgehört zu zählen.«

Herr Kröpp drückte noch einmal den Arm durch, mit dem er die Waffe hielt, kniff ein Auge zu und zielte, atmete gepresst.

»Eins noch«, sagte Carsten. »Bevor Sie auf mich schießen können, müssen Sie die Waffe entsichern«, log er.

Und er log gut genug, um Herrn Kröpp zu verunsichern. Der drehte die Waffe, an der es keine Sicherung gab, zur Seite und sah sie zweifelnd an; Carsten nutzte diesen kurzen Augenblick. Er sprang vorwärts, schwang die Axt in weitem Bogen, traf damit die Hand mit der Pistole, ein Schuss löste sich und wurde mit einem gequälten Geräusch von der Betonwand abgelenkt.

Miriam schrie; der Hund jaulte. Herr Kröpp verlor die Pistole, sie fiel gegen die Kanalwand und rutschte in die Abflussrinne. Miriam schnellte vorwärts, griff die Pistole und krabbelte wieder zurück.

Herr Kröpp wich zurück, verlor durch einen Tritt auf die abgerundete Kanalwand das Gleichgewicht und stürzte nach hinten. Die Axt in beiden Händen baute Carsten sich vor ihm auf. Herr Kröpp hielt sich die Hand.

»Herr Lemmner«, hörte Carsten Miriams Stimme hinter sich. Herr Kröpp sah an Carsten vorbei, Carsten sah plötzliches Entsetzen in seinem Gesicht.

»Theo!«

Der Querschläger hatte den Hund getroffen. Herr Kröpp war sofort zu ihm geeilt, Carsten hatte Latexhandschuhe und Verbandszeug aus seinem Rucksack geholt, und gemeinsam versuchten sie, die Blutung des winselnden Tiers zu stoppen.

»Es tut mir sehr leid«, sagte Carsten, »es tut mir furchtbar leid.«

»Gehen Sie einfach«, sagte Herr Kröpp, ohne ihn anzusehen.

Carsten zog die blutigen Handschuhe aus und stand auf. Er nahm die wenigen Gepäckstücke auf, die noch in seinen

Rucksack gehörten. Miriam hatte schon ihren kleinen Rucksack aufgesetzt und streckte ihm am Lauf die Pistole entgegen. Carsten nahm die Waffe und nickte dem Mädchen zu.

»Ich lasse Ihnen noch ein paar frische Verbände hier«, sagte Carsten. »Die sind noch verschweißt. Und Handschuhe. Und Desinfektionsmittel. Damit sich die Wunde nicht entzündet.«

Dann schulterte er sein Gepäck und ging zum Wartungsschacht, sah die Schlösser an den Ketten, die den Kanaldeckel verschlossen hielten.

»Die Schlüssel«, sagte Carsten. »Wir brauchen die Schlüssel für die Ketten.«

Herr Kröpp erhob sich aus der Hocke und drehte sich zu ihnen um. Seine Augen waren rot. Sein Kinn zitterte. Er griff sich in den Hemdkragen und zog ein Band hervor, das er um den Hals getragen hatte; drei Schlüssel waren daran befestigt. Carsten nahm die Schlüssel an, öffnete die Schlösser und löste die Ketten von den Steigeisen. Im letzten Schloss ließ er den Schlüssel stecken.

»Ich hoffe, es geht Theo bald wieder gut«, sagte Miriam.

Herr Kröpp nickte.

»Auf Wiedersehen, Herr Kröpp«, sagte Carsten.

Herr Kröpp nickte mit bebendem Kinn.

Carsten stieg den Wartungsschacht hinauf, drückte vorsichtig den Kanaldeckel hoch und spähte unter der Kante hindurch.

»Okay«, sagte er zu Miriam. »Keiner da.«

24

Carsten und das Mädchen gingen eine Weile schweigend nebeneinander her, den Weg zurück, den sie gekommen waren. Carsten wollte zurück Richtung Stadtmitte wandern, um sich dann nach Süden zu wenden zur letzten Adresse auf seiner Liste, der Adresse von Jakob Schäfer.

Sie erreichten noch einmal die Stelle, an der die Straße zwischen Lagerhäusern und Feldern hindurchführte, die Stelle, an der Carsten zum ersten Mal vor Miriams Augen getötet hatte. Die beiden Männer, die er totgeschlagen hatte, lagen auf der Fahrbahn. Er führte das Mädchen in großem Abstand an den toten Körpern vorbei, bedacht, sich nicht zu nah an die Felder mit den hochwachsenden Maispflanzen auf der anderen Straßenseite zu wagen.

Miriam blieb stehen. Carsten blickte sie an und sah Tränen, die ihr über die Wangen liefen; sie weinte ohne ein Geräusch und doch so heftig, dass ihre schmalen Schultern zitterten.

Carsten kniete sich neben ihr hin und versuchte, sie zu beruhigen, behauptete Dinge, von denen er wusste, dass sie nicht stimmten. Das alles nicht so schlimm wäre. Dass alles wieder in Ordnung käme.

»Ich hab Bauchschmerzen«, sagte Miriam schluchzend. »Wollte Herr Kröpp uns wirklich erschießen?«

»Ich glaube nicht. Ich glaube, er wusste selbst nicht mehr, was richtig ist.«

Miriam schluchzte weiter, Carsten suchte Taschentücher in seinem Rucksack. Dann hielt er inne.

Er hörte etwas. Ein tiefes Grollen, ein Brummen, es kam näher und wurde lauter. Motorengeräusche.

Miriam erstarrte. »Kommt da ein Auto?«, fragte sie leise. Dann zog sie die Nase hoch.

Carsten nickte.

»Können wir mitfahren?«

»Falsche Richtung«, antwortete Carsten knapp. »Und wir wissen nicht, wer das Auto fährt.«

»Können wir auch ein Auto haben?«

»Nein«, antwortete Carsten nachdenklich. »Autos ... sind zu laut. Die locken sie an.«

Schreie mischten sich in das lauter werdende Motorengeräusch.

»Wir müssen hier weg«, erklärte Carsten. »Das Auto kommt direkt in unsere Richtung, wahrscheinlich zieht es eine ganze Horde hinter sich her.«

Carsten sah sich um, suchte nach einem Ausweg. Die Hauptstraße führte lang und gerade zwischen den Feldern auf der einen Seite und den Lagerhallen auf der anderen hindurch. Ein Abzweig von der Straße war nicht in Sicht. Das Feld – zu gefährlich. Die Lagerhallen – zu weit weg.

Die Motorengeräusche näherten sich schneller, als Carsten erwartet hatte. Bei den Straßenbahnschienen war der Unterstand einer Haltestelle, ein Aufbau aus einer übermannshohen Plakatwand mit angesetztem Dach.

»Komm!«

Carsten packte die kleine Hand des Mädchens und rannte mit ihm hinter die Werbewand; dahinter wuchsen Brennnesseln, die Miriam bis zum Gesicht reichten. Carsten nahm den Rucksack ab und drückte damit die Pflanzen nieder, dann bedeutete er dem Mädchen, sich in die entstandene Kuhle zu hocken.

Sie hatten sich kaum versteckt, als das Auto auf der Straße an ihnen vorbeiraste. Carsten spähte hinter der Plakatwand hervor; er konnte den Fahrer nicht erkennen, doch es war ein gelber Sportwagen, wie er ihn auf dem Parkplatz vor der Videothek bei Jens' Unterschlupf gesehen hatte. Eine ganze Meute Verfolger rannte hinter dem Auto her, einige ausdauernd, andere konnten nur noch traben.

»Sei ganz leise. Vielleicht bemerken sie uns gar nicht«, flüsterte er.

»Aber ich hab Angst«, flüsterte Miriam. Sie war noch blasser als sonst.

»Ich auch.« Er zog die Axt aus dem Gürtel.

Sie hörten die Schritte der Verfolger, die dem Auto hinterhergerannt waren. Und es kamen noch mehr, die Langsamen, die nicht mehr zum Rennen in der Lage waren, dem Wagen aber dennoch folgten.

Der Unterstand war mit zwei maroden Holzbalken in der Teerdecke des Bürgersteigs verankert; sie hielten die Plakatwand drei Handbreit über dem Boden. Zwei Schritte von ihnen entfernt begannen die Felder, eine vertrocknende Wand aus Futtermaispflanzen.

Carsten drückte behutsam einige der Brennnesseln mit der Axt nieder, dann kauerte er sich auf den Boden und spähte unter der Plakatwand hindurch. Auf dem Teer des Bürgersteigs hatte der Kleister, der über Jahre von den Plakaten getropft war, eine blasse Wulst gebildet. Carsten sah Füße, Fußpaare, stehend, schlurfend, stolpernd. Sie liefen weiter in die Richtung, in die sie sich aufgemacht hatten, dem Auto hinterher. Einige hatten schon die Höhe der Haltestelle erreicht und bewegten sich weiter. Carsten fragte sich, ob sie noch wussten, dass sie dem Auto folgten, obwohl sie es nicht mehr sehen konnten. Oder ob sie nur einen Impuls gespeichert hatten, dem sie jetzt Folge leisteten. Ein paar der Verfolger machten sich über die Leichen der beiden Männer her.

Dann entdeckte Carsten ein Beinpaar, das sich ihrem Versteck näherte. Frauenfüße: einer nackt, der andere in einem Turnschuh. Die Bewegungen wirkten wenig orientiert, folgten keiner geraden Linie. Die Schritte wechselten mehrfach die Richtung, fast torkelnd, doch kam die Frau ihrem Versteck immer näher. Carsten hörte das Mädchen hinter sich gepresst atmen.

»Sei ganz leise«, flüsterte er noch einmal. Er hoffte, dass die Frau einfach an der Plakatwand vorbeigehen würde. Er konzentrierte sich angestrengt auf diesen Wunsch, ganz fest, als würde er erfüllt, wenn er ihn stark genug hegte. Wenn Carsten schießen müsste, würde das alle anderen anziehen, die ebenfalls dem Auto nachgesetzt hatten. Carsten erhob sich leise. Er schloss die Finger fest um den Axtstiel. Er hörte, wie sich die schabenden Schritte auf dem rauen Asphalt näherten. »Halt dir die Augen zu«, wies er Miriam an.

Miriam schob sich die kleinen Hände vor das Gesicht.

Dann tauchte die Frau hinter der Plakatwand auf. Carsten schlug sofort zu. Mit einem kräftigen Hieb hackte er ihr die Axt in den Brustkorb und drückte sie zu Boden. Südländischer Teint, krauses schwarzes Haar. Sie knickte in den Kniekehlen ein und sackte nach hinten, Carsten folgte ihrer Bewegung und hielt ihr Gewicht mit dem Axtstiel, um das Geräusch des Sturzes abzumildern. Sie trug Angestelltenkleidung einer Tankstellenkette. Jetzt lag sie vor ihm auf dem Boden, hechelte, die Augen weit aufgerissen. Ihre Pupillen rasten. Carsten traute sich nicht, die Axt aus ihrem Körper zu befreien und einen neuen Hieb auszuführen. Er wollte jedes Geräusch vermeiden. Er lehnte sich mit seinem ganzen

Gewicht auf den Axtstiel und trieb das Axtblatt noch tiefer in den Leib. Ihr Hecheln bekam Aussetzer, Unterbrechungen. Schließlich hörte es auf. Carsten drückte ihr den letzten Atem aus den Lungen. Ihre Pupillen bewegten sich nicht mehr.

Er zog den Axtstiel langsam und kontrolliert wieder aus ihrem Brustkorb. Eine Blutlache bildete sich um ihren Körper. Carsten gab acht, nicht damit in Kontakt zu kommen. So weit wie möglich von ihr entfernt kauerte er sich noch einmal auf den Boden und sah unter der Plakatwand hindurch. Keines der übrigen Fußpaare näherte sich.

Er hockte sich neben Miriam, die ihren kleinen Körper vor- und zurückwiegte. Carsten war außer Atem. Er legte stumm den Arm um ihre Schultern.

Sie hockten noch lange hinter der Plakatwand. Carsten wartete darauf, dass die Straße wieder frei würde und sie ihren Weg fortsetzen könnten.

Er war überrascht, wie schnell die Fliegen kamen. Wie schnell sie einen toten von einem lebenden Körper unterscheiden konnten. Am Anfang verscheuchte er sie mit knappen Bewegungen. Schließlich gab er auf, weil sie immer wieder zurückkehrten und es einfach zu viele wurden. Er beschränkte sich darauf, die zu vertreiben, die sich auf ihm niederlassen wollten.

Er entdeckte ein Namensschild an der Kleidung der toten Frau, gleich neben der Wunde, die Carstens Axt gerissen hatte. ›A. Yildirim‹. Er hatte A. Yildirim getötet.

Die Sonne wanderte hinter der Plakatwand vorbei, und mit ihr bewegten sich die Schatten der Gräser und Brennnesseln.

Die Fliegen blieben nicht allein. Vom Feldrand gegenüber kamen Ameisen, und in der Zeit, die er mit dem Mädchen wartete, konnte er zusehen, wie sie eine Straße zu dem toten Körper bildeten.

Von Zeit zu Zeit spähte Carsten unter der Plakatwand hindurch auf die Straße. Viele waren weitergegangen, aber viele hatten sich auch auf der Fahrbahn niedergelassen, hingehockt, hingesetzt oder wie zum Schlafen hingelegt.

Carsten gab die Hoffnung schließlich auf, dass sie die Straße wieder freigeben würden. Das bedeutete, dass der einzig mögliche Fluchtweg durch die Felder führte. Sie müssten nicht weit aus ihrer Deckung heraustreten, um einen Feldweg zu erreichen, der zwischen den mannshohen Halmen hindurch weg von der Straße führte.

Carsten sah Miriam an. Das Mädchen kaute auf der Unterlippe. »Komm Miriam«, flüsterte er. »Wir gehen. Da lang.« Er wies zum Feld.

»Ist das nicht zu gefährlich?«

»Es ist unsere beste Chance«, wollte er sagen, doch er korrigierte sich. »Das klappt schon«, wisperte er stattdessen und bemühte sich, zuversichtlich zu erscheinen.

Er spähte noch einmal unter der Plakatwand hindurch, dann erhob er sich, half Miriam aufzustehen und schulterte den Rucksack. Er rückte die Brille zurecht und kontrollierte den Sitz des Pistolenfutterals an seinem Gürtel. Dann beugte er sich zu dem Mädchen hinab und flüsterte: »Wir schleichen jetzt, ja? Ganz leise und zügig.«

Miriam nickte.

»Und wenn etwas passiert, dann rennen wir los. So schnell wir können.«

Das Mädchen nickte noch einmal.

Sie überwanden die Distanz zum Feldweg mit wenigen Schritten. Der Weg bildete eine Schneise zwischen den Maishalmen. Carsten ließ das Mädchen vor sich laufen, schaute über ihren Kopf hinweg und blickte immer wieder über die Schulter zurück. Der Trampelpfad war längst von wild wachsenden Pflanzen überwuchert; Miriam drückte mit den Armen die Zweige und Ranken beiseite, die in den Weg hineinragten.

»Weiter, weiter«, spornte Carsten das Mädchen leise an. Mit eiligen Schritten bewegten sie sich vorwärts.

Carsten versuchte, beide Seiten des Weges im Blick zu behalten, ständig darauf gefasst, dass eine Gestalt zwischen den Halmen hervorbrechen würde. Doch die Wirklichkeit war kein Horrorfilm. Niemand lauerte zwischen den Maispflanzen.

Bald stieß der Pfad auf einen breiteren Weg zwischen den Feldern. Carsten sah sich in alle Richtungen um. Durch das Maisfeld hinter ihnen waren sie jetzt von der Straße abgeschirmt. Anzeichen der Katastrophe waren hier nicht auszumachen. Rings um sie lagen die Felder, auf denen man zwar noch angebaut, aber nie geerntet hatte. Nicht weit entfernt führte ein Hochspannungsmast Stromleitungen durch den Himmel. Die Felder wurden auf der einen Seite durch eine Schnellstraße, auf der anderen von einem Wohngebiet begrenzt. Das steuerte Carsten jetzt an. Er wollte dem Mädchen heute nicht noch mehr zumuten und bald einen sicheren Ort finden, an dem sie sich ausruhen und dann die Nacht verbringen konnten.

Der Weg führte sie an einer Weide vorbei, auf der mehrere Rinderkadaver verrotteten. Erst als sie näher kamen, erkannte

Carsten, dass eins der Tiere noch lebte; schwerfällig und umständlich versuchte es, auf die Beine zu kommen, als sie vorbeigingen. Carsten sah die steife, krampfende Zunge aus dem Maul fahren und wandte die Augen ab, um sich den elenden Anblick zu ersparen.

Der Weg führte sie aus den Feldern hinaus in ein vorstädtisches Wohngebiet aus Ein- und Zweifamilienhäusern. Carsten hielt Ausschau nach freistehenden Gebäuden mit kleinen, einfachen Dachfenstern, die dafür sprachen, dass das Dachgeschoss nicht ausgebaut war. Er wollte einen Dachboden finden, der nur über eine Klappleiter erreichbar war.

Bald traten sie auf die Haustür des ersten als geeignet erscheinenden Hauses zu, und Carsten schlug mit der Faust dreimal gegen die Tür, um alles aufzuscheuchen, was in diesem Haus noch lebte. Nichts rührte sich, keine quietschenden Hände an der Haustür, nichts polterte gegen die Rollläden. Carsten zog die Axt und brach mit unvermeidlichem Lärm die Tür auf. Wie eine warme Welle rollte Verwesungsgeruch über sie. Carsten würgte und zog Miriam vom Haus weg, das Mädchen erbrach sich im selben Augenblick flüssig über ihre Jacke. Carsten traute sich nicht, sie zu säubern. Alles, was aus dem Körper des Mädchens kam, konnte ansteckend sein.

»Wirf die Jacke weg«, sagte er ihr, als sie sich ausreichend vom Haus entfernt hatten. Er setzte den Rucksack ab und gab ihr aus einer Wasserflasche zu trinken und einige Taschentücher, damit sie sich den Mund abwischen konnte.

»Tut mir leid«, flüsterte Miriam, und die wenigen Wörter reichten aus, um Carsten Tränen in die Augen zu treiben.

»Dir muss gar nichts leidtun«, versuchte er mit belegter

Stimme, aufmunternd zu klingen. »Hier, zieh das an, damit du nicht frierst.« Er gab ihr ein graues Sweatshirt aus seinem Gepäck, das dem Mädchen viel zu groß war. »Ich krempele dir die Ärmel hoch.«

Das nächste Haus, das lohnend erschien, fanden sie in einer Querstraße. Als Carsten an die Tür pochte, regte sich nichts im Haus, und als er die Tür aufbrach, roch es nur nach Staub und abgestandener Luft.

Es dauerte nicht lange, bis Carsten das Haus mehrmals abgelaufen war und alle Räume kontrolliert hatte. Sie waren allein. Brauchbare Lebensmittel fand er kaum, und an Getränken gab es nur einen Kasten Bier in einem Abstellraum. Wer immer hier gewohnt hatte, musste alles Brauchbare mit auf die Flucht genommen haben.

Die aufgebrochene Haustür ließ sich nicht mehr fest verschließen, also rückte Carsten einen halbhohen Schuhschrank aus dem Flur dagegen, um den Eingang zu versperren. Die leeren Katzenfutterdosen mit der Schnur dazwischen stellte er obenauf. Dann zog er sich mit Miriam auf den Dachboden zurück, der, wie erhofft, nur über eine Falttreppe durch eine Deckenluke zu erreichen war.

Zwischen Umzugskartons, zwei alten Kinderschlitten und einem Dachgepäckträger breitete Carsten seine graue Wolldecke aus. Miriam setzte sich wortlos auf ihren geblümten Kinderschlafsack.

Wie auf einer Picknickdecke stellte er die Reste ihrer Vorräte vor sich auf. »Wir brauchen bald neue Lebensmittel«, erklärte er dem Mädchen. »Morgen suchen wir einen Supermarkt und gucken, ob es da noch was für uns gibt.«

Miriam nickte still.

»Aber für heute Abend reichen unsere Vorräte allemal«, verkündete Carsten und bemühte sich, wieder hoffnungsvoller zu klingen. »Bald besorg ich uns einen Kocher. Dann gibt es richtiges, warmes Abendessen.«

Er sah Miriam an. Sie nickte. »Ich kann nicht besonders gut kochen«, fügte er hinzu. »Aber vielleicht lerne ich es dann.«

Wieder nickte das Mädchen still, ohne eine Miene zu verziehen.

»Was ist dein Lieblingsessen?«

Ihre kleine Stirn legte sich in blasse Falten. »Lasagne.«

»Lasagne«, wiederholte er. »Das wird schwierig. Vielleicht versuchen wir erst mal was Einfacheres.«

»Aber keine Ravioli mehr«, sagte Miriam, »ich kann das Zeug nicht mehr sehen.«

Carsten war erleichtert, dass sie überhaupt etwas sagte.

»Okay«, lachte er. »Versprochen. Keine Ravioli.«

25

Am nächsten Morgen klagte Miriam über Bauchschmerzen.

»Die hattest du gestern auch schon«, sagte Carsten und setzte sich neben ihren Schlafsack. »Wie schlimm sind sie denn?«

»Schlimmer als gestern.«

»Wir frühstücken erst mal«, sagte Carsten. »Vielleicht geht's dir danach schon besser. Okay?«

Es ging ihr nicht besser. Carsten gab ihr Schmerzmittel.

»Ist es richtig schlimm?«, fragte Carsten. Miriam nickte.

»Zu schlimm, um weiterzugehen?«

Das Mädchen nickte nochmals.

»Okay, dann ruhst du dich heute besser aus.« Carsten fragte sich, ob Miriam krank war oder ob sie auf diese Art auf die vielen schrecklichen Bilder reagierte; es war erst zwei Tage her, dass er sie von ihrem Dachboden geholt hatte, und in diesen 48 Stunden hatte er sie schon durch so viel Furchtbares geführt.

Innerlich rang er mit sich, ob er einen ganzen Tag an Zeit aufgeben durfte. »Willst du einfach hier auf mich warten, und ich gehe schon mal Lebensmittel suchen?«

Das Mädchen schüttelte den Kopf. Ihre Augen wurden feucht.

»Nein?«

Das Mädchen schüttelte den Kopf. »Bitte lassen Sie mich nicht alleine, Herr Lemmner.«

Carsten nickte. »Ist okay. Ist nicht schlimm. Dann ruhen wir uns heute beide aus. So lange reichen auch unsere Vorräte noch. Und morgen geht's dir bestimmt schon wieder besser.«

»Hoffentlich«, sagte Miriam leise.

Sie verbrachten den ganzen Tag auf dem Dachboden. Carsten holte ein paar von Miriams Büchern aus dem Rucksack und wollte ihr vorlesen in der Hoffnung, dass etwas Ablenkung ihr guttun würde. Doch Miriam kannte ihre Bücher so gut, dass es damit endete, dass sie ihm die Handlung erzählte. Carsten musste sich anstrengen, um mit den Gedanken bei der Sache zu bleiben und dem Mädchen wirklich zuzuhören. Es schien ihr tatsächlich gutzutun, sich an die Handlung der Bücher zu erinnern. Ihre Erzählung begann zögerlich und leise, wurde jedoch über die Zeit immer lebhafter, und als Carsten sich bemühte, sie mit absurden Zwischenfragen aufzuheitern, lachte sie sogar.

Carsten kam nicht umhin, darüber nachzudenken, ob es dem Mädchen besser gegangen wäre, wenn er sie nicht aus ihrem Versteck geholt hätte.

Am frühen Abend durchsuchte er das Haus nach brauchbaren Vorräten, fand aber nichts außer einer Tafel Schokolade und einer Dose gezuckerter Pfirsiche.

Als Carsten aus dem Schlaf hochschreckte, war es stockdunkel. Das Poltern, das ihn geweckt hatte, wiederholte sich. Etwas bewegte sich im Haus. Dann schepperten die Katzenfutterdosen und Stimmen zischten. Neben ihm funkelten Miriams Augen in der Dunkelheit. Carsten griff nach der Taschenlampe. Bevor er sie einschaltete, hielt er die Finger der linken Hand vor die Lampe, um das Licht zu dämpfen. Die Deckenluke war geschlossen, die Treppe eingefaltet. Er blickte zu Miriam herüber. Sie sah ihn ängstlich an, die Stirn gerunzelt, eine kleine Hand auf den Mund gepresst. Carsten legte den Zeigefinger auf die Lippen. Dann setzte er seine Brille auf. Und lauschte.

Das Poltern hatte aufgehört. Er hörte Schritte. Er nahm die Pistole und setzte dazu an, zur Bodenklappe zu kriechen – doch schon seine erste Bewegung ließ die Dielen knarzen. Er stoppte in der Bewegung. Die Geräusche unter ihm waren verstummt. Carsten wartete. Bald hörte er Schritte auf der Treppe unter ihnen, sie kamen näher. Carsten schaltete die Taschenlampe ab.

Ein schwacher Lichtschein schimmerte am Rand der Falltür vorbei. Carsten hörte, wie Miriam sich hinter ihm bewegte. Dann Stimmen. Gedämpfte, menschliche Stimmen. Carsten hielt den Atem an und lauschte angestrengt.

»Pass auf«, hörte er eine Frauenstimme sagen. »Die Scheißlampe gibt den Geist auf.«

Überlebende. Was jetzt? Verstecken oder antworten? Auf keinen Fall durfte Carsten sie erschrecken, sie konnten wie er den Finger am Abzug haben. Er schaltete die Lampe wieder ein und hielt die ganze Hand davor. Die Lampe strahlte schwaches, rotes Licht durch sein Gewebe. Miriam war aufgestanden und sah ihn aufgeregt an, beide Hände zu kleinen Fäusten geballt, atmete sie schnell durch den Mund. Die Schritte waren jetzt im Flur, direkt unter der Falltür. Carsten stand auf, die Dielen unter ihm knarrten. Er nahm die Hand von der Lampe. Dann erhob er die Stimme.

»Hier oben ist es sicher«, sagte er auf die Bodenklappe zu. Es war, als könnte er die Überlebenden zusammenzucken hören. »Ich lasse die Leiter runter.« Er steckte die Pistole ein und trat auf die Bodenluke zu. Mit einiger Verzögerung hörte er die Antwort unter sich: »Oh ... Okay.«

Miriam kauerte sich hinter dem Dachgepäckträger zusammen.

»Ist schon okay, hab keine Angst«, sagte Carsten. »Ich pass auf dich auf.« Das Mädchen nickte, blieb aber in seinem Versteck.

Carsten drückte die Klappe auf und sah in den Flur hinab. Im schwachen Schein einer glimmenden Taschenlampe standen zwei junge Frauen mit fettigem Haar und blickten unsicher zu ihm hinauf. Die eine Frau stützte die andere, deren linker Arm verbunden in einer Schlinge um ihren Hals lag.

Carsten nickte den beiden zu. Die unverletzte Frau bemühte sich um ein Lächeln.

»Mein Name ist Carsten Lemmner«, stellte er sich vor. »Hier oben ist es sicher. Sie können sich die Leiter runterziehen.«

Die Frau, die die andere stützte, streckte sich und zog an der untersten Treppenstufe. Die Treppe klappte herunter. Die verletzte Frau löste sich aus der stützenden Umarmung und begann, die schmalen Stufen heraufzusteigen. Die andere blieb mit der Taschenlampe in der Hand im Flur stehen, blickte abwechselnd ihrer Begleiterin hinterher und wachsam in alle Richtungen.

Carsten streckte die Arme aus, um der ersten Frau hinaufzuhelfen, doch er schreckte zurück, als er Blut an ihrem Verband entdeckte. Er machte einen Schritt zurück und ließ sie ohne seine Hilfe hinaufsteigen. Carsten schätzte sie auf etwas älter als zwanzig. Sie trug eine schmutzige, blassblaue Jeans und einen grauen Kapuzenpullover; ihr kastanienbraunes Haar war zu einem dicken Zopf nach hinten gebunden. Ein paar Strähnen fettigen Haars hatten sich gelöst und hingen in ihr blasses, fein gezeichnetes Gesicht. Sie schaute sich auf dem Dachboden um, während die andere Frau ihr folgte, doch außerhalb des Lichtkegels von Carstens Taschenlampe war in der Dunkelheit kaum etwas zu erkennen.

Die Frau, die als zweite den Dachboden erreichte, stellte sich zuerst vor. Sie war älter als ihre Begleiterin und wirkte weniger zerbrechlich. »Mein Name ist Ulrike Becker.« Sie streckte Carsten die Hand entgegen. Er bemühte sich um ein freundliches Lächeln, ohne ihre Hand zu ergreifen. Sie ließ den Arm wieder sinken. »Das ist meine Schwester Agnes«, stellte sie die verletzte Frau vor und stützte sie sofort wieder.

»Hallo«, grüßte Agnes und zeigte ein geschwächtes Lächeln. Carsten nickte und sah auf den Arm in der Schlinge.

»Keine Angst«, sagte Ulrike. »Keine Bisswunde. Sie hat sich nur an einem Zaun verletzt beim Drüberklettern.«

Carsten nickte noch einmal. »Haben Sie unten den Schrank wieder vor die Haustür geschoben?«

Ulrike nickte. Carsten kniete sich auf die Dielen, um die Treppe wieder einzuholen und schloss die Bodenklappe. Ulrike half ihrer verletzten Schwester, sich auf einen der beiden Kinderschlitten zu setzen. Die beiden Taschenlampen konnten nur einen kleinen Teil des großen Raums erhellen. Ulrike setzte sich neben ihre Schwester auf den Boden.

»Haben Sie vielleicht was zu trinken?«, fragte Agnes und warf mit einer Kopfbewegung eine dunkle Haarsträhne aus dem Gesicht. Ihre Stimme klang fester, als Carsten erwartet hatte.

Carsten dachte kurz darüber nach, wie begrenzt ihre Vorräte waren, und als er diesen Gedanken bemerkte, verurteilte er sich dafür. Er dachte an Herrn Kröpp: Hilfsbereitschaft war jetzt vielleicht wichtiger als je zuvor. Er nickte und ging zu seinem Rucksack.

»Hey«, sagte Agnes plötzlich sanft, »wer bist du denn?«

Sie hatte Miriam entdeckt. Carsten sah das Mädchen stumm hinter dem Dachgepäckträger kauern. Sie schaute die beiden Frauen mit ihren großen Augen an.

»Ist schon okay, komm ruhig raus«, sagte Ulrike zu dem Mädchen. Miriam reagierte nicht.

»Ihr Name ist Miriam. Sie spricht nicht viel«, erklärte Carsten und öffnete seinen Rucksack.

»Ist die Kleine Ihre Tochter?«, fragte Ulrike.

»Nein«, antwortete Carsten. Er sah, dass die Frauen auf eine ausführlichere Antwort warteten, doch er beließ es dabei.

»Seid ihr hungrig?«, fragte er die Frauen.

»Ja, sehr«, antwortete Ulrike. »Aber bitte geben Sie uns nur, was Sie selbst nicht brauchen.«

Carsten holte eine Wasserflasche, eine Tüte Salzstangen, eine Packung Schwarzbrot und eine Dose Frühstücksfleisch aus seinem Rucksack, außerdem den Beutel mit Teelichtern. Die Bodendielen knarrten, als er zu den Frauen herüberging.

»Hier, bitte schön«, sagte er und stellte die Lebensmittel vor ihnen auf den Boden. Die Wasserflasche gab er Agnes in die Hand. Dann verteilte er eine Hand voll Teelichter auf dem Boden und zündete sie an. »Batterien sparen«, sagte er und schaltete seine Taschenlampe aus.

»Gute Idee«, antwortete Ulrike und stellte ihre schwach glimmende Lampe ebenfalls ab.

»Ich hab auch noch Batterien in meinem Rucksack, ich kann euch welche für eure Lampe geben. Müssten passen.«

»Das wär super«, nickte Ulrike.

Agnes öffnete die Wasserflasche und gab sie an ihre ältere Schwester weiter, ohne selbst zu trinken. Carsten beobachtete einen schnellen Seitenblick der älteren Schwester, bevor sie die Flasche nahm.

Er setzte sich wieder auf seine Wolldecke und streckte die Beine vor sich aus. Er sah auf die Uhr; es war kurz nach drei. Ulrike hatte ein gutes Drittel aus der Flasche getrunken und gab sie dann an ihre verletzte Schwester weiter. Dann öffnete sie das Paket Salzstangen und begann zu essen. »Wohnen Sie hier?«, fragte sie zwischen den Bissen.

Carsten war überrascht, dann wurde ihm klar, dass diese Überlegung gar nicht so abwegig war. Er schüttelte den Kopf.

»Wir sind seit gestern hier. Wir wollten eigentlich nur für eine Nacht bleiben. Es schien sicher genug, um hier zu übernachten. Ich bin mit dem Rucksack unterwegs.« Er deutete auf sein Gepäck.

»Und wohin?«, fragte Agnes und bediente sich ebenfalls an den Lebensmitteln.

»Das ... ist noch nicht ganz klar. Im Moment suche ich noch jemanden hier in der Stadt. Und ihr?«

»Wir waren nicht weit von hier in einem Bunker unter dem Schulzentrum«, antwortete Ulrike.

»Da gibt's einen Bunker?«, fragte Carsten.

»Wir waren drin«, nickte Agnes. »Sechs Wochen.«

»Und dann?«

»Ist uns das Trinkwasser ausgegangen«, antwortete wieder die ältere Schwester. »Wir mussten raus und neues finden. Und seitdem ... ist irgendwie alles schiefgegangen.«

»Wart ihr alleine unterwegs?«

»Nein«, antwortete Ulrike, und die Antwort schien ihr die Kehle zuzuschnüren. Sie ließ die Hand mit den Salzstangen sinken. Agnes legte ihr die Hand auf das Haar.

Carsten spürte eine vorsichtige Berührung am Arm und sah Miriam neben sich. Er lächelte sie an. Sie kniete sich neben ihn auf die Decke.

»Hier in der Nähe ist ein Supermarkt«, sagte Agnes bald darauf. »Da gehen wir morgen hin, vielleicht gibt's da noch was zu trinken. Wir wollten nicht rein, solange es dunkel ist.«

»Klingt vernünftig«, meinte Carsten. »Und dann zurück in den Bunker?«

Agnes schüttelte den Kopf. »Wir gehen nicht zurück.«

»Warum nicht?«

Ulrike hob den Kopf und antwortete. »Es hat sich herausgestellt, dass nicht alle im Bunker gesund sind. Wir gehen nicht zurück.«

»Habt ihr schon einen anderen Plan?«

Die Schwestern antworteten nicht. Agnes kaute langsam auf ihren Salzstangen. Dann fragte sie: »Haben Sie einen?«

Carsten antwortete ebenfalls nicht.

»Woher haben Sie die?«, fragte Agnes und zeigte auf die Pistole im Holster an Carstens Gürtel.

Carsten überlegte kurz. »Von einem Polizisten.« Das war nicht ausführlich, aber auch nicht gelogen.

»Haben Sie so eine für uns übrig?«

»Nein. Habt ihr nichts, um euch zu verteidigen?«

»Wir hatten so einen Elektro-Schocker«, antwortete Agnes, »so ein Selbstverteidigungs-Teil. Ist aber verloren gegangen.«

»Ich fürchte, man braucht Waffen, so wie es draußen aussieht. Man kann sich nicht immer verstecken oder wegrennen. Ohne werdet ihr nicht weit kommen. Ihr solltet euch zumindest so was besorgen, aus dem Baumarkt oder so.« Er zeigte auf die langstielige Axt neben seiner Decke.

»Hier gibt's bestimmt ein paar Messer in der Küche«, nahm Agnes an.

»Wenn man ein Messer braucht, sind sie schon zu dicht dran«, gab Carsten zu bedenken. Agnes nickte.

»Tut mir leid, mir fallen schon dauernd die Augen zu«, mischte sich Ulrike wieder ein. »Ich glaube, ich muss ganz dringend schlafen. Wir sind schon verdammt lange auf den Beinen.«

Carsten nickte. »Kein Problem, wir sollten alle noch ein bisschen schlafen.«

»Ich sehe mal in den Kartons nach, ob's was zum Zudecken gibt«, sagte Ulrike.

Miriam trug ihren Schlafsack näher zu Carstens Decke und krabbelte hinein. Carsten löschte alle Teelichter bis auf eins, nahm die Brille ab und wickelte sich dann wieder in seine Decke. Die Pistole wollte er diesmal nicht offen liegen lassen. Er versteckte sie griffbereit unter dem Rucksack. Die beiden Schwestern bereiteten sich Lager aus dicken Winterjacken und deckten sich mit Pullovern zu.

Das Knarren der Bodendielen weckte Carsten auf. Er blickte sich um und sah Agnes vorsichtig zur Bodenklappe schleichen. Neben Carsten brannte noch das Teelicht, durch die Fenster fiel das weiche Licht der Morgendämmerung.

Carsten setzte sich auf, griff nach seiner Brille. Agnes hielt in ihrer Bewegung inne und wandte sich zu ihm um. Sie sah ihn an und legte den Finger auf die Lippen. Carsten runzelte die Stirn. Ulrike und Miriam schienen fest zu schlafen. Carsten stand vorsichtig auf und schlich zu Agnes herüber. Sie hockte sich über die Luke und strengte sich sichtlich an, sie möglichst lautlos zu öffnen.

»Was haben Sie vor?«, flüsterte Carsten ihr zu, als er sie erreicht hatte.

»Ich gehe«, war die Antwort der jungen Frau.

»Was?«, fragte Carsten verständnislos.

Agnes gab ihm durch eine Geste erneut zu verstehen, dass er schweigen sollte. Vorsichtig öffnete sie die Klappe und ließ die Treppe herunter, die sich mit einem leisen Knarren auffaltete. Carsten stand unschlüssig neben der Frau und wusste nicht, ob er sie aufhalten sollte oder nicht.

Agnes trat durch die Luke auf die erste Treppenstufe, dann sah sie noch einmal zu ihrer Schwester zurück. Sie drückte Zeige- und Mittelfinger ihrer rechten Hand an die Lippen und warf ihrer schlafenden Schwester einen Kuss herüber. Dann stieg sie die Treppenstufen hinab in den Flur.

Carsten ging ihr nach. »Was haben Sie vor? Wo wollen Sie hin?«, fragte er flüsternd, als er neben ihr im Flur stand.

»Weg von Uli. Und weg von euch.«

»Wieso?«

Agnes atmete aus.

»Sie hat euch belogen«, antwortete sie und zeigte auf den Verband an ihrem Unterarm. »Das war kein Zaun.« Ihre Stimme klang belegt. »Das waren Zähne.« Sie schluckte. »Ich bin gebissen worden.«

Carsten wusste nicht, was er sagen sollte. »Deshalb haben Sie Ihre Schwester zuerst aus der Flasche trinken lassen«, sagte er schließlich.

»Das ist Ihnen aufgefallen?«, fragte Agnes überrascht. Carsten nickte.

»Uli wollte mich nicht gehen lassen. Sie hat schon immer versucht, mich zu beschützen. Aber ab jetzt muss ich sie schützen. Vor mir.«

»Und deshalb wollen Sie sich in der Nacht davonschleichen?«

»Sie würde mich nicht gehen lassen. Und wenn sie bei euch ist, ist sie wenigstens nicht allein.«

»Sie werden nicht lange überleben da draußen, alleine und ohne Waffe.«

»Ich werde sowieso nicht lange überleben, das wissen wir beide. Ich werde den Verstand verlieren. Und dann werde ich gefährlich. Dann gehöre ich zu denen, werde einer von ihnen.« Sie presste die Lippen aufeinander und schüttelte langsam den Kopf. »Das will ich nicht. Und ich will nicht enden wie mein Vater.«

»Wie ist er geendet?«

Agnes zögerte. »Übel.«

Carsten sah sie lange an. In seinem Kopf rasten die Gedanken. »Sie scheinen sich das gut überlegt zu haben«, sagte er schließlich.

Agnes nickte. »Wenn Sie mir helfen wollen, dann geben Sie mir Ihre Pistole.«

»Das kann ich nicht machen.«

»Na dann«, sagte Agnes in einem Tonfall, als hätte sie Carsten gerade etwas bewiesen. »Grüßen Sie meine Schwester von mir.«

Carsten nickte. »Alles Gute«, wünschte er der jungen Frau.

Sie nickte. »Ihnen auch. Passen Sie gut auf das Mädchen auf.«

Carsten nickte. Agnes wandte sich zur Treppe und stieg langsam und vorsichtig die Stufen ins Erdgeschoss hinunter.

Carsten blieb im Flur stehen und lauschte. Er glaubte an den Geräuschen zu erkennen, dass Agnes in die Küche ging, sich ein Messer aussuchte und anschließend über den Schuhschrank kletterte, mit dem er die Tür blockiert hatte. Er stellte sich vor, wie sie im weichen Licht der Morgendämmerung verschwand.

Carsten stieg die Leiter wieder hinauf und schloss die Luke mit unvermeidlichen Geräuschen hinter sich. Ulrike atmete vernehmlich im tiefen Schlaf, Miriam saß, die Beine angezogen und die Arme um die Knie geschlungen, in ihrem Schlafsack. Sie blickte Carsten stumm entgegen. Er legte den Finger auf den Mund und bemühte sich, sie anzulächeln. Er schlich zu seiner Wolldecke, streichelte dem Mädchen kurz über den Kopf und legte sich dann wieder hin, wickelte die Decke um seinen Körper. Es dauerte lange, bis er wieder einschlief.

Bald nachdem er eingeschlafen war, mischte sich Ulrikes Stimme in seinen Traum. Sie wiederholte den Namen ihrer Schwester wieder und wieder, immer lauter. Als Carsten davon aufwachte, sah er noch schlaftrunken, wie Ulrike die Bodenklappe aufstieß und den Namen ihrer Schwester ins Haus brüllte.

»Ruhe!«, herrschte er sie an und setzte sich auf. Schnell sah er sich nach Miriam um und entdeckte sie wieder zusammengekauert hinter dem Dachgepäckträger. Ulrike rief noch einmal in die Leere des Hauses unter ihnen.

Carsten stand auf, ging zu ihr herüber und fasste sie an die Schulter. »Hören Sie auf! Seien Sie ruhig. Das ist gefährlich, Lärm lockt sie an«, sagte er fest.

Ulrike drehte sich zu ihm um und starrte ihn bestürzt an.

»Meine Schwester ist weg, ich bin eben aufgewacht und sie ist weg!«

Sie zeigte auf Agnes' zerwühlte Schlafstätte. Carsten rieb sich die Stirn mit der Handfläche und suchte nach Worten. »Beruhigen Sie sich erst mal. Und dann machen wir die Klappe wieder zu.« Er bückte sich nach der Falltür.

»Aber wenn Agnes da runter ist – wo soll sie denn sonst sein?«

Carsten zog die Klappe hoch. Er stellte sich vor Ulrike und zögerte, bevor er ihr in die Augen sah. »Sie ist weggegangen.«

»Was?!«

»Agnes ist weggegangen. Sie ist gegangen, als Sie geschlafen haben.«

Ulrike starrte ihn wortlos an. Ihre Augen funkelten.

»Sie hat mir gesagt, dass sie gebissen wurde«, erklärte er schließlich. Ulrikes Kiefer begannen zu mahlen. Sie schlug die Augen nieder. »Sie wollte uns schützen«, erklärte Carsten. »Uns und Sie.«

Ulrike begann, langsam mit dem Kopf zu schütteln. »Sie hätten sie nicht gehen lassen dürfen«, presste sie leise hervor. Dann sah sie ihm wieder in die Augen, und Wut stand in ihrem Blick. »Sie hätten sie nicht gehen lassen dürfen!«, schrie sie ihn an und stieß ihm mit beiden Handflächen gegen die Brust, dass Carsten einen Schritt rückwärts taumelte. Sie stapfte wutentbrannt zu ihrem Schlaflager.

»Wieso sollte ich darüber entscheiden, was Ihre Schwester tut?«

»Sie hätten mich zumindest wecken müssen. Sie hätten sie nicht einfach gehen lassen dürfen.«

»Sie ist erwachsen und hat eine klare Entscheidung getroffen.«

»Sie weiß nicht, was sie tut!«, schrie Ulrike ihn an.

Carsten bemühte sich, ruhig zu bleiben. »Ich habe mit ihr gesprochen, und sie war vollkommen vernünftig. Sie hat sich das gut überlegt. Und ehrlich gesagt, ist die Entscheidung auch nicht unvernünftig. Agnes wollte Sie schützen. Vor sich.«

»Sie wird sterben!«, schrie Ulrike, und eine Träne lief ihr über das Gesicht. Sie tat nichts, um sie wegzuwischen.

Carsten schluckte. »Das können wir nicht verhindern«, sagte er ernst.

Ulrike hob ihre Jacke und ihre Taschenlampe auf. »Ich gehe sie suchen«, sagte sie entschlossen. Ihre Lippen bebten, als sie ihn ansah. Eine weitere Träne lief ihr über die Wange, blieb an ihrem Kinn hängen.

»Ich gehe mit Ihnen. Ich werde Ihnen helfen, Sie zu retten. Es tut mir so leid. Ich werde alles tun, was ich kann.« – diese Sätze lagen Carsten so nah, und er war kurz davor, sie auszusprechen. Und sei es nur, um die verzweifelte Frau zu beruhigen. Doch er sagte nichts.

Sie würde sich in größte Lebensgefahr begeben, um jemanden zu retten, der nicht gerettet werden wollte. Der nicht zu retten war. Und wenn er mit ihr ging, würde er sich selbst, und vor allem Miriam, in die gleiche Gefahr bringen. Carsten sagte nichts.

Ulrike blickte ihn noch einmal an. Verzweiflung, Wut und Angst standen ihr ins Gesicht geschrieben. Dann ging sie zur Bodenklappe und stieß sie mit dem Fuß auf. Die Klapptreppe krachte herunter.

Sollte Carsten sie aufhalten? War es seine Verantwortung, ihr klarzumachen, dass sie in ihren sicheren Tod aufbrach? Oder war sie genau wie ihre Schwester eine erwachsene Frau, die ihre eigenen Entscheidungen treffen durfte?

Ulrike ging die Stufen hinunter in den Flur des ersten Stocks. Carsten sagte nichts. Er zog die Bodenklappe hoch.

Miriam weinte stumm hinter dem Dachgepäckträger. Carsten hockte sich neben sie und legte ihr den Arm um die Schultern. »Ist schon gut«, sagte er und überlegte, was dieser Satz gerade bedeuten sollte. Trotzdem wiederholte er ihn.

Sie hörten Ulrike lautstark das Haus verlassen, um draußen auf der Straße gleich den Namen ihrer Schwester zu rufen. Auf diese Weise würde sie nicht weit kommen.

»Wie sind deine Bauchschmerzen?«, fragte er das Mädchen.

»Bisschen besser.«

»Gut genug, dass wir weitergehen können?«

Das Mädchen nickte.

»Okay, dann lass uns packen. Wir sollten hier weg. Nach dem ganzen Lärm ist es hier nicht mehr sicher. Frühstücken müssen wir woanders.« Er bemühte sich, das Mädchen anzulächeln; und sah, dass sie sich anstrengte zurückzulächeln.

Carsten rollte seine Wolldecke auf und sammelte die Lebensmittel ein, die noch zu gebrauchen waren. Die Flasche, aus der Agnes getrunken hatte, ließ er stehen. Dann zog er das Handy aus dem Rucksack und schaltete es ein. Miriam rollte ihren Schlafsack zusammen. Carsten las Nathalies SMS. Das Handy fand kein Netz. Carsten schaltete es ab.

»Heute suchen wir Jakob.«

»Jakob? Schäfer?«, fragte Miriam. »Aus der Klasse?«

Carsten nickte. »Er ist der Letzte auf meiner Liste.«

»Der Letzte? Und wo sind die anderen?«

Carsten antwortete nicht auf die Frage, weil ihm keine Antwort einfiel. »Bevor wir Jakob suchen, gehen wir in den

Supermarkt, von dem die beiden erzählt haben. Wir brauchen mehr zu essen. Danach frühstücken wir, okay?«

Miriam nickte.

Er schulterte den Rucksack.

»Fertig?«, fragte er das Mädchen.

»Fertig.«

26

Sie mussten weder weit laufen noch lange suchen, um den Supermarkt zu entdecken. Eine flache Halle, direkt an die Hauptstraße gebaut, davor ein großer Parkplatz, auf dem jetzt kein einziges Auto stand. Carsten und Miriam näherten sich vorsichtig dem Eingang. Das Sicherheitsgitter vor den Türen war hochgestemmt und ruhte auf zwei Einkaufswagen, die sich unter dem Gewicht schon verformt hatten. Die Glastüren hinter dem Gitter waren zerschlagen.

Carsten duckte sich unter dem Gitter hindurch, Miriam folgte ihm. »Vorsicht mit dem Glas«, warnte er sie.

Im Durchgang versperrte ein Sicherheitsbügel den Weg in die Halle, der im Betrieb nach innen aufgeschwungen wäre, jetzt aber starr blieb. Carsten schwang sein Bein hoch und kletterte darüber; das Mädchen krabbelte unter dem Bügel her.

Es roch weder nach verwesendem Fleisch noch nach fauligem Gemüse; wer immer diesen Supermarkt zum letzten Mal hinter sich geschlossen hatte, hatte ihn besser vorbereitet als das Kaufhaus in der Innenstadt.

Als sie die Verkaufshalle betraten, hörte Carsten eine schwache Stimme »Hilfe« stammeln. Sie blieben stehen. Nochmals »Hilfe, Hilfe«; eine Frau, zu schwach, um zu schreien. Carsten erkannte die Stimme: Ulrike war nicht weit gekommen.

Er hatte sie gewarnt, hatte versucht, sie aufzuhalten. Sie hatte nicht auf ihn gehört. Hieß das, dass er sie jetzt auf dem kalten Boden eines Supermarkts sterben lassen durfte?

Er musste vor allem an Miriams Sicherheit denken. Er wandte sich zum Ausgang.

Die Stimme wiederholte wieder und wieder ihr einziges Wort. Neben Ulrikes flehender Stimme machte Carsten Laute von Knurren, Kauen und Schmatzen aus.

Er hätte sie aufhalten sollen, hätte sie nicht gehen lassen dürfen. Er fluchte, drehte sich doch wieder um und zog die Pistole.

Er sah Miriam an und flüsterte: »Bleib hier stehen, genau hier. Wenn irgendwas passiert, dann ruf nach mir. Okay?«

Sie wurde blass und sah ihn mit angsterfüllten Augen an. Er musste schnell handeln. »Hast du mich verstanden?«, flüsterte er dringend. Das Mädchen nickte.

Die Waffe vor sich ausgestreckt durchschritt Carsten die Gänge zwischen den Warenregalen, stieg über Konservendosen und Pappkartons. Der Versuch, ihre Schwester zu retten, hatte Ulrike ins Verderben geführt. Hatte sie ihre Schwester am Ende sogar gefunden? Schreckliche Bilder formten sich in seiner Vorstellung; in seinem Kopf sah er Agnes' zartes Gesicht, vollgeschmiert mit dem Blut ihrer Schwester. Beging er gerade den gleichen Fehler wie Ulrike?

Er stand jetzt vor einem hüfthohen Tiefkühlregal und konnte hören, dass die Geräusche direkt dahinter ihren Ursprung hatten. Zwei große Schritte brachten ihn um das Regal herum. Es war nicht Agnes, die sich über Ulrikes Körper hermachte. Es war ein Mann in Jeans und schmutzigem Hemd, der sein Gesicht und die linke Hand in Ulrikes Bauchhöhle vergraben hatte. Carsten verlor die Kontrolle über sein Gesicht. Er hätte nie gedacht, dass ein einziger Mensch so viel bluten konnte. Ulrikes Augen fanden seine.

»Hilfe«, hauchte sie.

Carsten schluckte. Er zielte auf den Rücken des Mannes,

der über Ulrike hockte. Doch er musste befürchten, dass seine Kugel den Körper des Mannes durchschlagen und dann sie treffen würde. Vorsichtig umrundete er die Blutlache, die die beiden umgab, und stellte sich hinter Ulrikes Kopf. Der Mann war zu beschäftigt mit Fressen, um Carsten zu bemerken. Der Ekel über das Gurgeln und Schmatzen drohte Carsten zu übermannen; er ließ es nicht zu. Er streckte die Waffe vor und feuerte, einmal, zweimal aus kürzester Entfernung. Der Mann keuchte, röchelte und sank leblos auf Ulrike zusammen.

Carsten wollte Ulrike von der Last der Leiche befreien, doch er schreckte davor zurück, den Körper des toten Mannes zu berühren. Er zog die Axt aus dem Gürtel und hakte das Axtblatt unter die Schulter des Toten. Als er ihn von Ulrike herunterzog, drehte sich der tote Körper und kippte mit dem Rücken in die Blutlache.

Jetzt lagen Ulrike und ihr Mörder Schulter an Schulter nebeneinander, und ihr Blut vermischte sich auf den Bodenfliesen des Supermarkts. Carsten stand über ihnen, die Axt in der einen, die Pistole in der anderen Hand. Er blickte auf die verletzte Frau hinab, die ihn vor nicht mehr als einer Stunde dafür angebrüllt hatte, dass er ihre kranke Schwester hatte gehen lassen. Ihr Atem hechelte flach und ihr Blick trübte sich. Dunkles Blut pumpte aus ihrer zerrissenen Bauchdecke. Warum starb sie nicht?

Carsten sah die Anstrengung in ihren Augen, als sie versuchte, den Kopf zu heben. Es schien ihm, als wollte sie mit der Stirn auf etwas zeigen. Carsten sah auf die Waffen in seinen Händen. War es das, worauf sie zeigen wollte? Wollte sie, dass er ihr Leben beendete?

Ein Schlurfen aus einem der benachbarten Gänge ließ Carsten zusammenfahren. Er versuchte auszumachen, wo das Geräusch herkam und richtete die Waffe auf eins der Regale hinter Ulrike. Mit nackten Füßen trat eine ältere Frau in einem verdreckten Nachthemd um das Regal herum, einen Arm vor sich ausgestreckt, der andere hing schlaff von ihrer Schulter. Carsten legte an und zielte auf ihren Brustkorb, als es hinter ihm polterte. Carsten wirbelte herum, doch seine Augen konnten niemanden entdecken.

Dann hörte er Miriams Stimme: »Herr Lemmner, da kommen ganz viele!«

Carstens Herz hämmerte. Es passierte zu viel auf einmal. Er wandte sich wieder um und zielte über Ulrike hinweg auf die alte Frau, die inzwischen drei Schritte näher gekommen war, und schoss, einmal, zweimal in ihre Brust. Sie stürzte rückwärts und schlug lang hin. Die Schüsse ließen seine Ohren dröhnen, Miriam rief wieder seinen Namen. Für eine Sekunde trafen seine Augen Ulrikes flehenden Blick, dann sprang er über die Kühltruhen, um dem Mädchen zu Hilfe zu kommen. Er rannte einen Gang entlang, um ein Regal herum und sah Miriam, zusammengekauert auf dem Boden vor dem Eingang, als ihn eine kräftige Hand von hinten packte und zu Boden riss. Carsten stürzte rückwärts auf seinen Rucksack, im Fallen verlor er die Pistole, ein Schuss löste sich und schlug irgendwo ungezielt ein. Ein kräftiger Mann mit struppigem Vollbart stellte sich über ihn; er trug einen mächtigen Bauch vor sich her. Dunkles Blut war an seinem Kinn und im dichten Haar auf seiner Brust getrocknet. Carsten hatte ihn nicht kommen sehen. Miriam kreischte. Carsten riss die Axt aus seinem Gürtel und brachte den Stiel quer vor seinen Körper, gerade bevor der schwere Mann sich auf ihn warf. Mit aller Kraft seiner beiden Arme streckte er die Axt vor sich aus, um den Angreifer von sich fernzuhalten. Der packte mit seinen großen Fäusten jetzt ebenfalls den Axtstiel.

Das Gewicht des Mannes presste Carsten die Luft aus den Lungen. Mit den Beinen versuchte er, sich hochzudrücken, irgendwie freizukommen, doch unter dem Gewicht konnte er sich kein Stück bewegen. In verzweifelter Anstrengung begann Carsten zu schreien, dann hörte er wieder Miriams Stimme: »Hier, hier, hier drüben, hier, komm her!«, rief sie und machte mit irgendetwas Klimperndem Lärm dazu. Der schwere Mann wandte tatsächlich den Kopf zu ihr, und Carsten presste noch einmal mit aller Kraft den Axtstiel von sich weg.

Gerade als er hoffte freizukommen, wandte der Mann sich Carsten wieder zu, und statt weiter um den Axtstiel zu ringen, senkte er seine Zähne in die Finger von Carstens rechter Hand. Carsten schrie vor Schmerz, als er die Zähne auf seinen Knochen spürte. Dann traf etwas den Kopf des Mannes wie ein Knüppel und ließ ihn keuchen. Heißer Speichel spritzte in Carstens Gesicht. Ein zweiter Schlag folgte, dann ein dritter, ein vierter. Der Mann hob den Kopf, und Carsten konnte Miriam sehen, wie sie mit einer Weinflasche in der Hand auf den Schädel des Mannes einschlug. Der Bärtige erhob sich schwerfällig, gab Carsten endlich frei, drehte sich zu Miriam um, die schnell vor ihm zurückwich. Die Weinflasche rutschte ihr aus den Fingern und zerplatzte auf den Fliesen.

Carsten kam über die Knie in den Stand, holte in einem weiten Bogen aus und schmetterte dem Mann die Axt gleich über dem Gürtel ins Rückgrat. Der keuchte und fiel auf die Knie. Das Axtblatt steckte fest in seinem Rücken, und Carsten hielt den Axtstiel so kräftig umklammert, dass es ihn mit auf die Knie riss. Der Mann kippte wie ein gefällter Baum vorwärts, sein Gesicht schlug ungebremst in die Scherben der Weinflasche zu Miriams Füßen. Carsten stemmte sich gegen das Gewicht des Rucksacks wieder hoch, riss die Axt frei, holte weit über den Kopf aus und hieb sie noch einmal in den Rücken des Mannes. Dann blieb er schwer atmend und nassgeschwitzt über der Leiche stehen, die Hände am Axtstiel, und blickte zu Miriam. Die sah ihn an, das Gesicht tränenüberströmt, die Lippen aufeinandergepresst. Ihre Schultern bebten. Carsten streckte seine rechte Hand vor sich aus. Das eigene Blut tropfte ihm von den Fingerspitzen; in den tiefen Bisswunden konnte er seine Knochen erkennen.

»Herr Lemmner«, sagte Miriam außer Atem, »da kommen noch ganz viele.« Sie zeigte auf den Eingang.

Carsten versuchte, seine schmerzende Hand zur Faust zu ballen und zog mit der linken die Axt aus dem Leichnam. Dann schleppte er sich zu den Türen und spähte durch das Stahlgitter: Eine ganze Horde war auf dem Weg zum Eingang. Carsten schätzte fünfzehn oder zwanzig, die schnellsten rannten vorneweg und hatten bereits den leeren Parkplatz erreicht. Carsten steckte die Axt in den Gürtel und suchte mit der Hand nach der Pistole, aber das Holster war leer, er erinnerte sich. Er fluchte, dann rief er: »Miriam, du musst die Pistole finden!« Fünf von Gier und Hunger entstellte Gesichter rasten auf ihn zu. Er schüttelte über sich selbst den Kopf und rief schnell hinterher: »Miriam, du darfst die Pistole aber nicht anfassen! Sag mir nur, wo sie ist!« Dann trat er mit aller Kraft gegen die Einkaufswagen, die das Sicherheitsgitter vor der Tür stützten, doch sie wollten sich nicht rühren, das Gitter grub sich nur noch tiefer in das verbogene Drahtgestell der Wagen. Er fluchte – sie kamen so schnell näher. Er hängte sich mit seinem ganzen Gewicht an die Griffe der Wagen, um sie zur Seite umzureißen, doch das schwere Stahlgitter hielt sie fest.

Carsten gab auf. Er rannte zurück in die Halle und rüttelte an einem Verkaufsregal, bis es ihm gelang, es von innen gegen den Eingang zu schieben.

Wenn er es allein bewegen konnte, würde es sie nicht lange aufhalten.

Carsten taumelte zu Miriam, die auf dem Boden hockte und unter ein Regal zeigte: »Herr Lemmner, ich hab sie gefunden, da ist sie!«

»Sehr gut.« Carsten legte sich neben sie auf den Boden und erblickte die Pistole unter dem Verkaufsregal. Er streckte den rechten Arm aus und versuchte, sie zu greifen, aber er konnte seine rechte Hand nicht mehr gebrauchen. Sie war taub vor Schmerz und fühlte sich an, als wäre sie zu doppelter Größe angeschwollen. Er fasste mit der Linken unter das Regal, streckte den Arm, bekam endlich die Pistole zu packen und zog sie unter dem Regal hervor.

»Komm«, sagte er und stand auf, »wir müssen einen anderen Ausgang finden.« Carsten suchte nach Notausgangsschildern und rannte mit Miriam zu einer blauen Stahltür – sie war abgeschlossen. Er schlug einhändig mit der Axt auf sie ein, doch die Tür rührte sich nicht. Hinter ihnen hörte Carsten das Regal, mit dem er den Eingang versperrt hatte, über den Boden rutschen. Tränen schossen ihm unkontrolliert in die Augen. Die Situation war aussichtslos, sie saßen in der Falle, gleich würden sie sich über sie hermachen. Er war schon gebissen, der Mann hatte ihn gebissen, jetzt hatte er die Pest im Körper. Carsten hörte sich selbst schluchzen und hörte, wie das Regal weggeschoben wurde. Er streckte den Kopf hoch und nahm von irgendwoher neue Kraft. Es musste andere Türen geben. Ein Büro. Einen Zugang zum Lager.

»Komm!«

Er rannte mit Miriam um die Kühltruhen herum zur gegenüberliegenden Wand, hier lag Ulrike leblos in ihrer viel zu großen Blutlache. Carsten entdeckte eine große, zweiflüglige Stahltür in der Wand, vor die jemand ein Regal gewuchtet hatte. Das Lager. Ein Fluchtweg.

»Da!«, rief er aus und stemmte sich mit seinem ganzen Gewicht gegen das Regal, Miriam bemühte sich, ihm zu helfen. Mit einem lauten Poltern warfen die Angreifer von draußen das Regal vor dem Eingang um, und Carsten hörte sie mit schnellen Schritten über die Fliesen rennen, gerade als er das Regal weit genug geschoben hatte, um die Tür einen Spalt weit zu öffnen. Er packte Miriam am Oberarm und zog sie mit sich in den Raum dahinter.

Carsten schlug die Tür hinter ihnen zu und schob das erste Hindernis dagegen, das sich anbot: ein Stapel Holzpaletten. Er legte den Finger auf die Lippen, bedeutete Miriam, still zu sein. Vielleicht hatten sie nicht gesehen, wohin er und das Mädchen verschwunden waren. Dann würden sie sich über die Leichen in der Halle hermachen, über Ulrikes Körper, und sie konnten hier versteckt bleiben. Er sah sich um. Es fiel nur wenig Licht durch drei vergilbte Dachfenster in den großen, gestreckten Lagerraum. Kartons waren auf Holzpaletten abgestellt, in hohen Regalen lagerten Waren, die nie verkauft werden würden, und in einer Ecke stand ein kleiner gelber Gabelstapler. Eine Wasserlache hatte sich auf dem Boden ausgebreitet. Carsten erschrak, als er erkannte, dass sie nicht alleine im Raum waren: Menschen lagen hier.

Sie lagen und saßen an Wände und Kartons gelehnt. Carsten ließ die Augen über jeden Einzelnen wandern. Waren sie tot? Oder waren ihre Hirne so zerfressen, dass sie gelähmt dem Sterben nah waren? Hatte jemand sie hier eingesperrt, und sie waren verhungert, oder hatte die Krankheit sie einfach dahingerafft? Im dämmrigen Licht erkannte Carsten eine abgemagerte Frau in einem schmutzigen Sommerkleid, einen Mann mit eingefallenem Gesicht in einem gelben Regenmantel, eine Frau in einem Patientenkimono und einen Mann mit schwarzer Jacke. Sein Skalp war ihm halb vom Schädel gerissen und hing ihm wie ein blutiger Lappen vor einem Auge. Bewusstlos, gelähmt oder tot stellten sie keine Gefahr dar. Auf sie zu schießen, würde nur ihr Versteck preisgeben.

Carstens Blut tropfte von seiner Hand in die Wasserlache auf dem Boden. Er sah sich um und fand ein Putztuch, das er sich um die blutenden Finger wickelte. Aus der Verkaufshalle hörte er die Missklänge ihrer Verfolger, ihre schnellen Schritte und chaotisches Poltern. Carsten schauderte beim Gedanken daran, wie sie sich gerade über Ulrikes Körper hermachten. Er musste einen Weg aus diesem Raum finden, bevor sie einen Weg hinein fänden.

Er entdeckte ein Dachfenster nahe der Außenwand, direkt über einem hohen Stapel aus Kisten und Kartons.

»Da oben gehen wir durch.«

Miriam nickte.

»Komm.« Er fasste sie mit beiden Händen, der unverletzten und der verbundenen, unter den Achseln. Er hob sie hoch über seinen Kopf und setzte sie oben auf die Kartons. Miriam stand auf und kletterte auf den Gipfel des Stapels. Sie streckte ihre Arme so hoch sie konnte, doch sie war zu klein, um das Fenster zu erreichen.

Mit lautem Getöse wurde das Regal vor der Tür geschüttelt. Sie wussten, wo sie sich versteckt hatten. Oder witterten es. Miriam kreischte plötzlich auf, Carsten fuhr herum. Das

Mädchen zeigte entsetzt auf die Frau im Sommerkleid; sie hatte die Augen geöffnet und streckte ihren abgemagerten Arm nach vorne. Die Hand vollführte ungezielte Greifbewegungen. Ihre Zunge fuhr wild im Mund herum. Carsten schnürte sich die Kehle zu. Wieder rasselte das Regal auf der anderen Seite der Tür. Keine Zeit zu verlieren. Raus und weg über das Dach.

Carsten kletterte auf den Stapel aus Kartons und streckte sich, oben angekommen, nach dem Bügel, mit dem das Dachfenster gesichert war. Er entriegelte die Mechanik und stieß das Fenster auf; der Weg aufs Dach war frei, doch außer Reichweite. Am Boden bewegte sich jetzt auch der Mann mit dem eingerissenen Skalp, umständlich mühte er sich auf die Beine.

»Schnell!«

Carsten ging in die Knie, griff Miriam um die Schenkel und stemmte sie hoch. Zusammen waren sie groß genug. Miriam bekam die Kante des Oberlichts zu fassen, Carsten griff unter ihre Schuhe und schob sie von unten an. Das Mädchen kletterte aufs Dach. Sie war sicher. Für den Moment.

Die Frau im Sommerkleid hatte sich auch erhoben und bewegte sich jetzt mit unsicheren Schritten auf den Kartonstapel zu. Der Mann mit dem eingerissenen Skalp kam schneller voran. Mit grobschlächtigen Bewegungen bemühte er sich, Carsten zu folgen und die Kartons zu erklimmen.

Gedanken rasten schneller durch Carstens Kopf, als er sie begreifen konnte. Er überlegte zu schießen, doch er hatte auf den Kartons keinen sicheren Stand, er war ein lausiger Schütze, konnte die rechte Hand nicht gebrauchen und zitterte vor Angst. Er dachte daran, den Rucksack abzuwerfen, doch die Munition und seine wenigen Habseligkeiten, das Handy mit Nathalies Nachricht, das kleine schwarze Tagebuch und sogar das Klassenbuch schienen ihm plötzlich so wertvoll, dass er sie nicht zurücklassen wollte.

Er löste einen Karton aus der Palette unter sich und stellte ihn als Trittstufe vor sich hin. Er stieg auf die Pappe, doch sie gab unter ihm nach. Er ging in die Knie und legte alle Kraft in einen Sprung, riss die Arme hoch, um das Dachfenster zu erreichen.

Es gelang ihm. Mit dem Brustkorb schlug er gegen den Rahmen, die Unterarme und Ellenbogen brachte er auf das Dach und klammerte sich mit der linken Hand und der wunden rechten Faust fest. Seine Beine baumelten unter ihm im Lagerraum. Er spürte Miriams kleine Hände, die ihm gar nicht helfen konnten. Mit aller Kraft versuchte er, sich hochzustemmen, sein Gewicht und das des Rucksacks zogen ihn abwärts, er hasste sich dafür, dass er nicht stärker war und den kiloschweren Rucksack nicht abgeworfen hatte.

Miriam kreischte seinen Namen. Finger krallten sich in seine Waden und ein furchtbares Gewicht riss ihn in die Tiefe. Carsten stürzte rücklings auf seinen Rucksack und begrub den Mann mit dem eingerissenen Skalp unter sich. Wie eine Schildkröte lag er mit dem schweren Rucksack auf seinem Angreifer. Der Mann griff mit zu Klauen geformten Händen um den Rucksack herum und riss hart an Carstens Schulter. Vor sich sah Carsten den abgemagerten Mann im gelben Regenmantel, auch er war auf die Beine gekommen und näherte sich mit unsicheren Schritten wie ein ungeübter Stelzenläufer. Carsten suchte mit der linken Hand nach der Pistole an seinem Gürtel und zog sie aus dem Holster. Der Mann unter dem Rucksack bekam Carstens rechten Arm zu packen und riss ihn mit überlegener Kraft nach hinten. Carsten heulte vor Schmerz auf, als der Mann seine Zähne in

Carstens Oberarm schlug. Carsten schrie, die Welt explodierte.

Ohne nachzudenken, warf er sich mit seinem ganzen Gewicht nach vorn, kam irgendwie auf die Füße, doch das Gewicht des Rucksacks schleuderte ihn gleich vornüber auf den Boden. Im Sturz verlor er die Pistole, sie schlitterte vor ihm über die Fliesen, und die Brille fiel ihm aus dem Gesicht. Keuchend rollte er sich auf den Rücken, schlüpfte endlich aus den Schulterriemen und zog gerade noch die Axt aus seinem Gürtel, als der Mann mit dem eingerissenen Skalp schon wieder über ihm war. Es blieb keine Zeit, die Axt umzudrehen, Carsten stieß dem Angreifer den stumpfen Axtstiel in die Zähne. Er taumelte zurück. Carsten versuchte, auf die Füße zu kommen, schaffte es aber nur auf die Knie, als er von hinten gepackt wurde und sich harte, kalte Zähne in seine Schulter gruben. Carsten heulte auf und griff mit dem verletzten Arm nach hinten, krallte sich in die Kleidung des unsichtbaren Angreifers und drückte ihn von sich. Er warf sich herum, kam in der gleichen Bewegung auf die Füße und zerriss dabei das Sommerkleid, in das er seine Hand gekrallt hatte. Das Fleisch der abgemagerten Frau sah aus, als wäre es zu straff über ihr Skelett gespannt. Carstens Blut lief ihr vom Kinn. Er holte mit dem linken Arm aus und schmetterte ihr ungelenk die Breitseite des Axtblatts gegen den Kopf. Die Wucht seines Hiebes schleuderte die ausgemergelte Frau zu Boden.

Vor Carsten stieg der Mann im Regenmantel mit einem unsicheren Schritt über den Körper der Frau, von hinten ergriffen große Hände Carstens Schultern und drückten ihn erneut zu Boden. Hart stürzte er mit dem Gesicht auf die Bodenfliesen. Mit ungezielten Bewegungen schlug er mit der Axt hinter sich über seinen Rücken und traf irgendetwas. Vor sich sah er die Füße des Mannes im Regenmantel näher kommen, und auch die abgemagerte Frau kam wieder auf die Beine, das Kleid hing ihr in Fetzen vom Körper. Hinter ihren Füßen sah Carsten die Pistole auf dem Boden liegen, einen Meter außerhalb seiner Reichweite.

Mit großer Kraft wurde Carsten von hinten zu Boden gedrückt. Er verlor die Axt, und der Schmerz ließ ihn keuchen, als der Mann auf seinem Rücken ihm in den Nacken biss.

Dann hörte er Miriams hohe Kinderstimme: »Hier, hier, hier bin ich, kommt her! Kommt her!« Miriam hörte nicht auf zu rufen. Die Ablenkung wirkte: Der Mann auf Carstens Rücken befreite die Kiefer aus seinem Fleisch und erlöste ihn von seinem Gewicht. Der Mann im Regenmantel drehte sich und streckte die Arme hoch, dem unerreichbaren Fenster entgegen, auch die Frau im zerrissenen Kleid drehte sich von Carsten weg.

Carsten sah selbst zu Miriam auf, sie hatte die Sprossen einer Stahlleiter wie ein Gitter über das Fenster gelegt und klatschte in die kleinen Hände, um noch mehr Lärm zu machen. Der Mann im Regenmantel stand jetzt unter dem Fenster, Miriam rief: »Herr Lemmner!«, kippte die Leiter und ließ sie in die Fensteröffnung rutschen. Die Leiter traf den Mann und schmetterte ihn zu Boden, ihre Holme blieben auf seiner Brust stehen.

Carsten kroch der Pistole entgegen. Es polterte gegen die Tür; die Angreifer aus dem Verkaufsraum mussten die Tür schließlich vom Regal befreit haben. Die Holzpaletten, mit denen er die Tür von innen blockiert hatte, sprangen unter ihren heftigen Stößen gegen die Türflügel. Der Mann mit dem eingerissenen Skalp bemühte sich unterdessen grobschlächtig, die Leiter zu erklimmen und trieb mit seinem

Gewicht dem Mann im Regenmantel die Stahlholme in den Brustkorb.

Carsten robbte weiter vorwärts, streckte den linken Arm vor und angelte die Pistole zwischen den Füßen der mageren Frau hindurch, die immer noch zu dem Mädchen hochstierte. Er hob den Arm und feuerte der Frau zwei Kugeln in den Körper, sie kippte zu Boden. Immer noch am Boden zielte Carsten mit der linken Hand auf den großen Mann, der die Leiter hochstieg; zwei Schüsse verfehlten, zwei Kugeln trafen in seine Seite und rissen ihn von der Leiter. Mit einem tiefen Grölen stürzte er auf den Fliesenboden und blieb liegen.

Carsten kämpfte sich auf alle viere, krabbelte zum Rucksack und hakte einen Schulterriemen um seinen linken Unterarm. Er stand auf und schleppte sich die Leiter hoch, Sprosse für Sprosse in Richtung des Oberlichts. Miriam hatte aufgehört zu schreien und blickte ihm stumm mit ihren riesigen Augen entgegen. Er hatte den Aufstieg zur Hälfte geschafft, als die an der Stahltür aufgestapelten Holzpaletten umkippten und den Eingang zum Lagerraum freigaben. Wie gehetzte Raubtiere stürzte die Meute aus der Einkaufshalle in den Lagerraum. Sie machten sich über die frischen Leichen her, bevor sie Carsten überhaupt bemerkt hatten. Carsten schaffte die letzten Sprossen, wuchtete den Rucksack aufs Dach und rollte sich selbst hinterher. Außer Atem kämpfte er sich auf die Knie und kippte die Leiter so, dass sie abrutschte und in den Lagerraum fiel. Dann klappte er das Dachfenster zu, spürte die Mechanik des Schlosses einschnappen. Das Fenster dämpfte das Reißen und Schmatzen aus dem Lagerraum. Carsten kippte erschöpft vor und lag mit dem Bauch über dem Fenster, schnappte nach Luft. Heiße Tränen liefen ihm aus den Augen.

27

Carsten spürte Miriams kleine Hände auf der Stirn.

»Herr Lemmner, Sie müssen aufstehen. Bitte stehen Sie auf, Herr Lemmner.«

Carsten schluckte und schmeckte Blut. Er setzte sich auf und sah das kleine Mädchen unscharf vor sich.

Wie sehr hatte er versagt. Er hatte das Mädchen nicht gerettet. Er hatte ihr nicht einmal geholfen. Er hatte sie nicht in Sicherheit gebracht, sondern sie direkt in die größte Gefahr geführt. Hätte er nie nach Miriam gesucht, wäre sie jetzt noch auf ihrem Dachboden in Sicherheit. Ihm war schwindelig.

»Miriam. Du musst gehen.« Das Sprechen fiel ihm schwer.

»Was?«

»Du musst gehen. Sie haben mich gebissen. Ich bin ... voll mit krankem Blut. Ich werde bald gefährlich für dich sein. Es tut mir leid«, er schluckte, »so leid. Du musst gehen, du bist bei mir nicht mehr sicher.«

Miriams Augen füllten sich mit Tränen. Carsten spürte Tränen über das eigene Gesicht rollen. Er sprach weiter: »Ich wollte ... Ich habe versucht, dir zu helfen. Ich habe ... ich habe Fehler gemacht. Ich habe es nicht geschafft. Jetzt musst du gehen.«

»Nein! Bitte. Ich bleibe bei Ihnen«, flehte sie.

Carsten schluckte blutigen Speichel.

»Wo soll ich denn hin?«, weinte sie.

»Miriam, du *musst* gehen, hörst du? Du *musst*. Denk an unsere Regeln. Nimm den Rucksack«. Er schob ihn mit dem Fuß in ihre Richtung. »Da ist noch Wasser drin und was zu essen. Such dir einen sicheren Ort und versteck dich wieder.«

Das Mädchen presste die Lippen aufeinander und weinte stumm.

Carsten kämpfte sich auf die Beine. Seine Lippe war dick angeschwollen und blutete in seinen Mund. Bisse hatten sein Fleisch im Nacken, an der Schulter, am rechten Arm und seiner Hand zerrissen. Das Blut lief an seinem Körper hinab, die Kleidung sog sich damit voll. Miriam trat zu ihm heran, schleifte den schweren Rucksack hinter sich her. Carsten schluckte noch einmal. Dann sah er Miriam fest in die Augen und sagte mit aller Strenge, die er sammeln konnte: »Du darfst mir nicht folgen, Miriam. Ich verbiete es dir. Halt dich ... von mir fern.«

Carsten wankte zum Rand des Daches. Er sah sich nicht mehr nach Miriam um. Er machte sich daran, seinen schmerzenden Körper vom Dach zu schleppen.

Carsten war dem Tod so nah wie nie zuvor. Seine Ohren rauschten und seine Wahrnehmung dehnte sich aus. Er lehnte mit der Schulter an der Rückwand des Supermarkts, und das eigene Blut lief ihm in die Schuhe. Die Welt schrumpfte zusammen, immer weiter zusammen, und passte in seine hohle Hand. Carsten war zu schwach, um zuzugreifen.

Er müsste nur noch davongleiten, einfach loslassen und davongleiten wie eine Postkarte in einen Abgrund wirbelt.

Am Ende war er allein. Und die Welt kein besserer Ort.

Er ließ nicht los. Etwas in ihm kämpfte und strampelte, um die Oberfläche zu erreichen, den Spiegel zu durchbrechen und zu atmen, tief zu atmen und den Körper zu versorgen. Gib ihm, was er braucht!

Wenn er überleben wollte, gab es nur einen Ort, zu dem er gehen konnte. Er schluckte den Schwindel, die Dumpfheit und den Schmerz und befahl dem rechten Bein den ersten Schritt.

28

Carsten hatte länger gearbeitet als geplant und sich deshalb auf dem Heimweg eine Pizza gekauft, die er jetzt auf der Couch vor dem Fernseher aß. Schinken und Peperoni. Der Pizzabäcker hatte bei der Arbeit einen Mundschutz getragen, immer mehr Menschen trugen jetzt einen Mundschutz. Carsten ging dieser Anblick auf die Nerven. Er sah darin nur ein weiteres Zeichen für die überbordende Hysterie. Nach aller seriösen Berichterstattung war eine Tröpfcheninfektion mit Prionen ausgeschlossen, der Mundschutz war also sinnlos.

Er schaute sich die Nachrichten an; die öffentlich-rechtlichen Fernsehsender sendeten schon seit Tagen nichts anderes mehr als Nachrichten und Sondersendungen. Mit einem Stück Pizza in der Hand betrachtete Carsten die neuesten Statistiken des Instituts für Risikobewertung: Die Zahl der Infektionsfälle habe sich in den letzten zwei Wochen erneut verdoppelt, hieß es. Die Krankenhäuser hätten ihre Kapazitätsgrenzen erreicht. In Italien und Frankreich seien landesweit die Schulen geschlossen worden. Auch in Deutschland gebe es Evakuationspläne, an denen zurzeit noch gearbeitet werde. Die Parteien seien weiterhin mit der Diskussion beschäftigt, ob man das Militär zur Kontrolle der Situation einsetzen dürfe. Es gebe immer mehr Berichte davon, dass Infizierte in Verwirrungszuständen andere Menschen mit massiver Aggressivität angreifen. Ärzte und Pflegepersonal beschwerten sich über mangelnde Sicherheitsmaßnahmen in den Kliniken.

Carsten wechselte den Sender auf der Suche nach ablenkender Unterhaltung, als jemand unrhythmisch gegen seine Wohnungstür hämmerte. Carsten stellte den Pizzakarton auf den Couchtisch und schaltete den Ton des Fernsehers ab. Das Hämmern hielt an.

Carsten ging durch den Flur auf die Tür zu und legte das Auge an den Türspion. Herr Pöhler, sein Nachbar. Er trug einen grünen Mundschutz vor dem Gesicht, hämmerte mit den Fäusten auf Carstens Tür ein, die Augenbrauen zusammengekniffen, der Blick wütend, geradezu hasserfüllt. Carsten kannte seinen Nachbarn kaum. Er hatte nur manchmal Pakete bei ihm abgeholt, die Herr Pöhler für Carsten angenommen hatte, und dabei kurze, belanglose Gespräche mit ihm geführt.

»Was ist denn?«, rief Carsten durch das Türblatt. Keine Antwort. Die Hiebe gegen die Tür wurden heftiger, Herr Pöhler musste sich mit seinem ganzen Gewicht dagegen werfen. Mit jedem Stoß gab er einen unmenschlichen Laut von sich, etwas zwischen Keuchen und Brüllen. Carsten schreckte von der Tür zurück. Er suchte in der Hosentasche und fand seinen Schlüsselbund; er schloss die Tür ab, spürte das Schloss einrasten.

Carsten stand ratlos vor seiner Wohnungstür. Wie viel hält so eine Tür aus? Ist Herr Pöhler stark genug, um sie aus den Angeln zu drücken? Polizisten können das, jedenfalls im Fernsehen. Warum greift niemand ein? Das ganze Haus muss das Getöse mitbekommen.

Carsten trat wieder zur Tür und begann, auf Herrn Pöhler einzureden.

»Hören Sie auf!«, rief er und bemühte sich um eine feste Stimme. »Herr Pöhler, hören Sie auf damit!«

Seine Worte blieben ohne Konsequenz.

»Hören Sie sofort auf oder ich rufe die Polizei!«

Carsten lief durch den Flur zurück, schloss die Wohnzimmertür hinter sich, für die es keinen Schlüssel gab. Im Wohnzimmer suchte er das Telefon. Er fand es nicht, aber er entdeckte sein Handy auf dem Couchtisch neben dem Pizzakarton. Carsten begann, die Notrufnummer einzutippen, und merkte erst jetzt, wie sehr seine Hände zitterten. Notruf vom Handy mit oder ohne Vorwahl?

Carsten löschte die getippten Ziffern wieder und begann, neu zu tippen, als er die Wohnungstür knirschen und brechen hörte. Carsten zuckte zusammen, ihm wurde übel. Mit dem Handy in der Faust rannte er ins Badezimmer, den einzigen abschließbaren Raum in seiner Wohnung, und verriegelte die Tür. Wenn Herr Pöhler die Wohnungstür kleinkriegt, wird ihn die Badezimmertür nicht lange aufhalten. Carsten rückte einen Badezimmerschrank von innen gegen die Tür. Sein Herz pochte bis in seinen Rachen. Er ließ das Handy die Notrufnummer wählen und kauerte sich in der Wanne zusammen. Jetzt hörte er Stöße und Schläge gegen die Wohnzimmertür – Herr Pöhler müsste nur die Klinke drücken, um sie zu öffnen. Er hörte Sirenen von der Straße und dachte für einen Augenblick, sie seien seinetwegen da, doch sein Anruf war ja noch gar nicht entgegengenommen worden. Das Besetztzeichen ertönte. Carsten drückte die Wahlwiederholung – mit dem gleichen Ergebnis. Ein letzter heftiger Stoß gegen die Wohnzimmertür, dann schnelle Schritte in der Wohnung, Poltern im Wohnzimmer. Herr Pöhler hatte es geschafft. Aber er konnte nicht wissen, in welchem Zimmer Carsten sich versteckt hatte. Carsten wählte die nächste Nummer, die ihm in den Sinn kam: die Handynummer von Markus, seinem engsten Freunde seit der Schulzeit. Markus nahm schon beim dritten Freizeichen ab.

»Hey Carsten, was gibt's?«

»Pass auf, hör zu, ehm …«, flüsterte Carsten und überlegte, wie er seine Lage schnell und einfach erklären konnte. »Markus, pass auf, ich steck in der Klemme.«

»Was ist los?«

»Mein Nachbar … mein Nachbar ist in meiner Wohnung, er ist – eingebrochen, und ich bin jetzt im Badezimmer.«

»Was?«

»Ja, er ist total durchgedreht.«

»Ach du Scheiße, ähm – ruf die Polizei!«

»Ist besetzt.«

»Was? Die Polizei ist besetzt? Versuch's noch mal!«

»Hab ich schon.«

»Oh Mann, okay, hast du die Tür abgeschlossen?«

»Ja.«

»Kannst du durchs Fenster raus?«

»Ich glaube … Nee, das geht nicht, das ist viel zu hoch.«

»Scheiße. Such dir was, womit du dich verteidigen kannst.«

»Was?«

»Such dir irgendwas, eine Waffe, such dir irgendwas, womit du zuschlagen kannst.«

»Was? Ich … ich kann doch nicht meinen Nachbarn schlagen.«

»Du musst! Carsten, du musst deinen Nachbarn schlagen! Das ist dieser Virus! Das passiert jetzt überall, es ist in den Nachrichten. Menschen werden umgebracht, Carsten, draußen auf der Straße. Einfach umgebracht von durchgedrehten Kranken.«

Carsten suchte den Raum mit den Augen ab. Er hörte Herrn Pöhler durch die Wohnung toben.

»Hier ist nichts, ich hab hier nichts.«

»Eine Eisenstange oder so? Die Stange vom Duschvorhang?«

»Das geht nicht, glaub ich, die ist nur aus Alu.«

»Haarspray? Haarspray und Feuerzeug, das geht jedenfalls in Filmen.«

»Ich hab doch kein Haarspray!«

»Keine Ahnung, du musst irgendwas finden. Pass auf, ich bin jetzt schon im Auto. Ich komm sofort zu dir rüber und versuch unterwegs noch mal Polizei und Feuerwehr und alles. Und wenn's nicht anders geht, dann guck noch mal, ob du durchs Fenster kannst.«

»Nein«, flüsterte Carsten, »Markus, ich glaub, der ist wirklich gefährlich. Komm nicht her, das ist zu gefährlich.«

»Ich komme jetzt, Carsten. Halt durch.«

Es war soweit: Der erste Stoß gegen die Zimmertür war so heftig, dass Carstens Badezimmerschrank klapperte. Die Schranktür. Besser als nichts. Carsten packte die Tür des Badezimmerschranks und trat mit zwei kräftigen Tritten die Scharniere aus dem Holz. Er packte die kleine Holztür fest an den Kanten und führte zwei langsame Probeschläge durch die Luft aus. Herr Pöhler brach durch die Tür in den Raum. Carsten schlug zu, schlug zu, so fest er konnte.

29

Er wachte davon auf, dass ihm der Rachen brannte. Er schluckte, und alles in seinem Hals fühlte sich rau und wund an. Er musste mehrmals blinzeln, bis er klar sehen konnte. Er lag auf einem unbequemen Bett in einem Raum mit unverputzten Wänden aus grauen Betonsteinen.

Carsten setzte sich auf und sah sich langsam um. Es war doch kein Bett, auf dem er lag, sondern eine Campingliege. Sie knarrte, als er sich bewegte. Zugedeckt war er mit seiner grauen Wolldecke. Sie roch nach altem Schweiß. Am Fußende der Liege lehnte sein Rucksack an der Wand. Unwirklich und verschwommen kam die Erinnerung an den Supermarkt wieder. Das Dach, von dem er sich mit blutenden Wunden geschleppt hatte.

Miriam!

Sein Atem wurde schnell und hektisch. Er versuchte, sich zu beruhigen und die Erinnerungen wieder zu verbannen. Als sich seine Atmung etwas normalisiert hatte, schlug er die Decke zur Seite und sah an sich hinab. Er trug nur die Boxershorts. Seine rechte Hand, die Schulter und der Hals waren mit Mullbinden verbunden. Er versuchte aufzustehen, aber dabei wurde ihm so schwindelig, dass er sich zurück auf die Liege fallen ließ. Er lehnte den Rücken an die kühle Wand. Der Raum lag im Halbdunkel. Es gab zwei schmale Fenster direkt unter der Decke, sie waren von innen mit Brettern verbarrikadiert. Große Schraubenköpfe standen weit aus dieser groben Handwerksarbeit heraus.

Neben seinem Lager entdeckte er eine Flasche Mineralwasser. Er prüfte das Abfülldatum und die Versiegelung des Deckels, bevor er sie öffnete, dann trank er dankbar mit tiefen Schlucken die halbe Flasche aus und spülte den Blutgeschmack aus seiner Kehle. Die Flüssigkeit vermochte den Schmerz in seinem Rachen ein wenig zu lindern.

Er blieb noch einige Minuten mit der Wasserflasche in der Hand auf der Campingliege sitzen und wartete darauf, dass der Schwindel nachließ. Er versuchte, seine Gedanken und Erinnerungen zu ordnen, doch es fiel ihm schwer – und gerade, als sich wieder Teile seiner Erinnerung zeigten, stellte er fest, dass er sich am liebsten gar nicht erinnern wollte.

Ein Stapel frischer Kleidung lag neben der Liege, eine Jeans, ein weißes T-Shirt und sogar ein neues Paar Turnschuhe. Obenauf lag seine Armbanduhr; Carsten hob sie auf. Der Sekundenzeiger rührte sich nicht: Die Uhr stand. Herr Kröpp fiel ihm ein mit seiner Sammlung von Armbanduhren. Und die Mutter von Regina Keller schrie »WIE SPÄT IST ES?!« in seinem Kopf.

Er stand schließlich auf, um sich anzuziehen. Die Jeans war etwas zu weit für ihn, die Schuhe passten genau.

Dann nahm er seinen Rucksack in Augenschein. Die Lebensmittel fehlten mit Ausnahme der Flasche Jack Daniels. Alles andere schien an seinem Platz zu sein. Er hielt die Whiskeyflasche unschlüssig in der Hand. Sie war immer noch versiegelt. Er hatte nicht daraus getrunken, seit er sie bei Jens mitgenommen hatte. Das Gewicht des Rucksacks hätte ihn beinahe sein Leben gekostet. Dafür hatte er jetzt eine Flasche Whiskey. Er schnaubte. In der Seitentasche seines Rucksacks fand er das Etui mit seiner Ersatzbrille. Er sah vor sich, wie er die andere verloren hatte; und strengte sich an, das Bild wieder zu löschen.

Seine Waffen suchte Carsten vergeblich.

Er zog an dem Verband der rechten Hand und nahm die Wunde in Augenschein. Die Bissspuren in den Fingern waren noch deutlich zu sehen, doch die Heilung hatte bereits eingesetzt. Wie lange bin ich schon hier?

Seine Beine waren schwach. Vorsichtig ging er zur einzigen Tür des Raumes und drückte die Klinke herunter. Die Tür war verschlossen. Kein Schlüssel im Schloss. Carsten war eingeschlossen. Er stellte sich auf die Liege und spähte zwischen den Brettern hindurch aus dem Fenster. Langsam ahnte er, wo er sich befand. Er wartete.

Ein Schlüssel knackte im Schloss, Carsten stand auf, sein Körper spannte sich. Die Tür wurde geöffnet.

Eine Frau betrat vorsichtig den Raum, einen blauen Plastikeimer in der Hand und ein Handtuch über der Schulter. Sie strahlte, als sie ihn sah.

»Auferstanden von den Toten, was?«, freute sie sich – es war Sabine, die Tierärztin, die Carsten vor Tagen auf der Hauptstraße getroffen hatte. Und als er ihr Gesicht sah, reihten sich Bilder in seinem Gedächtnis auf, seine Erinnerung kam wie eine angeschmorte Filmspule zum Laufen. Er sah, wie er sich vom Dach des Supermarktes schleppte, schwer verletzt, dem Tode nah, und wie ihm das eigene Blut vom Körper rann, wie er das kleine Mädchen wegschickte und sich so weit weg von allem fühlte, als brauche es nur einen Windhauch, um ihn wegzublasen. Und wie er die Entscheidung getroffen hatte, zu leben. Und wie vor ihm das Gesicht der Tierärztin aufgetaucht war, Sabine, die die Tiere im Zoo versorgte. Sabine, die einzige Person, die ihm helfen konnte.

Sie stellte den blauen Eimer auf dem Boden ab, darin lag ein Schwamm in klarem Wasser. Sie trat nah zu ihm heran und streckte die Hände nach ihm aus, Carsten schreckte zurück. Sabine schmunzelte.

»Ich bin dir in den letzten Tagen schon sehr viel näher gekommen, mein Lieber. Aber daran kannst du dich natürlich nicht erinnern. Komm her.«

Sie legte ihm sanft die Hände an die Wangen und sah ihm in die Augen. Carsten ließ sie gewähren.

Sie musterte sein Gesicht. »Lass dich ansehen ... Du siehst gut aus. Blass immer noch, aber viel besser. Wie geht's dir denn?«

Carsten zögerte. Wie ging es ihm?

Sabine legte schon die nächste Frage nach: »Hast du Schmerzen?«

»Es geht«, untertrieb Carsten. »Hast du mich verbunden?«

»Gewaschen, verbunden, versorgt, gepflegt ... Was dir einfällt, ich hab es getan.«

»Professionell«, sagte Carsten anerkennend und hob die verbundene Hand.

»Danke schön.« Sabine nickte. »Ehrlich gesagt – einen Mann oder einen Hund verbinden ist kein so großer Unterschied.«

»Wo hast du mich gefunden?«, wollte Carsten wissen.

»Vor meiner Haustür, sozusagen. Du lagst direkt vor dem Zaun, mit dem wir das Gelände hier abgesichert haben.«

»Wie bin ich hierhergekommen?«

»Gelaufen, wie's aussieht.«

»Und mein Rucksack?« Carsten deutete auf das Gepäck am Fuß der Liege.

»Den hat Miriam für dich getragen.«

»Miriam? Miriam?!«

Sabine nickte. »Das kleine Mädchen hat dich gerettet, wie's aussieht. Ohne sie hätt ich dich nie rechtzeitig entdeckt da draußen. Sie hat Zeter und Mordio geschrien, bis ich nachgesehen hab, was los ist.«

»Ich hatte ihr verboten, bei mir zu bleiben.«

»Ich weiß. Sei froh, dass sie nicht auf dich gehört hat.«

»Ist sie hier?«

»Sie ist draußen, füttert die Pinguine.«

»Pinguine?!«, entfuhr es Carsten ungläubig.

»Ja«, schmunzelte Sabine, »die hat sie zu ihren Lieblingen gekürt. Hat sie richtig ins Herz geschlossen. Keine Sorge, die Pinguine sind im eingezäunten Bereich. Wir können zu ihr gehen, frische Luft wird dir guttun. Hier drinnen riecht's wie im Pumakäfig. Und ich weiß, wovon ich rede.«

30

Wir waren doch die einzigen Normalen
in einer Welt voller Kannibalen
Fabian und das Stromorchester

Draußen roch es nach Leben. Inmitten dieser sterbenden Welt war die Luft erfüllt von der ganzen Lebendigkeit eines ausgehenden Sommers.

Sabine hatte ihn durch einen Duschraum, ein Treppenhaus und die ehemalige Kantine aus dem Verwaltungsgebäude des Zoos herausgeführt. Auf dem Hof vor dem Gebäude stand nahe beim Eingang eine Schubkarre mit Werkzeug; Carsten blieb stehen. Ein Spaten, eine Harke, eine Schaufel – eine Axt. Die hob er auf. Sie war schwer und klobiger als seine Waffe aus dem Baumarkt. Das Blatt hatte Rost angesetzt, und am Stiel klebte angetrockneter Schlamm.

»Die wirst du hier nicht brauchen«, sagte Sabine und sah ihn gutmütig an. Als er keine Anstalten machte, sie zurückzulegen, zuckte sie die Schultern. »Komm.« Sie führte ihn einen Schotterweg zwischen üppigen, dunkelgrünen Büschen entlang.

»Das ist wie eine Oase hier«, sagte Carsten.

Sabine nickte. »Ich weiß. Schön, nicht?«

Sie lief mit ihm an einem See vorbei, der einmal voller Enten und Flamingos gewesen war, wie Carsten sich erinnerte. Das letzte Mal war er mit seiner Klasse hier gewesen.

Zum Ausflug. Das schien ewig her zu sein, war es aber nicht. Jetzt war kein einziger Vogel auf dem See zu sehen. Wohl eher ein Fort als eine Oase, dachte er.

Die meisten Gehege und Käfige auf ihrem Weg waren leer, doch ein paar Tiere schienen auf Sabine geradezu zu warten und kamen ihr bis an den Zaun oder ans Gitter entgegen – zwei Esel, ein paar Schafe, eine Gruppe asiatischer Wildpferde. Sabine grüßte sie alle im Vorbeigehen.

Carsten erinnerte sich an den Biss. An jeden einzelnen Biss. An die Wunden in seinem Fleisch und die Prionen in seinem Körper. Seine Beine wurden schwach unter seinem Gewicht, er blieb stehen und stützte die Hände auf die Oberschenkel.

»Alles okay?«, fragte Sabine.

Wie konnte sie das fragen?

»Willst du dich hinsetzen?«

Carsten nickte. Er ließ sich auf einen großen Findling am Rand des Weges nieder, lehnte die Axt an den Stein und stützte seine Stirn in die gesunde Hand. Sabine legte ihm die Hand auf die Schulter.

»Ich gehöre nicht hierher«, sagte er schließlich.

»Was?«

»Ich hätte nicht herkommen dürfen. Ich bringe dich in Gefahr, dich und Miriam und deinen ganzen sicheren Bereich hier.« Er sah sie an. Sabine machte eine Bewegung, als könnte sie das Problem mit der Hand wegwischen.

»Du bist nicht gefährlicher als ich oder er.« Sie zeigte auf einen Ziegenbock.

Carsten schüttelte den Kopf. »Du hast doch meine Wunden gesehen. Das sind Bisswunden, Sabine. Ich bin infiziert! Die Prionen sind jetzt in mir, ich kann … Es kann jederzeit …«

»Lass gut sein«, unterbrach ihn Sabine ruhig. »Ich weiß schon, was ich tue. Du bist immun. Genau wie ich, genau wie Miriam, genau wie meine Tiere hier. Einige werden krank und sterben. Viele, leider. Aber ein paar bleiben gesund und überleben. Du bist einer, der überlebt.«

Carsten schüttelte den Kopf.

»Es ist die Inkubationszeit«, erklärte er und merkte erst beim Sprechen, dass er wütend klang. »Die ist bei jedem Menschen unterschiedlich. Bei den Tieren wahrscheinlich auch. Es kann jederzeit beginnen. Und das gilt auch für Miriam. Du solltest wissen«, er sah sie ernst an, »sie hat eine Menge Leitungswasser getrunken.«

Sabine zog eine Braue hoch und schmunzelte, als müsse sie sich beherrschen, ihn nicht auszulachen. »Eine Menge Leitungswasser?«, wiederholte sie betont. Carsten nickte.

»Was meinst du, wovon ich mich hier ernähre? Und womit ich die Tiere tränke? Meinst du, die saufen Evian?« Sie wurde wieder ernst. »Es ist so, Carsten: Einige leben, einige sterben. So ist das, und das ist alles. Und das ist auch nicht das erste Mal, dass sowas passiert. Und wenn du mir nicht glauben willst, dass du immun bist, dann bleib wenigstens so lange, bis wir merken, dass du krank wirst. Gehen kannst du dann immer noch. Einverstanden?«

Carsten antwortete nicht. Er suchte nach den richtigen Argumenten. »Es gibt keinen einzigen Anhaltspunkt«, sagte er schließlich langsam und betont, »für die Annahme, dass wir immun sind. Es gibt nichts, was dafür spricht. Die Ärzte, die Forscher ... niemand hat irgendeinen Hinweis darauf gefunden, dass es bei irgendwem so etwas wie Immunität gibt. Es wäre schön, das zu glauben, aber ... Es tut mir leid, ich fürchte, das ist nur dein Versuch, irgendwie die Hoffnung zu erhalten.«

»Ich habe inzwischen einige gesehen«, sagte Sabine, und ihr Ton war jetzt schärfer, »die krank geworden sind, und einige, die daran gestorben sind. Menschen und Tiere. Und ich sage dir: Wenn einer überlebt, dann ist er immun. Wenn einer so wie du gebissen wird und überlebt – ich war viele Stunden bei dir, als du ohnmächtig warst. Du hast geschwitzt wie ein Schwein, und zwischendurch dachte ich, das Fieber wird so stark, dass du daran stirbst. Bist du aber nicht. Fieber ist eine Immunantwort, Carsten. Prionen lösen normalerweise gar kein Fieber aus, weil der Körper sie nicht als Krankheitserreger erkennt. Bei dir schon. Und du hast überlebt. Und wenn wir nicht immun wären, hätten wir es nie im Leben so lange geschafft, gebissen oder nicht. Du weißt doch selbst am besten, dass das Zeug überall ist: im Essen, im Wasser, sogar im Regen. Wir wären schon längst tot, wenn wir nicht immun wären. So sieht es aus.«

»Hast du auch einen Biss überlebt?«, fragte Carsten. »Ich meine – bist du auch gebissen worden?« Ohne nachzudenken lehnte er den Oberkörper zurück, weg von ihr.

»Pass auf«, meinte Sabine. »Du bist entweder eine tickende Zeitbombe oder du bist immun. Such dir was aus. Und jetzt gehen wir zu Miriam und ihren Pinguinen. Komm.«

Carsten überlegte noch, was er erwidern sollte, als sich Sabine schon umdrehte und den Weg entlangstapfte.

Carsten stand von dem Findling auf und blieb noch einen Moment unentschlossen stehen, dann packte er die Axt und folgte ihr.

Er sah schon aus der Entfernung, dass Miriam sich verändert hatte. Das Mädchen war weniger blass, ihre Haut weniger transparent und sie wirkte sogar weniger mager, als Carsten sie in Erinnerung hatte. Miriam sah eindeutig gesünder aus. Sie trug immer noch sein viel zu großes, graues Sweatshirt mit den hochgekrempelten Ärmeln. Sabine rief ihren Namen so laut, dass Carsten zusammenzuckte. Sabine bemerkte das.

»Keine Angst, wir sind hier sicher, glaub mir«, erklärte sie. »Über den Zaun kommt keiner rüber. Wir dürfen hier so laut sein, wie wir wollen. Geronimo!«, rief sie wie zum Beweis unnötig laut dem Himmel entgegen.

Miriam drehte sich um, und als sie Carsten sah, strahlte sie. »Herr Lemmner!« Sie lief auf ihn zu. Carsten streckte ihr die Handfläche entgegen.

»Halt, Miriam!«, sagte er streng. »Komm nicht näher.«

»Jetzt hab ich aber genug!«, fuhr Sabine ihn an. »Wirst du wohl das Mädchen in den Arm nehmen?!«

Carsten stand da und hatte keine Ahnung, was richtig war. Miriam stand ein paar Schritte von ihm entfernt und schien es ebenfalls nicht zu wissen. Schließlich ging das Mädchen langsam auf ihn zu, den Kopf leicht schief gelegt und Skepsis in den Augen. Als sie ihn erreicht hatte, lächelte sie, drückte den Kopf an seinen Bauch und schlang die Arme um ihn. »Ich bin so froh, dass Sie aufgewacht sind, Herr Lemmner«, hörte er ihre gedämpfte Stimme. Carsten erwiderte die Umarmung, und es fühlte sich gut an, das Mädchen zu halten, von dem er gedacht hatte, er hätte es in den Tod geführt.

»Ich auch«, sagte er, »ich auch.«

Carsten wollte den Zaun selbst in Augenschein nehmen, um sich von ihrer Sicherheit zu überzeugen, und hatte Sabine gebeten, ihn hinzuführen.

»Kann ich machen«, hatte sie seine Bitte schulterzuckend beantwortet. »Aber schön ist es da nicht. Es kommen schon einige her aus der Umgebung. Sie werden von den Geräuschen der Tiere angelockt, nehme ich an. Und von meinem Generator. Und dann mühen sie sich tagelang ab, durch den Zaun zu kommen. Bis sie sterben. Und dann verrotten sie da. Und die, die später kommen, machen sich über die Leichen her. Der Gestank ist schwer zu ertragen, vom Anblick ganz zu schweigen. Überleg dir, ob du dir das wirklich antun willst.«

Carsten wollte sich das wirklich antun. Sich auf das Wort der Tierärztin zu verlassen war ihm zu unsicher.

Der Geruch von verfaulendem Fleisch stellte sich ein, noch bevor Carsten den Zaun sehen konnte. Bald darauf wurde er körperlich spürbar. Carsten bemühte sich, seine Übelkeit zu unterdrücken, und schluckte den Speichel, der sich in seinem Mund sammelte. Er hatte sich inzwischen oft genug bewiesen, dass er sich über seinen Ekel hinwegsetzen konnte. Schwer fiel es ihm jedes Mal.

Sabine ging voraus. Carsten hörte ein metallisches Rasseln und Klappern; der Zaun konnte nicht mehr weit entfernt sein. Die Geräusche verrieten auch, dass nicht nur verwesende Leichen vor dem Zaun versammelt waren.

Zwischen licht beieinanderstehenden, jungen Bäumen war der Zaun wie ein doppelter Befestigungsring aufgestellt: zwei lange Reihen großer Metallgitter, wie Carsten sie von Baustellen kannte. Fünf Schritte Wiese lagen zwischen den beiden übermannshohen Gitterzäunen, der äußere Zaun war mit dicken Knäueln Stacheldraht gekrönt.

Ein kräftiger Mann hatte seine Fäuste um die Stangen des äußeren Zauns gelegt und schüttelte daran, dass die Gitter gegeneinanderklapperten. Er trug die Reste einer verdreckten Militäruniform. Ein zweiter Mann schlurfte mit schwankendem Gang und herunterhängendem Unterkiefer an seine

Seite. Unbeirrbar trottete er gegen das Gitter, als wäre der Zaun für ihn unsichtbar. Carsten sah für einen Augenblick die Frau im Drogeriemarkt vor sich und ihr verdrecktes Oberteil mit der Aufschrift »Beauty Queen«, wie sie sich gegen die Schaufensterscheibe presste.

»Siehst du«, Sabine deutete auf die beiden Männer. »Keine Chance. Da kommen sie nicht rüber. Wir würden es vielleicht schaffen, schwer genug mit dem Stacheldraht, aber die kriegen das auf keinen Fall mehr hin.«

Carsten ließ seinen Blick über das Leichenfeld vor dem äußeren Zaun gleiten. Sein Gesicht verzog sich angewidert. Sabine hatte in ihrer Beschreibung nicht übertrieben: Dutzende verwesender Körper waren vor dem äußeren Zaun verteilt, viele davon in Stücke gerissen, mit blutgetränkten Fetzen ihrer alten Kleidung bedeckt. Im Schatten der Bäume entdeckte er eine dritte lebendige Gestalt vor dem Zaun; eine Frau saß mit dem Rücken an einen Baum gelehnt, in der Hand einen unförmigen fleischigen Stumpf. Ihr Gesicht war blutbeschmiert, eine Ohrmuschel war ihr bis auf einen Rest Knorpel vom Kopf gerissen. Sie vergrub ihre Zähne in dem verstümmelten Körperglied, das sie in den Händen hielt. Ihr Blick war leer. Sie fraß das fremde Fleisch ohne jedes Zeichen von Gier oder Genuss.

»Wenn wir schon hier sind«, sagte Sabine, dann zog sie ein Gitter des inneren Zauns aus seinem Zementfuß und öffnete damit den Weg in den Streifen zwischen den beiden Zaunreihen. Carsten sah, dass die Gittermatten des äußeren Zauns miteinander verschraubt waren. Den konnte man also nicht auf die gleiche einfache Art öffnen. Sabine ging zu einer blauen Plastiktonne, die nah am äußeren Zaun stand, und zog ein Paar Arbeitshandschuhe an, die darauf abgelegt waren. Dann ergriff sie eine rostbedeckte Eisenstange, die an der Tonne lehnte. Sie wandte sich ruhig den beiden Männern zu; der eine schüttelte weiter das Gitter, der andere lief unbeirrbar in immer neuen Anläufen gegen den Zaun.

Sabine stellte sich stabil vor dem Mann in Uniform auf und hob die Eisenstange in beiden Händen über den Kopf. Der Mann röchelte laut vor Aufregung und schüttelte das Gitter noch heftiger, die Augen auf Sabine geheftet. Sabines Lippen waren fest zusammengepresst, ihr Kiefer zeichnete sich durch ihre Wangen ab. Sie stieß zu, bohrte dem Mann die Stange wie einen Spieß direkt durch den Hals. Sein Röcheln wurde zu einem nassen Gurgeln, und er sank schwer am Zaun herunter, eine Faust immer noch um einen Gitterstab geklammert.

Sabine sah Carsten nicht an. Sie stellte sich vor den zweiten Mann, der weiter unablässig gegen den Zaun wankte, holte aus und stieß ihm ihre primitive Waffe in einer kräftigen Abwärtsbewegung in den Brustkorb. Carsten wandte die Augen ab. Er hörte, wie der Mann zu Boden fiel.

Die Frau im Schatten hob nur kurz den Kopf, dann wandte sie sich wieder ihrem blutigen Mahl zu.

Sabine sah nickend auf die beiden frischen Leichname hinab, auf dem Gesicht einen Ausdruck wie Zufriedenheit nach getaner Arbeit. Sie atmete schwer. Carsten hatte fast bewegungslos dagestanden, erst jetzt bewegte er seine Füße wieder.

»Ich hab's dir gesagt«, meinte Sabine und sah ihn an. »Nicht schön.«

Sabine führte ihn über das Zoogelände zurück zum Verwaltungsgebäude. Eine Zeit lang gingen sie schweigend nebeneinander her. Schließlich fragte Carsten: »Du hast das nicht alles alleine aufgebaut, oder?«

Sabine schüttelte den Kopf. »Wir waren zu neunt«, erklärte sie. »Ohne die anderen hätte ich es nie im Leben geschafft, das Gelände abzusichern. Den Zaun zu bauen. Die Tiere zu versorgen. Am Anfang waren das ja noch viel mehr.«

»Was ist aus den anderen geworden?«

»Drei – Corinna, Frank und Benni – wollten in die Hauptstadt«, antwortete sie.

Carsten zog die Brauen hoch. »Die auch?«, meinte er. Dann fügte er hinzu: »Obwohl – vielleicht waren das ja die gleichen.«

»Was?«

»Ich hab vor ein paar Tagen von einer Gruppe Überlebender gehört, die da hinwollte. Vielleicht waren deine Freunde ja dabei.«

»Von wem hast du das gehört?«

Carsten dachte zurück an Jens, den Gewehrschützen. »Von einem extrem unangenehmen, schießwütigen Typen«, antwortete er. »Ich bin direkt an seinem Hauptquartier vorbeigekommen«, erklärte Carsten.

»Beim Krankenhaus?«, fragte Sabine.

Carsten nickte. »Kennst du den?«

»Wir haben uns mal getroffen«, nickte Sabine. »Jens hieß er, glaub ich.«

»Ja«, Carsten nickte. Er spürte ein Echo der Angst in seinem Magen, die er im Visier und im Kerker dieses Mannes erlebt hatte. »Der hat mich mit einer sterbenden Frau in ein Verlies gesperrt. Für zwei Tage. Und dann … wollte er auf einmal mein Kumpel sein.«

»Wieso?«

»›Quarantäne‹«, zitierte Carsten. »Als ob das in irgendeiner Form …«

»Nein, warum wollte er dein Kumpel werden?«, unterbrach ihn Sabine.

»Keine Ahnung. Er wollte mit mir essen, Filme gucken und so.«

Sabine nickte. »Er ist einsam«, meinte sie.

»Er ist ein brutaler Drecksack. Ich glaube kaum, dass er Wert auf Gesellschaft legt. Im Gegenteil, ich glaube, er hat Menschen am liebsten, wenn er auf sie schießen kann«, meinte Carsten bitter.

Sabine sah ihn ernst an. »Jeder geht auf seine Art mit dem um, was hier passiert«, meinte sie.

»Glaub mir, er hat es genossen, die …«, wieder fehlte Carsten das richtige Wort. »Er genießt es, sie zu erschießen.«

Sabine schüttelte den Kopf. »Ich glaube, er hat es genossen, was zu tun zu haben«, meinte sie.

Carsten blieb stehen. Sabine ging noch zwei Schritte weiter, dann drehte sie sich zu ihm um. »Er tötet so viele, wie er kann. Das ist seine Aufgabe. So wie Schulkinder suchen oder Zootiere versorgen.«

Carsten runzelte die Stirn. Er fühlte sich an ihr erstes Treffen erinnert.

»Wir haben nichts mehr zu tun, Carsten«, erklärte Sabine eindringlich. »Unser altes Leben ist vorbei. Wir müssen nicht mehr arbeiten gehen. Wir müssen überhaupt nichts mehr tun. Das gibt's alles nicht mehr. Ab jetzt müssen wir selber gucken, was wir mit unserer Zeit anstellen.«

»Überleben«, antwortete Carsten.

Sabine schmunzelte. »Das nimmt gar nicht so viel Zeit in Anspruch, wie man zuerst denkt. Wir sind hier sicher. Und wir werden noch für lange Zeit genug Lebensmittel finden, glaub mir. Dafür brauchen wir nur ein paar Stunden am Tag.

Den Rest der Zeit«, sie breitete die Handflächen vor sich aus, »haben wir frei. So gesehen paradiesisch.«

Carsten blickte sie wortlos an.

»Was wolltest du schon immer mit deinem Leben anfangen?«, fragte sie ihn. »Ich meine, ohne Job, ohne Arbeit – was wolltest du mit deiner Zeit anfangen?« Sie sah ihn ermutigend an.

Carsten antwortete nicht. Ihm fiel keine Antwort ein.

»Meinetwegen kannst du – was weiß ich? – dich den ganzen Tag nackt in die Sonne legen. Oder den ganzen Tag Cocktails trinken. Ich besorg dir alle Zutaten, wenn du willst.«

»Das ist doch ...«, wehrte Carsten ab, ohne wirklich zu wissen, was er sagen wollte. Er sah sie unschlüssig an.

»Du kannst uns natürlich auch gerne mit den Tieren helfen«, meinte Sabine. »Da freu ich mich. Ist mehr als genug zu tun. Musst du aber nicht.«

Carsten schwieg.

»Komm«, meinte Sabine und bedeutete ihm mit einer Kopfbewegung weiterzugehen.

Carsten blieb stehen. »Ich hab die Kinder nicht gesucht, um eine Aufgabe zu haben«, sagte er nach einer weiteren Pause.

»Wie auch immer«, entgegnete Sabine und ging weiter.

Carsten blieb stehen und überlegte, ob er gerade gelogen hatte.

31

Am Abend saßen sie in der ehemaligen Kantine des Verwaltungsgebäudes; hier hatte Sabine ihr Quartier eingerichtet. In diesem großen Raum im Erdgeschoss lagerten Lebensmittel und andere Ausrüstung, und hier standen die Schlaflager von Sabine und Miriam. Das Mädchen schlief bereits auf seiner Liege, daneben lagen die Bücher aufgestapelt, die sie aus ihrem Elternhaus mitgenommen hatte.

Zu dritt hatten sie zu Abend gegessen, Carstens erste warme Mahlzeit seit dem Abendessen im Kanal mit Herrn Kröpp. Sabine hatte auf einem Benzinkocher Pfannkuchen gebraten. Den Teig hatte sie aus Mehl, frischen Eiern und frischer Kuhmilch zusammengerührt. Carsten hatte einer Konserve den Vorzug gegeben, die lange vor der Zeit der Infektion abgefüllt worden war. Sabine hatte über seine Vorsicht geschmunzelt, und auch Miriam hatte er von den frischen Pfannkuchen nicht abbringen können. Sie hörte inzwischen offenbar mehr auf Sabine als auf ihn. Jetzt lag sie in dem kleinen, geblümten Schlafsack auf ihrer Liege und schlief.

In der Mitte des kleinen Kantinentischs, an dem Carsten und Sabine saßen, brannte ein einzelnes Teelicht und warf einen unsteten Lichtkreis um sie herum. Sie tranken Kaffee, auf Carstens Drängen mit Mineralwasser gekocht.

»Ich frage mich, wie ich es hierher geschafft habe«, meinte Carsten.

Sabine sah ihn an und zog die Brauen hoch.

»Ich meine – wie kann es sein, dass ich den Weg hierher überstanden habe, verletzt und ohne Waffe?«

Sabine zuckte die Schultern. »Glück«, meinte sie, »ist die eine Möglichkeit. Die andere ist: Wer die Krankheit im Blut hat, wird verschont. Infizierte greifen keine Infizierten an, wie's aussieht. Hast du je zwei von ihnen kämpfen sehen? Ich nicht. Ist auch vor dem Zaun so: Erst wenn einer tot ist, wird er von den anderen zerrissen. Sie greifen sich nie gegenseitig an, solange sie leben. Wär ja gut für uns, wenn sie sich gegenseitig an die Gurgel gehen würden.«

»Also ...«, Carsten runzelte die Stirn. »Also glaubst du doch, dass ich infiziert bin?«

»Klar«, sagte Sabine gleichmütig. »Ich glaube, dass du die Prionen im Körper hast. Im Blut. Ich meine, du bist viermal gebissen worden. Das wär ja sonst ein Wunder. Aber ich glaube auch, dass die Prionen dir nichts anhaben können.«

»Und warum sollte das so sein?«

»Weil wir immun sind. Frag mich nicht, warum genau. Ich kann nur sagen: Du wurdest gebissen und bist nicht krank. Irgendwie schaffen es unsere Körper, diese Zellen abzuwehren.«

»Und du meinst, dass ich deshalb einfach an ihnen vorbeispazieren konnte? Weil ›Infizierte keine Infizierten angreifen‹?«

Sabine nickte. »Vielleicht.«

»Und wie sollten sie unterscheiden, wer gesund ist und wer krank?«

»Keine Ahnung. Riechen die was, was wir nicht riechen? Pheromone? Keine Ahnung. Vielleicht hast du wirklich nur Glück gehabt.«

Diese Antwort stellte Carsten nicht zufrieden. Weil ihm

klar war, dass er keine bessere Antwort bekommen würde, wandte er sich einer anderen offenen Frage in seinem Kopf zu. Ihm war aufgefallen, dass Sabine ihm am Nachmittag eine Antwort schuldig geblieben war.

»Drei von euch sind also in die Hauptstadt gegangen«, begann er.

»Was?«

»Ihr wart zu neunt, hast du gesagt. Drei sind in die Hauptstadt gegangen. Jetzt bist du allein. Was ist mit den anderen fünf passiert?«

Sabine sah ihn einige Zeit an, ohne zu antworten.

»Katie«, begann sie schließlich, »ist krank geworden.«

»War also nicht immun?«, fragte Carsten mit etwas mehr Triumph in der Stimme, als er beabsichtigt hatte. Er bereute es direkt, denn Sabines Miene verfinsterte sich. Für einen Moment schien er sich um den Fortgang der Geschichte gebracht zu haben. Kurz flackerte vor ihm das Bild von Walter mit dem Zimmermannshammer in der Faust auf, und ihm wurde klar, wie ungern er an ihrer Stelle über seine Erlebnisse der letzten Monate berichten würde. »Und dann?«, fragte er vorsichtig weiter.

»Wir mussten überlegen, was zu tun ist«, erzählte sie. »Katie war mit Tobias zusammen, und Tobias tat alles, um seine Freundin zu schützen.«

Carsten nickte.

»Katies Krankheit verlief sehr langsam, am Anfang waren wir gar nicht mal sicher, dass es sie erwischt hatte. Bei dem ganzen Wahnsinn kann man es ja keinem vorwerfen, wenn er ein bisschen durcheinander ist oder verpeilt. Aber es wurde mit der Zeit immer deutlicher; nur Tobias wollte es nicht wahrhaben. Am Ende haben wir die beiden zusammen eingesperrt, in ein leeres Gehege im Raubtierhaus. Nicht gegen

Tobias' Willen. Er wollte das so, und Katie konnte zu dem Zeitpunkt kaum noch ausdrücken, was sie wollte. Trotzdem gab's eine Menge Streit, ob wir zulassen durften, dass Tobias sich in diese Gefahr begibt, aber das Ende vom Lied war, dass wir die beiden isoliert haben. Quarantäne sozusagen.« Allein das Wort zu hören war Carsten schon unangenehm. Sabine nahm einen Schluck Kaffee.

»Frag mich nicht, ob das richtig war. Ich weiß es bis heute nicht«, meinte sie. »Jedenfalls kam es, wie es kommen musste – ein paar Tage später fanden wir Katie völlig daneben, völlig ... hinüber. Sie hatte Tobi ... Na ja, als wir es gesehen haben, war nicht mal mehr alles von ihm da. Nur Reste seiner ... Leiche. Es musste in der Nacht passiert sein. Katie hat sich nur noch gegen die Scheibe geschmissen und irgendwie versucht, da rauszukommen, was natürlich nicht ging. Ich mein: Das Panzerglas hält Raubtiere aus; da kommt keiner raus. Sie hat kein Wort von uns mehr verstanden – du weißt schon. Die Infektion hatte halt voll zugeschlagen. Es gab wieder eine Menge Streit, und deswegen sind die drei in die Hauptstadt aufgebrochen. Dann haben wir's erstmal eine Zeit lang zu viert geschafft, aber die beiden anderen ...« Inzwischen fiel es Sabine sichtlich schwer fortzufahren. »Kalle, Jörn und Sarah, die hat es schließlich auch erwischt.«

Sabine starrte in ihre Kaffeetasse. Carsten dachte nach. Und aus seinen Gedanken formte sich ein erschreckend lebendiges Bild. Er traute sich, es auszusprechen.

»Bitte sag mir, dass du nicht im Raubtierhaus deine infizierten Freunde versorgst.«

Sabine sah von ihrer Kaffeetasse auf. Im Schein des Teelichts begannen ihre Augen zu glänzen.

»Nein, Carsten«, sagte sie dann mit fester Stimme. »Nein,

ich versorge nicht meine infizierten Freunde im Raubtierhaus. Ich habe meine infizierten Freunde umgebracht. Katie, Kalle und Jörn. Weil die anderen es nicht auf die Reihe gekriegt haben. Weil wir alle wussten, dass es gemacht werden muss, aber es keiner in die Hand nehmen wollte. So, ist das genug?«

Carsten hatte keine Ahnung, was er sagen sollte.

Sabine stand auf, ging aus dem Schein der Kerze hinaus und murmelte halblaut etwas vor sich hin, das Carsten nicht verstehen konnte. Sie verließ den Raum, und Carsten blieb alleine am Tisch zurück, starrte in die Kerzenflamme und schon bald durch sie hindurch.

Sabine kam mit der Kaffeekanne in der Hand zurück an den Tisch und füllte ihre Tassen auf. Carsten bedankte sich. »Warum bist du nicht mit den anderen gegangen?«, fragte er dann.

Sabine zuckte die Schultern.

»Es ist ein sehr weiter, gefährlicher Weg bis zur Hauptstadt«, meinte sie. »Und was soll's da schon geben als noch viel mehr Infizierte?«

»Meinst du, es gibt noch einen Ort, der sich lohnen würde?«

»Was meinst du?«

»Vielleicht gibt es einen Ort, wo die Infektion nicht hingekommen ist. Keine Ahnung, eine Nordseeinsel. Oder meinetwegen auch eine Südseeinsel.«

Sabine schüttelte den Kopf. »Wir werden auf keine Idee kommen, auf die nicht andere vor uns gekommen sind«, meinte sie. »Es gab so viele Leute mit gut ausgedachten Fluchtplänen – da können wir sicher sein, dass sie die Krankheit inzwischen überall hingetragen haben. Überall. In jeden hinterletzten Winkel auf der Welt. Und dann bleib ich lieber hier, wo ich mich auskenne, wo ich was zu tun habe und mich noch lange von den Resten der Zivilisation ernähren kann. Wie viele Supermärkte, wie viele Warenlager gibt's auf einer Insel?«

»Kommt auf die Insel an.«

»Klar. Aber mit Sicherheit weniger als hier.«

Carsten nickte.

»Also dein Plan ist ...«, er breitete die Hände vor sich aus. »Dein Plan ist hierbleiben. Hierbleiben und die Zootiere versorgen. Ist das dein Plan?«

Sabine nickte, sie schürzte die Lippen dabei. »Hier ist ein guter Ort zum Überleben«, meinte sie. »Wir halten hier so lange aus, bis dieser ganze Wahnsinn vorbeigeht und sich alles wieder ordnet.«

»Ich glaube nicht, dass sich irgendwas wieder ordnen wird«, sagte Carsten ernst. »Das hier ist nichts, was vorbeigehen wird. Das ...«, er suchte nach den passenden Worten, »was wir hier erleben, Sabine, das ist das Ende.«

Sabine sah ihn ruhig an, die Kaffeetasse in der Hand. »Wir sind mit Sicherheit nicht die einzigen gesunden Überlebenden.«

Carsten stand von seinem Stuhl auf. »Wir sind nicht gesund, Sabine«, sagte er streng. »Ich wurde gebissen.« Er fasste an seine verletzte Schulter. Dann senkte er seine Stimme zu einem Flüstern, bevor er weitersprach, weil Miriam nur wenige Meter von ihnen entfernt auf der Liege schlief: »Und du bist so unvorsichtig, dass du dich wahrscheinlich mit jedem Bissen infizierst, den du dir in den Mund schiebst.«

Sabine sah ihn ernst an. Sie fasste an ihren Hals und löste den Knoten ihres grauen Halstuchs. »Das hier«, sagte sie,

»ist meine Erlaubnis, alles zu essen und zu trinken, was ich will.«

Carsten wich in einer instinktiven Fluchtbewegung vom Tisch zurück. Sabine trug die narbigen Abdrücke von Menschenzähnen in der Haut an ihrem Hals.

»Ist schon gut«, sagte sie und schmunzelte gutmütig mit einem Blick, mit dem man ein drolliges Tier beobachten würde. »Was glaubst du, was passiert? Dass ich gleich über dich herfalle?« Sie rieb sich mit einer Hand den Nacken.

»Entspann dich, Carsten. Wir wurden beide gebissen. Und wir sind beide gesund.«

»Wir sind nicht gesund. Wir haben beide die Krankheit in uns, und es ist nur eine Frage der Zeit, bis sie aus uns hervorbricht. Wir werden sterben, Sabine«, sagte er und konnte nicht verhindern, dass sich seine Stimme belegte. »Wir werden alle sterben. Und nichts, was wir tun, wird etwas daran ändern.«

Sabine zeigte wieder ihr Schmunzeln, und das konnte Carsten gerade nur schwer ertragen.

»Das ist doch nichts Neues, Carsten«, antwortete sie ruhig und belehrend. »Es sind schon immer alle gestorben. Auch ohne die Krankheit. Niemand lebt ewig.«

Carsten setzte zu einer Erwiderung an, aber dann hielt er sich zurück, um zuerst überzeugende Worte zu finden. Er lehnte sich vor. »Sabine«, begann er ruhig und überlegt. »Ich glaube, du verstehst nicht, was hier passiert. Das hier ist keine vorübergehende Krise«, er betonte jedes einzelne Wort. »Sabine, das Leben selbst stirbt.«

Er wollte den Satz wirken lassen.

»Das Leben findet einen Weg, Carsten«, lächelte Sabine. »Das war immer so, und das wird auch immer so sein. Das Leben findet einen Weg.«

Carsten setzte sich wieder hin.

»Ist das nicht aus Jurassic Park?«, fragte er mutlos.

Sabine zuckte die Schultern. »Keine Ahnung.«

Carsten nahm die Brille ab und legte sie vor sich auf den Tisch. Er rieb sich die Augen. Sabine nippte an ihrem Kaffee.

»Morgen werde ich dir etwas zeigen«, brach sie das Schweigen, »das dich überzeugen wird. Ein Zeichen der Hoffnung, wenn du so willst.«

»Was denn?«

»Wart's ab.«

Die Nacht verbrachte Carsten wieder in seiner Zelle hinter dem Waschraum. Wenn Sabine tatsächlich davon überzeugt war, dass er immun war und die Krankheit ihm nichts anhaben konnte, warum hatte sie ihn dann hier eingesperrt, als er ohnmächtig war? Vermutlich würde Sabine diese Frage nur wieder zum Schmunzeln bringen. Deshalb beschloss Carsten noch vor dem Einschlafen, sie ihr nicht zu stellen.

Sabine war nicht dumm. Entweder glaubte sie tatsächlich, was sie sagte, oder sie wollte nicht wahrhaben, wie hoffnungslos ihre Situation war, weil sie es nicht ertragen konnte. Aber warum sollte die Hoffnungslosigkeit für sie schwieriger zu ertragen sein als für ihn?

Und würde es helfen, sie zu überzeugen? Würde es ihr helfen? Würde es ihm helfen?

32

Als Carsten am nächsten Morgen in die Kantine kam, waren Sabine und Miriam schon mit ihren täglichen Arbeiten beschäftigt. Die Reste ihres Frühstücks standen noch auf dem Tisch; Carsten goss sich den Rest aus der Kaffeekanne in eine Tasse.

Mit dem Kaffee in der Hand suchte er zwischen den vielen Schlüsselbunden, die Sabine an Nägeln in der Wand der Kantine aufgereiht hatte, die Schlüssel für das Raubtierhaus. Dann machte er sich auf den Weg. Er wollte sichergehen, dass Sabine ihm die Wahrheit gesagt hatte und ihm nicht Gefahren verschwieg, von denen er wissen sollte.

Es war ein weiterer warmer Tag; die Sonne stand schon hoch am Himmel. In den Beeten vor dem Raubtierhaus nickte der Bambus. An der Eingangstür klebte ein Blatt Papier; ein schlechter Abzug einer vielfach kopierten Vorlage. Es zeigte das Warnzeichen für Ansteckungsgefahr und darunter die drei Buchstaben »RSD«. Carsten probierte zwei Schlüssel aus, bis er den passenden fand. Er betrat das Gebäude. Der Geruch von Raubtierurin schlug ihm scharf entgegen. Es war halbdunkel in dem großen Raum, Licht fiel nur durch die Glastüren der Eingänge an den Stirnseiten. Die Raubtiergehege waren vom Besucherbereich mit deckenhohen Scheiben aus Panzerglas abgetrennt. Carsten erinnerte sich daran, wie er hier früher Tiger, Löwen und Pumas in ihren weiß geflies-ten Gehegen rastlos auf- und ablaufen gesehen hatte. Jetzt waren die Gehege leer. Alle. Blutspuren auf dem Boden gaben

Carsten eine Ahnung davon, in welchem der Räume Sabine ihre Freunde getötet hatte.

Carsten konnte nicht umhin, an Markus zu denken; Markus, sein Schulfreund, der ihm so viele Zombiefilme gezeigt hatte. Der endlich mit Luisa verlobt gewesen war, dem Mädchen, in das er sich schon in der Oberstufe verliebt hatte. Markus, den er angerufen hatte, als er in seiner Wohnung von seinem Nachbarn belagert wurde und sich im Bad eingeschlossen hatte. Er war ihm sofort zu Hilfe gekommen, und kurz nachdem Carsten Herrn Pöhler die Schranktür über den Schädel geschlagen hatte, hatte er schon die Wohnung betreten. An der Schulter blutend. Beim Aussteigen aus seinem Auto war Markus gebissen worden, und Carsten hörte ihn in den Tagen danach immer wieder sagen: »Ich hab ihn einfach nicht gesehen; ich bin aus dem Auto gestiegen, und dann war er einfach da. Einfach so. Als ich ihn gesehen hab, war es schon zu spät«.

Carsten hatte seine Wunde notdürftig verbunden, dann hatten sie Herrn Pöhler in eine Decke gewickelt und in seine Wohnung getragen. Sie hatten noch mehrmals vergeblich die Notrufnummern probiert. Carsten hatte hektisch ein paar Dinge in seinen Trekkingrucksack gepackt. Dann hatten sie sich wieder in Markus' Auto gesetzt, und weil klar war, dass der mit seiner verletzten Schulter nicht mehr fahren konnte, hatte Carsten sich an Steuer gesetzt.

Er fuhr zum Krankenhaus; sie verriegelten alle Türen, als sie erkennen mussten, wie sich das Chaos in den Straßen ausbreitete. Carsten musste mehrmals plötzlich ausweichen, weil Leute auf die Straße sprangen oder Autos auf seine Fahrbahn zogen. Noch bevor sie auf den Parkplatz des Krankenhauses einbogen, wurde ihnen klar, dass es hier noch gefährlicher war als im Rest der Stadt. Hier wartete keine Rettung.

Markus versuchte, Luisa zu erreichen, bekam aber nur die Meldung, dass das Netz überlastet war. Sie fuhren zu der Wohnung, in der Markus mit Luisa wohnte. Sie war zu Hause und schon ganz außer sich, weil sie Markus nicht hatte erreichen können, dann schockiert über seine Verletzung und erschüttert von den Geschichten, die sie von ihrem Weg zum Krankenhaus zu berichten hatten. Der Fernseher lief, und sie sahen in ständiger Folge Horrormeldungen darüber, wie um sie herum die Zivilisation zerlegt wurde.

Sie verschanzten sich für ein paar Tage zu dritt in der Wohnung, und während die Infektion in der Welt um sie herum immer schrecklicher wütete, zeigte sie sich auch immer stärker in Markus' Verhalten. Er band sich selbst am Bett fest, um Luisa und Carsten vor sich zu schützen. Er forderte sie auf zu gehen, ihn zurückzulassen. Er wollte Carsten verbieten, Luisa zu ihm zu lassen, und irgendwann schließlich bat er Carsten darum, ihn zu töten. Nicht viel später war es soweit, dass er nur noch seine Sätze wiederholte, immer in der gleichen Formulierung. Er sagte nichts anderes mehr als: »Ich hab ihn einfach nicht gesehen; ich bin aus dem Auto gestiegen, und dann war er einfach da. Einfach so. Als ich ihn gesehen hab, war es schon zu spät«.

Carsten versuchte, die Erinnerung wegzuschieben. Er verschränkte die Arme vor dem Panzerglas des Raubtiergeheges, hinter dem Sabine ihre Freunde getötet haben musste. Sie hatte die Wahrheit gesagt. Und Entscheidungen getroffen, die er sich nicht zugetraut hatte. Er ging wieder ans Tageslicht und schloss die Tür hinter sich ab.

Als Carsten zurück zum Verwaltungsgebäude kam, warteten Sabine und Miriam schon auf ihn.

»Wo warst du?«, fragte Sabine.

»Ich hab mich nur ein bisschen umgesehen.« Er steckte den Schlüssel zum Raubtierhaus beiläufig in seine Hosentasche.

»Hast du vergessen?«, fragte Sabine.

»Was denn?«

»Die Überraschung.«

»Die Überraschung ...«, wiederholte Carsten unsicher.

»Komm«, sagte Sabine und lächelte.

Sabine und Miriam führten Carsten durch das Zoogelände. Miriam hatte Carsten bei der Hand genommen und schien genau zu wissen, was Sabine ihm präsentieren wollte.

Sie führten ihn in den Afrikateil des Tierparks; auch hier waren die meisten Gehege leer. Vor dem Zebragehege blieben Sabine und Miriam stehen. Drei Tiere trotteten durch das Gehege. Miriam sah Carsten erwartungsvoll an, offenbar gespannt auf seine Reaktion. Carsten wusste nicht, was ihn überraschen sollte.

»Na?«, fragte Sabine.

»Zebras?«, fragte Carsten ratlos.

»Sie ist trächtig, Carsten. Die eine Stute ist trächtig.« Sie zeigte auf eins der Tiere und tatsächlich, es hatte einen deutlich umfangreicheren Bauch als die anderen beiden Tiere.

»Die Geburt steht kurz bevor«, fügte Sabine hinzu. »Wir kriegen ein Baby, Carsten.« Sie strahlte. »Ein Zebrababy.«

Carsten begriff ihre Begeisterung noch immer nicht recht, und Sabine schien das zu erkennen.

»Das ist die erste Geburt nach der Infektion, Carsten. Trotz der Krankheit werden wir hier ein gesundes Fohlen zur Welt bringen.«

»Woher weißt du, dass es gesund sein wird?«

»Die Eltern sind immun. Vierzehn Tiere hatten wir hier. Drei haben überlebt, ein Hengst, zwei Stuten. Glaub mir, das Fohlen wird gesund sein. Es ist, wie ich es gesagt habe: Das Leben findet einen Weg.«

»Bleibt abzuwarten«, meinte Carsten skeptisch. »Und wenn das Fohlen überlebt – was soll das dann bedeuten?«

»Es ist ein Zeichen der Hoffnung, Carsten. Wenn es eine Stute wird, nenne ich sie Asha. Wenn es ein kleiner Hengst wird, heißt er Upenyu.«

»Upenyu«, wiederholte Miriam lächelnd.

Carsten sah Sabine fragend an.

»Das ist Swahili und heißt ›Leben‹.«

»Du sprichst Suaheli?«

Sabine schüttelte den Kopf. »Ich hab ein Wörterbuch in einem der Büros gefunden.«

»Wann ist es denn so weit?«, wollte Carsten wissen.

»Es kann jetzt jeden Tag so weit sein. Wenn ihre Zitzen anschwellen, dann wissen wir, dass es bald losgeht.«

»Und kannst du so was? Ein Zebra zur Welt bringen?«

»Das können die Zebras selbst am besten. Wahrscheinlich schafft die Mutter das ganz ohne unsere Hilfe. Wir sollten aber dabei sein, falls es zu Komplikationen kommt.«

Carsten nickte.

Während Sabine und Miriam sich wieder ihren selbstgewählten Aufgaben zuwandten, beschäftigte Carsten sich weiter mit den bohrenden Fragen in seinem Kopf, die ihm keine Ruhe geben wollten. Er suchte ein paar Schraubenschlüssel unterschiedlicher Größen aus einem Werkzeugkasten zusammen und machte sich auf den Weg zum Zaun. Er brauchte

Antworten. Gern hätte er seine Pistole mitgenommen, aber die hatte er nicht wiedergesehen, seit er im Zoo aufgewacht war. Sabine danach zu fragen hätte zu Gesprächen geführt, die er vermeiden wollte. Er trug die klobige Axt in der Hand.

Er erreichte die Stelle am Zaun, zu der Sabine ihn geführt hatte. Carsten zog eine Gittermatte des inneren Zauns aus ihrem Zementfuß und trat zwischen die beiden Zaunreihen. Hinter sich schob er das Gitter wieder in den Sockel. Vor dem äußeren Zaun lagen die beiden Männer, die Sabine mit der Eisenstange getötet hatte. Und im Schatten an den Baum gelehnt saß immer noch die Frau, die Carsten hier schon beobachtet hatte, die Frau, der eine Ohrmuschel fehlte. Sie hatte ihr blutiges Mahl längst beendet, von dem Stumpf, an dem sie genagt hatte, war nur ein gelber Knochen übrig, der in ihrem Schoß lag. An einem Ende saß eine Gelenkkugel, das andere Ende war zersplittert. Carsten ging zu der blauen Kunststofftonne und zog die Arbeitshandschuhe über, die darauf lagen. Dann prüfte er, welcher Schraubenschlüssel die richtige Größe hatte, um die Klemmen zu lösen, mit denen die Gittermatten verbunden waren. Die übrigen legte er neben dem Zementfuß des Zauns ins Gras. Er löste die Schrauben. Die Frau im Schatten reagierte nicht auf seine Handlungen. Als er beide Klemmen gelöst hatte, hob er ein Gitter aus dem Zementfuß und schwenkte es so weit nach außen, wie der Stacheldraht auf der Krone des Zauns es zuließ. Dann wählte er seine Waffe: Er blickte zwischen der Axt und der rostigen Eisenstange hin und her. Für das, was er vorhatte, schien ihm die Stange besser geeignet. Er packte sie mit der behandschuhten Hand und trat zwischen den Zaungittern hindurch nach draußen. Der Gestank schien vor dem Zaun noch schrecklicher, obwohl Carsten durchaus klar war, dass das nicht sein konnte. Er schloss den Zaun hinter sich. Außer der Frau im Schatten konnte er kein Zeichen von Leben entdecken. Sein Experiment begann.

Er ging auf die Frau zu, die mit leerem Blick geradeaus starrte. Entweder war er ihr egal, oder sie war nicht mehr in der Lage, zu reagieren. Carsten hob einen dünnen Stock vom Boden auf und warf ihn der Frau entgegen, er landete auf ihren Schienbeinen. Ihr Blick fokussierte, sie griff nach dem Stock und hielt ihn vor ihr Gesicht, um ihn zu betrachten. Sie schien Carsten noch immer nicht zu registrieren. Er ging näher an sie heran.

»Hey«, sagte er. Seine Stimme war belegt.

Jetzt fuhr ihr Kopf zu ihm herum. Sie sah ihn an. Blut und Schmutz klebten auf ihrer blassen Haut. Carsten fragte sich, wie sie einmal ausgesehen haben mochte, bevor die Infektion ihr sogar ihren Blick genommen hatte. Ein kehliger Hauch entfuhr ihr.

»Na komm schon«, sagte Carsten herausfordernd. »Willst du mich, hm? Fressen? Oder schmeck ich dir nicht mehr?«

Die Frau stand auf. Ihr Körper schien zu beben. Sie machte zwei ungeübte Schritte auf ihn zu, als hätte sie verlernt zu gehen. Dann noch einen Schritt. Erst, als sie ihn schon fast erreicht hatte, hob Carsten die Hand und hielt sie mit der Eisenstange auf Abstand. Sie war nur zwei Armlängen von ihm entfernt. Sie fuhr mit den Armen durch die Luft zwischen ihnen, berührte seine Handschuhe, ihre Zunge streckte sich ihm entgegen. Sie drängte so kräftig vorwärts, dass die Eisenstange eine Kuhle in ihre Bauchdecke drückte. Carsten nahm die zweite Hand zu Hilfe, um die Eisenstange zu halten.

Sie wollte ihn. Fressen.

Carsten riss die Eisenstange rückwärts, um Schwung

zu holen. Die Frau drängte ihm entgegen, und er stieß die Stange wieder nach vorne, trieb ihr den eisernen Spieß durch den Unterleib. Sie sank vor ihm ins Gras.

Ein weiterer Mord.

Carsten ging zum Zaun zurück, verschraubte die Klemmen wieder auf der Innenseite. Legte die Eisenstange und die Handschuhe auf der Tonne ab. Und schloss auch den inneren Zaun hinter sich.

Er saß im Dämmerlicht am Tisch in der Kantine, vor ihm die Flasche Whiskey und die Adressliste aus dem Klassenbuch.

Sein Experiment am Zaun hatte keine seiner Fragen beantwortet. Nicht, wie er unbeschadet hergekommen war. Nicht, ob er infiziert war oder nicht. Was er getan hatte, war völlig ergebnislos. Er würde niemals ein Wort darüber verlieren.

Er blickte auf den Computerausdruck. Elf rote Linien durch elf Kindernamen, Miriams Name eingerahmt und ein weiterer Name auf der Liste, der keine Markierung trug: Jakob Schäfer. Ein kleiner Junge, den sein Großvater jeden Tag von der Schule abgeholt hatte.

Sabine trat von hinten an ihn heran, und als wären sie sehr vertraut miteinander, berührte sie ihn sanft am Rücken und schaute ihm über die Schulter. Carsten spürte, wie sich seine Muskeln anspannten.

»Ich weiß genau, was du denkst«, erklärte sie.

»Wollen wir wetten?«, fragte Carsten und entspannte sich wieder, als sie ihre Berührung auflöste. Sie ging um den Tisch herum und setzte sich ihm gegenüber hin.

»Du denkst: Irgendwo da draußen sitzt vielleicht ein kleiner Jakob, und du bist der Einzige, der ihm helfen kann. Und wenn du es nicht tust, dann tut es keiner.«

Carsten sah sie an.

»Du fragst dich, was aus dir wird, wenn du ihn findest, und was aus dir wird, wenn du ihn nicht findest. Und vor allem: was aus dir wird, wenn du es nicht versuchst. Aber du hast auch Angst davor, dass du den letzten Punkt auf deiner Liste abarbeitest und dann gar nichts mehr zu tun hast. Deshalb überlegst du, ob es vielleicht besser wäre, diese Aufgabe für immer unabgeschlossen zu lassen.«

»Ganz guter Versuch«, gab Carsten zu.

»Das Gute ist«, erklärte Sabine, »dass du nicht weiter nachdenken musst, weil ich dir einfach sagen werde, was zu tun ist.«

»Das wird dir langsam zur Gewohnheit, was?«, meinte Carsten.

Sie schmunzelte. »Natürlich werden wir nach ihm suchen«, sagte sie. »Schon alleine, weil du sonst nie aufhören kannst, darüber nachzudenken.«

»Das wäre ein äußerst selbstsüchtiger Grund.«

»Dadurch wird die Sache an sich ja nicht schlecht«, erklärte Sabine.

»Ich dachte, du hältst das alles für Quatsch, was ich mache?«

»Wie kommst du denn darauf?«

»Ich mache das nur, um eine Aufgabe zu haben«, zitierte Carsten.

Sabine sah ihn nachdenklich an, als könnte sie ihm nicht recht folgen. Sie nickte langsam.

»Wenn ich das nur mache, um eine Aufgabe zu haben, kann ich es ja genauso gut auch lassen.«

»Was ist das denn für 'ne Logik?«, entgegnete Sabine. »Warum du was machst, ändert doch am Ergebnis nichts. Außerdem ist es doch auch schön, wenn du was machst, damit es dir gut geht. Ist doch fein, wenn es dir gut geht. Und wenn du nur noch machst, was getan werden *muss*? Carsten, es muss halt nix mehr getan werden. Ich meine – ich versorge die Tiere hier. *Muss* das getan werden? Ich glaube kaum. Mache ich das, um etwas zu tun zu haben? Ich glaube schon. Würde es den Tieren ohne mich schlechter gehen? Mit Sicherheit! Es ist doch schön, wenn es denen gut geht. Trotzdem *muss* niemand für die sorgen. Und genauso ist das mit deinen Schülern. Finde ich jedenfalls.«

Carsten sah sie zögerlich an.

»Und deshalb gehen wir deinen kleinen Jakob suchen«, folgerte Sabine. »Damit's dir und ihm gut geht. Das reicht ja wohl als Grund.«

»Nehmen wir an, ich gehe ihn suchen«, sagte Carsten, »wie sollte ich ihm helfen? Abgesehen davon, dass er wahrscheinlich längst …«

Weg, krank oder tot ist, wollte Carsten sagen, doch er konnte sich nicht überwinden, es auszusprechen.

»Ich hätte ihm nichts anzubieten«, sagte er stattdessen. »Du hast mich davon überzeugt, dass es keinen sicheren Ort mehr gibt, wo sollte ich also mit ihm hin?«

»Ich?«, fragte Sabine verblüfft. »Davon habe ich dich auch noch überzeugt? Wie habe ich das denn gemacht?«

»Auf jede Idee, auf die wir kommen könnten, ist vor uns jemand anders gekommen, hast du gesagt. Und egal, wohin wir gehen, die Krankheit war schon vorher da. Das hat mich überzeugt.«

»Und deshalb willst du nicht nach Jakob suchen?«

Carsten zog die Schultern noch.

»Du bringst ihn natürlich hierher, zu uns. In den Zoo.«

»Hierher?«

Sabine nickte.

»Bei Miriam hat es funktioniert«, meinte Sabine und deutete mit dem Kopf zur Schlafstätte des Mädchens.

»Was hat funktioniert?«, fragte Carsten.

»Du hast sie rechtzeitig gefunden, und du hast sie in Sicherheit gebracht.«

»Ich habe sie ...«, Carsten unterbrach sich, schüttelte den Kopf und machte eine Pause, um seine Wörter zu sortieren. »Ich habe sie *nicht* rechtzeitig gefunden, sie ist wahrscheinlich längst infiziert, weil sie das Leitungswasser getrunken hat. Ich hab sie nicht in Sicherheit gebracht, sondern ich hab sie fast in den Tod geführt. Und dann ist sie mit mir hierhergekommen, in den Zoo, wo sie Pinguine füttert und mit zwei Erwachsenen lebt, die beide schon gebissen wurden. Das ist keine erfolgreiche Rettungsaktion, Sabine, ganz und gar nicht.«

»Hast du mal überlegt, was ohne dich aus ihr geworden wäre?«, gab sie zurück und klang bei weitem nicht so amüsiert wie sonst. Als sie weitersprach, flüsterte sie, ihre Stimme wurde leise, aber nicht weniger energisch. »Sie würde immer noch da oben sitzen auf ihrem Dachboden ganz alleine. Ein kleines Mädchen, das nicht weiß, wo seine Eltern sind, ganz alleine eingesperrt auf einem Dachboden. Und die Vorräte würden ihr ausgehen, und sie würde ganz bestimmt nicht weniger von deinem bescheuerten Leitungswasser trinken. Glaubst du im Ernst, dass es ihr besser gehen würde, wenn du sie nicht gefunden hättest? Das kannst du doch nicht ernsthaft glauben.«

Carsten sah sie schweigend an.

Sie sprach weiter. »Okay, es ist vielleicht nicht ideal. Aber bisher ist keiner von uns beiden krank geworden und sie auch nicht. Und sterben müssen wir alle mal, ob wir jetzt vorher krank werden oder nicht. Es passiert eben das, was passiert. Die Welt ist jetzt so, wie sie ist, und eine bessere wirst du ihr nicht bieten können. Weder ihr noch deinem kleinen Jakob.«

Sabine sah ihn an. Vielleicht wartete sie darauf, dass er etwas sagte, aber er wusste nicht, was. Schließlich stand sie auf und sagte: »Ich hole mir ein Bier. Willst du auch?«

Carsten schüttelte den Kopf. Sabine verschwand in den Nebenraum, Carsten hörte einen Kronkorken zischen. Mit der Bierflasche in der Hand kam sie zurück zum Tisch.

»Ich weiß nicht, wie wahrscheinlich es ist, dass wir ihn finden«, sagte sie ruhig. »Aber ich bin mir ziemlich sicher, dass du nie aufhören wirst, darüber nachzudenken, wenn du es nicht versuchst.«

Carsten gab keine Antwort.

Sie zeigte auf Jakobs Adresse. »Das ist nicht weit von hier. Wir nehmen die Fahrräder. Halbe Stunde hin, halbe Stunde da, halbe Stunde zurück. Und dann bist du mit deiner Liste fertig. Entweder wir finden ihn, dann Hurra. Oder wir finden ihn nicht, aber dann musst du dir wenigstens keine Gedanken mehr machen. Du kannst nur gewinnen. Was soll passieren?«

»Wir könnten sterben, Sabine.«

»Im Leben ist nichts umsonst.«

Bevor er schlafen ging, sah er wie jeden Abend nach Miriam. Das Mädchen war wach, als er sich neben ihre Liege hockte.

»Hey«, sagte er sanft, »du bist ja wach.« Er sah an ihren Augen, dass sie geweint hatte. »Hast du unser Gespräch mit angehört?«

Miriam schluchzte leise. Ihr kleiner Körper bebte unter ihrer Decke.

»Ist schon gut«, sagte Carsten. »Du musst nicht weinen.«

»Wenn Sie gehen«, sagte sie zögerlich, »kommen Sie vielleicht nicht zurück. Und Sabine auch nicht.«

Jetzt schüttelte das Weinen ihren Körper, sie verbarg ihr Gesicht hinter einem Zipfel ihrer Decke.

»Keine Angst«, versuchte Carsten, sie zu beruhigen, »ich komme ganz bestimmt wieder. Ich komme immer wieder.«

Er streichelte ihr über den Kopf. Miriam sah ihn mit ihren riesigen Augen an. Er wusste, was sie dachte, auch wenn sie es nicht aussprach: »Das haben Mama und Papa auch gesagt.«

33

Als Carsten am nächsten Morgen in den Aufenthaltsraum kam, wirkte Sabine schon sehr geschäftig.

»Die Fahrräder stehen bereit«, sagte sie, »und ich habe das Navi mit Gaffatape an den Lenker geklebt. Wobei wir den Weg eigentlich auch ohne finden müssten. Aber falls Umwege nötig werden, dachte ich.«

»Okay«, sagte Carsten.

»Trink erst mal einen Kaffee, du siehst noch ganz schön verpennt aus. Und dann nehme ich dir deine Verbände ab.«

»Wo ist Miriam?«

»Bei den Pinguinen. Wo sonst. Ich hab ihr schon erklärt, dass sie keine Angst haben muss. Ich denke, sie hat mir geglaubt.«

Carsten rieb sich durch das Gesicht.

»Ich glaube, sie hat Recht«, meinte er.

»Was?«

»Es ist zu gefährlich, sie alleine hierzulassen. Wenn wir losgehen, um Jakob zu finden, kommen wir vielleicht wirklich nicht zurück.«

»Wir werden immer mal wieder ohne sie losziehen müssen, Carsten. Um Lebensmittel und Futter zu suchen und so. Da werden wir sie auch alleine hierlassen.«

Carsten schüttelte den Kopf. »Das muss dann immer einer von uns alleine machen.«

»Ist das dein Ernst?«, fragte Sabine.

Carsten nickte. »Ich gehe allein. Und wenn ich nicht zurückkomme, wirst du dich um sie kümmern.«

Sabine schaute ihn resigniert an. »Wenn du meinst«, sagte sie. »Nimm das hier mit.«

Sie reichte ihm seine Pistole.

Carsten schob das Fahrrad über das Zoogelände. Dann lief er am Zaun entlang, bis er eine Stelle fand, an der keine Körper, weder lebendige noch tote, zwischen den Bäumen zu sehen waren. Er öffnete den Zaun und schloss ihn sorgfältig wieder hinter sich. Er orientierte sich noch einmal mit einem Blick auf das Navigationsgerät, stieg auf das Fahrrad und fuhr los.

Auf dem Weg dachte Carsten an Jakob Schäfer; einen kleinen Jungen, der alles über Straßenbahnen wusste und alles über Dinosaurier wissen wollte. Jakob war Halbwaise; seine Geschichte war schon tragisch gewesen, bevor es die Prionen und RSD gegeben hatte.

Seine Mutter kam aus den Niederlanden und hatte Carsten bei einem Elternabend vor der Einschulung ihres Sohnes mit sympathischem Akzent ihre Geschichte erzählt. Sie war hergekommen, um hier mit ihrem Mann zu leben, den sie durch ihre Arbeit bei einem Spielwarengroßhändler kennengelernt hatte.

In Jakobs viertem Lebensjahr war ihr Mann verstorben, nachts im Bett neben ihr. Die angeordnete Obduktion hatte eine Hirnblutung für seinen Tod verantwortlich gemacht.

Von der Schule wurde der Junge meist von seinem Großvater abgeholt, dem Vater der Mutter. Er war verwitwet und nach dem Tod seines Schwiegersohns aus den Niederlanden hergezogen, um seine Tochter zu unterstützen. Carsten hatte ihn als herzlichen, ruhigen Mann im Gedächtnis, der nur wenig sprach, und wenn, dann mit einem noch viel stärkeren Akzent als seine Tochter.

Carsten hielt an, weil er ein Geräusch hinter sich hörte. Mit einem Fuß auf der Straße und einem auf dem Pedal blickte er zurück.

Es war Sabine. Sie fuhr auf ihrem Fahrrad zügig auf ihn zu. Sie lächelte, als sie näher kam. Sie verlangsamte ihr Tempo kaum und rief im Vorbeifahren: »Du dachtest doch nicht wirklich, dass ich dich alleine gehen lassen würde, oder? Los, komm!«

Carsten schnaubte, stemmte sich wieder in die Pedale und setzte ihr nach. Als er aufgeschlossen hatte, fuhr er neben ihr her. »Was ist mit Miriam?«, wollte er wissen.

»Die kommt schon klar«, meinte Sabine zuversichtlich. »Ich weiß ja nicht, ob das deine besonderen pädagogischen Methoden waren, aber die Kleine war ganz schön aufgelöst, als du losgefahren bist. Ich hab sie beruhigt und ihr versprochen, dass wir beide bis heute Nachmittag wieder da sind. Und ihr vielleicht sogar einen Spielkameraden mitbringen.«

»Und wenn wir nicht zurückkommen?«

»Müssen wir jetzt ja wohl«, meinte sie. »Sterben ist keine Option, Carsten. Das ist jetzt einfach so. Fahr mal mit dem Navi vor. Ich weiß ehrlich gesagt nicht, wo wir lang müssen.«

Sie erreichten Jakobs Adresse gegen Mittag und hielten vor einem Mehrfamilienhaus in einer Siedlung.

Sie stiegen von ihren Fahrrädern und schauten sich um. Sabine nahm ihre Armbrust in die Hand und löste ein Futteral mit Pfeilen von der Satteltasche, das sie dann mit einem Klettverschluss um ihren Oberschenkel band. Carsten zog die Axt aus dem Gürtel.

Sie gingen auf die Eingangstür zu. Auf dem Weg standen Müllsäcke zu einem Haufen zusammengestellt, zwischen den Säcken lag ein toter Körper. Der Tote trug eine Lederjacke. Aus seinem eingefallenen Gesicht ragte ein Schraubenzieher, bis zum Griff in sein Auge getrieben. Dieser Mann war nicht aus gierigem Hunger getötet worden.

Carsten suchte mit den Augen die vielen Fenster des dreistöckigen Gebäudes ab. Er konnte keine Anzeichen von Leben erkennen. Langsam trat er mit Sabine zur Haustür heran, zählte die Klingelschilder. Drei Etagen, zwölf Familien. Eine davon Familie Schäfer. Großvater, Mutter und Sohn. Aus der Anordnung der Klingelschilder schloss Carsten, dass sie im mittleren der drei Stockwerke wohnen mussten.

Carsten drückte gegen die Haustür. Sie rührte sich nicht. Er hob die Axt und sah Sabine an; sie nickte. Wie einen großen Hammer schmetterte er die stumpfe Seite des Axtblatts gegen den Metallrahmen der Haustür, genau da, wo das Schloss sitzen musste. Irgendwo weit entfernt bellte ein Hund. Carsten schlug noch einmal zu. Im Haus rührte sich etwas; ein Poltern setzte ein – das Geräusch von etwas Schwerem, das sich gegen eine Tür warf. Er hielt inne und lauschte. Schaute noch einmal zu Sabine, dann trat er drei Schritte von der Haustür zurück und blickte wieder zu den Fenstern hinauf. Nichts zu sehen. Er trat wieder zur Tür, hob die Axt und führte den nächsten kräftigen Hieb aus; jetzt hatte sich das Metall so weit verbogen, dass Carsten die Tür nach innen aufdrücken konnte. In der Ferne bellte noch einmal ein Hund. Das Poltern aus dem Inneren des Hauses gewann einen fast regelmäßigen Rhythmus.

»Gehen wir rein«, sagte Sabine.

Carsten blickte sich noch einmal in alle Richtungen um,

dann nickte er. Er steckte die Axt in den Gürtel und zog die Pistole. Sabine hatte ihre Armbrust gespannt.

Carsten ging voran, schritt vorsichtig durch die Tür in den Flur des Treppenhauses; es roch auf schrecklichste Weise nach Tod. Ein Geruch, der direkt ins Gehirn dringt mit der Nachricht: Halt dich fern! Sabine gab ein unterdrücktes Keuchen von sich.

Carsten blickte auf der Suche nach der Quelle des Geräuschs die Treppen hinauf. Als er wieder zu Sabine schaute, sah er, wie sie aus einem Fläschchen etwas in ihr Halstuch träufelte. Sie kam zu ihm herüber.

»Hier«, sagte sie und reichte ihm das Fläschchen.

Carsten sah sie fragend an.

»Gegen den Gestank«, erklärte sie und zog sich das Halstuch über Mund und Nase wie ein Postkutschenräuber in einem alten Western. »Pfefferminzöl. Damit keiner von uns kotzen muss.« Das Halstuch dämpfte ihre Stimme.

Carsten träufelte sich etwas von der klaren Flüssigkeit auf den behandschuhten Daumen und rieb es sich unter die Nase. Das scharfe, kühle Pfefferminzaroma ließ ihm Tränen in die Augen steigen. Er gab Sabine das Fläschchen zurück, die es wieder in einer Tasche ihrer Cargohose verstaute.

»Gehen wir rauf«, sagte sie.

Carsten nickte. Mit der Pistole in den Händen stieg er die Stufen hinauf. Sein Herz pochte. Es war das Treppenhaus eines gepflegten Hauses; auf der halben Etage stand eine vertrocknete Zimmerpflanze auf einem Jugendstil-Hocker.

Das Schlagen gegen die Tür ließ nicht nach, das Geräusch hallte im Treppenhaus nach wie in einem Resonanzkörper. Wenn es ein Hund war, der sich da gegen die Tür warf, musste er sehr groß sein.

Die Treppe führte sie auf eine Tür zu; davor standen drei

große Reisekoffer, die niemand mitgenommen hatte. Jetzt war es nicht mehr schwierig, den Ursprung der Geräusche auszumachen; es war eine der vier Türen auf dieser Etage, gegen die von innen so heftig geschlagen wurde.

Carsten bemühte sich, die Füße lautlos aufzusetzen. Er las das Namensschild neben der Tür und stellte erleichtert fest, dass es »Baumann« lautete, nicht »Schäfer«.

Was immer sich von innen gegen die Tür warf, war jetzt nur noch die Dicke eines Türblatts von Sabine und Carsten entfernt.

Sabine wies mit dem Kinn und entschlossenem Blick auf die Wohnungstür. Carsten sah sie fragend an.

Sie nahm die rechte Hand von der Armbrust und machte mit den Fingern eine Pistolengeste. Carsten erwiderte ihren Blick zögerlich.

»Schieß halt«, platzte sie heraus. »Durch die Tür. Oder willst du warten, bis der die klein hat? Mensch, Carsten, ich frag mich manchmal, wie du so lange überleben konntest.«

»Dito«, erwiderte Carsten halblaut.

In Reaktion auf ihre Stimmen nahmen die Schläge gegen die Tür an Heftigkeit noch zu. Carsten baute sich vor der Tür auf, streckte die Waffe vor und zielte. Baumann. Herr oder Frau. Oder die Kinder. Oder doch der Familienhund.

Carsten drückte den Abzug. Zweimal feuerte er auf das Türblatt, zwei Handbreit Platz waren zwischen den Einschusslöchern. Er hörte, wie hinter der Tür etwas dumpf zu Boden ging. Sabine nickte zufrieden. Sie sahen nicht nach, was es war.

Die übernächste Tür, die letzte auf dieser Etage, war die Wohnungstür von Familie Schäfer. Sie war nur angelehnt;

Carsten schaute Sabine an. In ihrem Blick meinte er zu erkennen, dass sie das auch für ein schlechtes Zeichen hielt.

Sabine brachte sich vor der Tür in Position und legte mit der Armbrust an. Carsten rückte sich noch einmal die Brille zurecht, hielt die Pistole bereit und drückte dann die Tür auf.

Zu dem Geruch nach Verwesung, der im Treppenhaus herrschte, mischte sich der Gestank von Schimmel und Exkrementen.

Carsten trat über die Schwelle. Die Dämpfe des Minzöls milderten den Gestank, konnten ihn aber nicht ganz davor schützen. Direkt neben der Wohnungstür führte eine Tür zu einem Gäste-WC; Carsten spähte hinein, der kleine Raum war leer. Ein Flur führte zur Küche; der Raum befand sich in einem verwahrlosten Zustand. Müll lag auf dem Boden und den Arbeitsflächen, schmutzige Kleidungsstücke und faulende Essensreste dazwischen. Carsten verzog angeekelt das Gesicht.

Er ging zurück in den Flur.

»Lass uns gehen«, sagte Sabine. Ihre Stimme wurde durch das Halstuch gedämpft. »Hier erwartet uns nichts Gutes.«

»Nein«, sagte Carsten. »Jetzt sind wir hier, jetzt will ich auch sichergehen.«

»Musst du es unbedingt sehen?«, fragte Sabine.

Ohne zu antworten, ging Carsten weiter durch den Flur, der ihn ins Wohnzimmer führte. Er betrat das geräumige Zimmer und sah sich um; Sabine folgte ihm. Carsten entdeckte ihn zuerst. Sabine zuckte heftig zusammen und gab ein erschrecktes Geräusch von sich, als auch sie ihn sah.

Jakobs Großvater. Er saß in der Mitte einer Zweisitzercouch, umgeben von Müll und leeren Flaschen. Er schaute sie an. Ein alter Mann mit dünnem, weißem Haar, durch das man die Kopfhaut sah. Er trug das Oberteil eines altmodischen Pyjamas, heller Stoff mit grauen Streifen. Seine Beine waren nackt.

Er machte keine Anstalten, aufzustehen. Er machte keine Anstalten, überhaupt etwas zu tun; doch in seinem Blick war zu erkennen, dass er sie bemerkt hatte, dass er sie ansah und nicht durch sie hindurchschaute.

Sabine hob die Armbrust. Carsten gebot ihr mit einer Geste Einhalt. »Das ist nicht nötig.«

Sabine wischte sich mit dem Unterarm Schweiß von der Stirn. »Dann lass uns einfach gehen«, zischte sie.

Carsten schüttelte den Kopf. Er durchquerte das Wohnzimmer und ging auf die nächste Tür zu, sie führte in einen weiteren kleinen Flur. Die Augen des Großvaters folgten ihren Bewegungen.

Drei Räume grenzten an den Flur. Carsten öffnete die Tür zu einem Badezimmer, aus dem es furchtbar nach Exkrementen roch. Er schloss sie sofort wieder. Carsten drückte die Klinke der nächsten Tür: verschlossen. Der Schlüssel steckte von außen. Er blickte zu Sabine. Sie hob wieder die Armbrust und machte sich schussbereit.

Carsten drehte den Schlüssel. Eine, zwei Umdrehungen. Die Mechanik des Schlosses knackte. Carsten hörte schon die Fliegen summen, als er die Tür öffnete.

Das Zimmer lag im Halbdunkel. Eine Jalousie vor dem Fenster ließ nur wenig Licht in den Raum. Es war ein knapp bemessenes Schlafzimmer; ein Ehebett, ein Kleiderschrank und eine Kommode, damit war der ganze Raum ausgefüllt.

Sabine würgte, als sie den Raum betrat. Sie legte eine Hand über das Halstuch vor ihrem Mund und hustete. Der Gestank war kaum zu ertragen.

Der Tod hatte sie entstellt, trotzdem konnte Carsten sie

erkennen. Jakob und seine Mutter lagen nebeneinander im Bett, bis zu den Schultern zugedeckt und offenbar schon lange tot. Frau Schäfer lag auf der Seite und hatte ihren Sohn in die Arme geschlossen; ihr blondes Haar hob sich von der dunkel verfärbten Haut in ihrem Gesicht ab. Sabine würgte noch einmal. Sie ging zum Fenster, zog die Jalousien hoch und öffnete es weit. Luft und Licht fluteten in den Raum. Das Sonnenlicht brachte das trockene, blonde Haar der Mutter zum Schimmern. Ein Blumenstrauß auf dem Nachttisch neben dem Bett war schon lange verwelkt. Die schweren Blütenköpfe hatten sich über den Rand der Vase bis auf die Tischplatte gelegt. Neben der Vase stand ein Tablett, darauf eine Teekanne, eine Tasse, ein Mörser und eine Tablettenschachtel.

Carsten hielt die Packung hoch, Sabine sah vom Fenster aus herüber.

»Beruhigungsmittel«, sagte sie. »Ein ziemlich starkes.«

Carsten nickte.

Er streckte die Hand aus und fasste das obere Ende der Bettdecke, zog sie über die beiden toten Gesichter.

»Jetzt können wir gehen«, sagte er.

Sabine ging vor, durch den kleinen Flur zurück ins Wohnzimmer. Sie richtete die Armbrust auf den alten Mann. Er saß völlig unverändert auf seinem Platz in der Mitte der Couch. Carsten ging einen Schritt hinter Sabine. Sie durchquerten den Raum, Sabine behielt Jakobs Großvater im Visier. Wie zuvor folgten die Augen des Alten ihren Bewegungen. Bis auf die Augen blieb sein Körper völlig unbewegt.

Sie verließen die Wohnung und gingen durchs Treppenhaus, vorbei an der Tür, durch die Carsten geschossen hatte, und vorbei an den zurückgelassenen Koffern.

Als sie durch die Tür ins Freie traten, zog Sabine sich das

Tuch vom Gesicht und spuckte aus. »Was für ein Gestank.« Sie sog tief die Luft ein. »Ich hab mich so vor dem alten Mann erschreckt. Ich hab den erst gar nicht bemerkt, und dann saß er da plötzlich. Ich dachte, der springt gleich auf. Und als wir dann hinten waren in dem Schlafzimmer, da dachte ich die ganze Zeit, der taucht jetzt gleich hinter uns auf.«

Carsten zog den verschwitzten Latexhandschuh von der Hand und rieb sich die Stirn.

»Sie haben es nicht einmal versucht«, sagte Sabine und deutete ein Kopfschütteln an. »Mit einem kleinen Jungen. Überleg mal. Da hört's für mich auf. Das kann ich nicht verstehen.«

Carsten gab keine Antwort. Er wünschte sich für den Moment nur Schweigen.

34

Tag der Toten, alles wird vergeben sein
Niemand schläft allein
Tag der Toten, Day of the Dead, Day of the Dead
Tocotronic

Als sie auf ihren Fahrrädern wieder zurückfuhren, konnte Carsten den Gestank der Wohnung immer noch riechen. Er hatte sich in seiner Kleidung, den Haaren und auf der Haut festgesetzt. Carsten wollte sich waschen und frische Kleidung anziehen.

Ein plötzliches Scheppern von hinten ließ ihn abrupt bremsen. Sabine schrie seinen Namen. Er riss das Fahrrad herum und ließ es beim Absteigen fallen. Sabine lag auf dem Boden, halb auf, halb unter ihrem Fahrrad, hielt die Arme schützend über den Kopf und schob sich mit den Beinen rückwärts. Eine junge Frau war über ihr, eine Teenagerin in Trainingshose und Kapuzenjacke. Sie hatte mit knochigen Händen Sabines Unterarme gepackt. Carsten riss die Axt aus dem Gürtel und sprang auf sie zu. Die Angreiferin hielt den Blick auf Sabine gerichtet.

Er schwang die Axt und schlug der jungen Frau die Schneide in die Seite. Sie keuchte. Dann drehte sie sich zu Carsten um, das Axtblatt steckte unter ihren Rippen. Carsten zerrte noch an der Axt, um sie freizubekommen, da war Sabine schon wieder auf den Beinen und hackte der Teenagerin ihre Machete in den Hals. Das Mädchen röchelte, Blut blubberte aus der Wunde an ihrem Hals über die Klinge. Die junge Frau fiel rückwärts, riss Carsten den Axtstiel aus den Händen. Sie blieb auf dem Rücken liegen, blutete stoßweise auf die Straße, doch noch immer bewegten sich ihre Augen, die Hände, die Füße. Sabine stellte sich über sie und holte mit der Machete aus, Carsten drehte sich weg. Er hörte das dumpfe, feuchte Geräusch, mit dem Sabine dem Mädchen das Leben nahm.

»Ich hab die überhaupt nicht gesehen«, keuchte Sabine. »Ich weiß gar nicht, wo die herkam. Die war plötzlich einfach da.«

»Hat sie dich gebissen?«

Sabine schüttelte den Kopf.

»Bist du okay?«

»Ich bin voll auf den Ellenbogen gefallen.« Sie öffnete und schloss die rechte Faust. »Der ganze Arm tut weh. Sonst ist alles okay.«

»Was ist mit deinem Knie?«

Sabines Hose war am rechten Knie aufgeschlagen. Blutige Haut schaute unter dem Stoff hervor. Sabine schaute überrascht auf ihr eigenes Hosenbein.

»Das hab ich gar nicht bemerkt ...«

»Tut's weh?«

»Jetzt schon, wo ich 's gesehen hab.«

Carsten nickte. »Lass uns zusehen, dass wir hier wegkommen. Wer weiß, wie viele hier noch lauern.«

Außer Atem fluchte Sabine halblaut vor sich hin.

Carsten zog seine Waffe aus dem toten Körper. Dann hob er sein Rad auf. Die Batterien waren aus der Halterung gefallen, die Walter ihm an das Navigationsgerät gelötet hatte. Er legte das Rad noch einmal hin und sammelte die Batterien ein.

»Meine Kette ist abgesprungen«, hörte er Sabine sagen. »Ich versuche mal, das wieder hinzukriegen.«

Carsten hatte auch die letzte Batterie gefunden, drückte sie wieder in die Halterung am Navigationssystem und schaltete das Gerät ein.

»Carsten!«, rief Sabine.

Er fuhr zu ihr herum. Sie hatte einen Fuß in den Bügel ihrer Armbrust gestemmt und spannte mit beiden Armen die Sehne. Carsten suchte nach ihrem Ziel; ein Mann wankte nur wenige Meter entfernt aus einem Hauseingang, verlangsamt und steifbeinig nahm er Kurs in ihre Richtung.

»Da muss das Mädchen auch hergekommen sein«, meinte Sabine. Sie zog einen Pfeil aus dem Futteral an ihrem Oberschenkel und legte ihn ein. »Wer weiß, wie viele noch in diesem Haus sind.«

Sie legte an und zielte. Carsten lief zu ihr, beugte sich über ihr Fahrrad und versuchte mit den Fingern, die ölige Kette wieder auf die Übersetzung zu bringen.

»Er kommt näher«, sagte Sabine.

Dann löste sich mit einem plumpen Geräusch die Sehne ihrer Armbrust. Carsten hörte den Einschlag. Wie in ein Polster. Er blickte auf. Der Pfeil steckte dem Mann in der Brust, an einer Stelle, wo nicht das Herz saß. Mit dem Pfeil in der Brust machte er einen weiteren schlurfenden Schritt in ihre Richtung. Sabine spannte noch einmal die Armbrust. »Da kommt noch eine«, sagte sie.

Carsten gab auf.

»Hauen wir ab«, sagte er. »Lass das Fahrrad. Nimm meins, ich laufe.«

Er stand auf. Sabine schoss. Ihr Pfeil traf den Mann in den Bauch; er kippte vorwärts auf die Knie. Jetzt bewegte er sich auf den Knien weiter, seine Kiefer schnappten in ihre Richtung.

»Okay, hauen wir ab«, meinte Sabine. »Nimm mich auf den Gepäckträger.«

Carsten stellte sein Rad auf.

Als sie sich dem Zoogelände näherten und er das Rad auf den Zaun zulenkte, wunderte er sich über das Gefühl, dass sich dabei einstellte. Ihm war, als käme er nach einer langen und anstrengenden Reise nach Hause.

Miriam erwartete sie auf dem ersten Hauptweg hinter dem Zaun. Sie lief ihnen aufgeregt entgegen. Sie warf Carsten die Arme um den Bauch.

»Herr Lemmner, ich bin so froh, dass Sie wieder da sind«, sagte sie und schmiegte den Kopf an seinen Körper. Dann wich sie angewidert zurück. »Sie stinken aber, Herr Lemmner.«

Carsten nickte. »Ich weiß.«

»Habt ihr Jakob gefunden?«, wollte das Mädchen wissen.

»Nein«, log Sabine. »Wir waren bei ihm zu Hause. Er war schon weg.«

»Weg? Wohin weg?«, wollte Miriam wissen.

»Das wissen wir leider nicht«, antwortete Sabine und zuckte die Schultern.

Carsten wusch sich im Duschraum mit Wasser aus dem Trinkwasservorrat. Er benutzte reichlich Shampoo und Duschgel, um den Verwesungsgeruch aus der Haut zu tilgen. Er trocknete sich ab, ging in seine Schlafkammer und zog frische Kleidung an, die Sabine ihm gegeben hatte; eine etwas zu weite Jeans und ein schwarzes T-Shirt mit der Aufschrift »I ❤ Zoo«.

Er setzte sich auf die Liege und holte das Klassenbuch aus dem Rucksack, schlug es auf, legte die Liste vor sich hin und nahm den Rotstift in die Hand. Er wischte sich das nasse Haar aus der Stirn. Er las noch einmal jeden einzelnen der durchgestrichenen Namen, und zu jedem Namen stiegen ihm Bilder in den Kopf. Er erinnerte sich an die Kinder in seinem Unterricht, auf dem Schulhof, bei Ausflügen. Er sah die leeren Wohnungen und Häuser ihrer Eltern vor sich. Die Leichen der Eltern. Die Kinderleichen. Reginas zerrissenen Körper. Das vor Gier entstellte Gesicht des kleinen Dominik hinter der Fensterscheibe. Jakobs eingefallenes Gesicht im Bett neben der Leiche seiner Mutter.

Er zog die Kappe von seinem Rotstift, setzte ihn auf das Papier und zog eine feine rote Linie durch den letzten verbleibenden Namen. Er faltete das Blatt in der Mitte, legte es zwischen die Seiten des Klassenbuchs. Diese Liste hatte keine Aufträge mehr für ihn. Er klappte das Klassenbuch zum letzten Mal zu und steckte es in den Rucksack.

Vielleicht hatte Sabine Recht, und er hatte jetzt die Freiheit, zu tun, was er wollte. Aber was gab es in dieser Welt noch zu wollen? Und was hatte er früher gewollt?

Er schaltete das Handy ein, las Nathalies SMS. Wo mochte sie jetzt sein? Er sah sie in einem spanischen Museum, wie sie Kunstwerke gegen Plünderer und Kranke verteidigte. Die Vorstellung ließ Carsten kurz lächeln, und gleich darauf schnürte sie ihm die Kehle zu. Er versuchte, sich an ihr Gesicht zu erinnern. Es gelang ihm nur schwer; er förderte eher die Idee ihres Gesichts zutage als ein Abbild. War das normal? Oder waren das die ersten Zeichen dafür, dass Prionen sich in seine Hirnrinde fraßen? Er versuchte, sich an andere Gesichter zu erinnern; Markus, Luisa. Thomas. Carla. Seine Eltern. Das Ergebnis war das gleiche.

35

Am Abend saß Carsten in der Dämmerung auf einer Bank gegenüber des Orang-Utan-Geländes. Irgendwo weit entfernt grölte eine menschliche Stimme ohne Verstand. Ihm gegenüber auf einem Holzgestell saß zusammengesunken der letzte überlebende Menschenaffe und schaute Carsten nachdenklich entgegen. Carsten fragte sich, was im Kopf des Tieres vorgehen mochte. Wie viel von der Situation er begreifen konnte und wie die neue Einsamkeit auf ihn wirken mochte. Wie konnte er überlebt haben? Wenn die Infektion bei den anderen Tieren im Gehege wirksam geworden war, hatten sie ihn nicht gebissen? Und was würde Sabine mit ihm machen, wenn die ersten Krankheitszeichen auftreten würden? Mit der Armbrust auf ihn anlegen?

Sabine fand ihn an seinem Platz, kam lächelnd auf ihn zu. Sie brachte zwei Bierflaschen mit, setzte sich neben ihn und zog ihre schmutzigen Arbeitshandschuhe aus.

»Na?«, fragte sie.

Was sollte Carsten darauf antworten? Er sagte nichts. Sie saßen schweigend nebeneinander in der Dämmerung, ihnen gegenüber der grübelnde Affe. Sabine öffnete eine Bierflasche an der Sitzfläche der Bank; der Ruck ließ das Bier überschäumen. Sie reichte Carsten die Flasche, er nickte zum Dank. Prüfte mit einem Blick das Abfülldatum auf dem Etikett. Sabine öffnete die zweite Flasche und trank.

»Ich hab unsere Sachen gewaschen. Ich hoffe, der Gestank geht raus. Aber vielleicht müssen wir sie auch verbrennen.«

Carsten nickte.

Eine Zeit lang saßen sie schweigend nebeneinander.

»Du hast mich gefragt, was ich mit meinem Leben anfangen wollte«, sagte Carsten schließlich.

Sabine nickte.

»Ich hab darüber nachgedacht. Ich glaube, ich weiß keine Antwort.« Er sah sie an. »Hast du für dich eine gefunden? Was wolltest du mit deinem Leben anfangen?«

»Ich wollte mich um Tiere kümmern«, antwortete sie. »Um kranke und um gesunde.«

»Um Tiere kümmern?«, wiederholte Carsten. »Du wolltest dich schon immer um Tiere kümmern? Dann bist du Tierärztin geworden, und jetzt versorgst du die Zootiere?«

Sabine nickte. Sie lächelte ihn an.

»Herzlichen Glückwunsch«, sagte er knapp.

»Hattest du keine Pläne?«, fragte sie. »Das glaub ich nicht.«

»Keine aufregenden, fürchte ich«, gestand Carsten. »Ich hab halt viel gearbeitet. Und eigentlich immer darauf gewartet, dass irgendwann endlich mal nichts zu tun ist.«

Er schürzte die Lippen.

»Und mochtest du deinen Job?«

»Geht so.«

»Und außer arbeiten?«

»Hatte ich wohl die üblichen Pläne. Nichts Abgefahrenes. Eine Familie gründen.« Er zuckte die Schultern.

»Und hattest du eine Familie? Darüber haben wir nie gesprochen«, sagte Sabine, und ihre Stimme bekam tatsächlich eine vorsichtige, behutsame Farbe.

Carsten schüttelte den Kopf. »Nein. Dafür ... hab ich wohl zu viel gearbeitet.« Er schnaubte bitter.

»Hattest du ... Warst du mit jemandem zusammen, als es losging?«

Carsten nickte. »Meine Freundin war in Spanien, als es angefangen hat, in Barcelona. Ich hab seitdem nichts mehr von ihr gehört.«

»Und? Willst du sie suchen gehen?«

Carsten überraschte die Frage. Vor allem überraschte ihn die Erkenntnis, dass er darüber noch nie nachgedacht hatte.

Sabine schien ihm seine Gedanken anzusehen.

»Du verbringst deine Zeit damit, nach deinen Schülern zu suchen, und du kommst nicht darauf, nach deiner Freundin zu sehen?«

Carsten schürzte die Lippen. »Wir waren noch nicht lange zusammen.« Er schämte sich für diese Antwort, schon während er sie aussprach. Was mochte der wirkliche Grund dafür sein, dass er nie einen Plan gemacht hatte, um Nathalie zu finden? Er dachte an Carla und daran, wie sie ihn verlassen hatte. Er dachte daran, wie Carlas Mutter ihn angerufen hatte, mit Tränen in der Stimme, um ihm zu sagen, dass Carla an der Infektion gestorben war. Ihr kleiner Sohn hatte sie gebissen. Der Sohn, den sie mit einem anderen Mann bekommen hatte. Carsten starrte auf den Lehmweg vor seinen Füßen und schwieg.

»Irgendwie sind die Sonnenuntergänge seit der Katastrophe schöner geworden«, meinte Sabine unvermittelt.

Carsten sah hoch in den Himmel. Flache, graue Wolken waren über den Horizont gebreitet und wurden von der untergehenden Sonne zu einem orangefarbenen Leuchten gebracht.

»Sonnenuntergänge waren schon immer schön, schon klar, das weiß jeder, der schon mal Postkarten gekauft hat«, sagte Sabine, die Augen in die Ferne gerichtet. »Aber ich glaube, ich habe mir früher nie Zeit genommen, sie mir wirklich anzusehen. In Wirklichkeit sind sie noch viel schöner als auf den Postkarten. Es gehört irgendwie viel mehr dazu als das, was man fotografieren kann, oder? So ein Gefühl. Und die Luft. Die Luft ist irgendwie anders, wenn die Sonne untergeht, so wie jetzt. Eine ganz besondere Luft. Findest du nicht?«

Carsten schwieg lange, bevor er antwortete. Sein Hals fühlte sich an wie zugeschwollen.

»Keine Ahnung«, sagte er und zuckte die Schultern.

Später saßen sie auf Stühlen aus der Kantine um ein kleines Feuer aus ein paar Holzscheiten, das Sabine auf dem Hof vor dem Verwaltungsgebäude entfacht hatte.

Miriam war im Sitzen auf ihrem Stuhl vor dem Feuer eingeschlafen; Sabine nahm sie hoch und trug das schlafende Mädchen ins Gebäude. Carsten blieb allein im Schein der Flammen sitzen. Er hatte die Whiskeyflasche in der Hand und nahm einen Schluck.

Als Sabine wiederkam, hatte sie einen Kaffeebecher in der Hand. Zu ihrer sandfarbenen Cargohose trug sie ein Top aus weißem Feinripp, das aussah wie ein altmodisches Männerunterhemd. Vielleicht war es eins. Und selbst im unsteten Licht des Feuers war offensichtlich, dass sie nichts darunter trug. Carsten registrierte das zwar, aber es interessierte ihn nicht weiter. Offenbar war seine Libido mit dem Rest der Welt vor die Hunde gegangen.

»Meinst du«, begann Sabine ihren Satz noch während sie sich hinsetzte, »du könntest dich in mich verlieben?«

Carsten runzelte die Stirn. »Was ist das denn für eine Frage?«

»Na ja, nach allem, was wir wissen, sind wir vielleicht bald die letzten Menschen auf der Welt«, erklärte Sabine. »Vielleicht sollten wir uns vermehren, um – na ja – die Art zu erhalten.«

Carsten lehnte sich zurück. »Das ist ehrlich gesagt das Letzte, woran ich zurzeit denke.« Er nahm noch einen Schluck aus der Flasche.

Sabine stützte das Kinn auf die Faust. »Ich glaube nicht, dass ich mich in dich verlieben könnte«, meinte sie nachdenklich.

»Das ist nicht gerade ein Kompliment, oder?«, entgegnete Carsten.

»Ist gar nicht böse gemeint«, meinte sie schulterzuckend. »Ich glaub einfach, das würd nicht gehen. Manchmal passt's eben und manchmal nicht. Wär ja auch ein verrückter Zufall, wenn's ausgerechnet bei uns klappen würde.«

Carsten brummte eine Zustimmung.

Bevor Carsten zum Schlafen in seine Zelle ging, lief er mit der Taschenlampe in der Faust durch die Büros im ersten Stock, bis er fand, was er suchte: ein Notebook, dessen Akku noch genug Spannung vorhielt, um das Gerät zu starten. Als er es einschaltete, rauschte der Lüfter, und der Bildschirm leuchtete auf. Carsten klappte es zu und nahm es mit in seinen Schlafraum.

Er suchte den USB-Stick aus seinem Gepäck und steckte ihn in einen Slot des Computers. Er setzte sich ans Kopfende seiner Liege, den Rücken an die unverputzte Wand gelehnt, die Beine lang vor sich ausgestreckt. Das Notebook setzte er sich auf den Schoß und öffnete es wieder.

An dem Tag, als er zum letzten Mal seine Wohnung verlassen hatte, um Markus zum Krankenhaus zu fahren, hatte er sein eigenes Notebook in dem großen Rucksack mitgenommen. Bevor er dann mit Luisa ihre und Markus' gemeinsame Wohnung verließ, hatte er seine wichtigsten Daten auf dem Stick gesichert und den Computer zurückgelassen, um Gepäck zu sparen.

Der Computer meldete: »Kein Zugriff auf das bevorzugte Drahtlosnetzwerk.« Carsten klickte die Meldung weg. Auch mit Drahtlosnetzwerk hätte es kein Internet mehr gegeben, auf das er hätte zugreifen können.

Carsten griff auf den Stick zu und blätterte durch seine Daten. Tabellenkalkulationen für seine Steuererklärung. Eine Sicherungskopie seiner Staatsarbeit. Unterrichtsmaterialien, die er mit viel Herzblut hergestellt hatte. Archivierte E-Mails und Ordner voll mit Bilddateien, digitale, unsortierte Fotoalben. Er ließ sich ein Bild anzeigen und klickte sich vorwärts. Auf den meisten Fotos war er nicht zu sehen, weil er fotografiert hatte. Die jüngeren Bilder zeigten Nathalie: Nathalie in Carstens Wohnung, Nathalie verschlafen in Carstens Bett. Nathalie an einem Badesee, auf einer Party bei ihren Künstlerfreunden und mit müden Augen in der U-Bahn. In einer Kunstausstellung, in der man nicht fotografieren durfte. Als Screenshot beim Skypen. Als er ihre Augen ansah und ihre Lippen, erinnerte er sich an ihren Geruch; an ihre Haut; an die beiden Grübchen unten an ihrem Rücken.

Auf einem Foto tauchte er selbst auf, es war ein Gruppenfoto auf einer Halloween-Party; Markus und Luisa, Nathalie und Carsten zu viert nebeneinander, alle verkleidet und maskiert. Markus war natürlich als Zombie zurechtgemacht, mit Kunstblut an den Lippen, falschen Zähnen und trüben Kontaktlinsen. Luisa hatte ihr blondes Haar unter einer Perücke verborgen und war auch mit dämonischem Make-up noch außergewöhnlich hübsch. Carsten trug das Kostüm eines

Pestarztes, sein Gesicht war unter der schnabelartigen Maske vollkommen verborgen. Nathalie hatte sich blau und grün als Wasserleiche geschminkt und trug Plastikkrebse im Haar. Im Augenblick des Fotos schaute sie zu Carsten herüber und war in der Bewegung etwas unscharf abgebildet.

Carsten öffnete eine passwortgeschützte Archivdatei; er hatte sie angelegt, damit Nathalie nicht über die darin gespeicherten Dateien stolperte, wenn sie mal seinen Rechner benutzte. Sie sollte nicht denken, dass er mit seiner alten Beziehung noch nicht abgeschlossen hätte.

Carla. Dutzende Fotos von Carla. Carla in ihrer gemeinsamen Wohnung, Carla in ihren gemeinsamen Urlauben, Carla in London. Fotos von Verlobungsringen, die in Frage kamen. E-Mails, die sie ihm geschrieben hatte. Ohne Rücksicht auf Würde hatte er sie angefleht, bei ihm zu bleiben, zu ihm zurückzukommen. Er nahm einen Schluck Whiskey aus der Flasche.

Dann überflog er eine ihrer Antwortmails: »Lieber Carsten, Du kannst mir glauben, es macht mich selbst unendlich traurig, dass es mit uns nicht funktioniert hat. Vielleicht gibt es ja irgendwo eine Paralleldimension, in der es besser läuft, wo Du weniger arbeitest und ich weniger fordere. Da sind wir wahrscheinlich das glücklichste Paar der Welt und haben tausend Babys. Das stelle ich mir gerne vor. Ich glaube aber, dass wir es in unserer Welt oft genug versucht haben, um sicher davon auszugehen, dass sich beim nächsten Versuch nur die gleiche Misere wiederholen würde. Deshalb wird es bleiben, wie es ist. Und jede Deiner Mails wird mich wieder zum Zweifeln bringen, und am Ende werde ich die gleiche Entscheidung noch mal treffen. Deshalb ist es vielleicht besser, wenn Du mir eine Zeitlang nicht mehr schreibst, bis wir uns beide ein bisschen beruhigt haben.«

Carsten öffnete eine andere, neuere Datei.

»Mein lieber Carsten, wie geht es Dir? Markus hat mir von Deiner neuen Freundin erzählt und dass ihr gut miteinander auskommt, dass ihr sogar schon zu viert unterwegs wart. Das freut mich zu hören. Und ist es nicht großartig, dass Markus endlich mit Luisa zusammen ist? Das war lange überfällig, finde ich.

Carsten, ich habe große Neuigkeiten, und ich hoffe, Du kannst Dich für mich freuen und es tut Dir nicht weh, wenn ich Dir das schreibe. Obwohl wir inzwischen schon so lange getrennt sind, muss ich bei vielen Dingen immer noch als erstes daran denken, was Du wohl dazu sagen würdest. Carsten, ich bin schwanger! Martin und ich werden Eltern. Wir sind beide sehr aufgeregt ...«

Carsten schloss das Programm. Er nahm noch einen Schluck aus der Flasche. Dann ließ er den Computer herunterfahren, zog den Stick ab und stellte beides neben die Liege auf den Boden. Er nahm die Brille ab, wickelte sich in seine Decke und schlief irgendwann ein.

36

Die nächsten Tage vergingen vollkommen anders als die Wochen zuvor. Sabine zeigte Carsten einige Arbeiten, die im Zoo anfielen. Obwohl sie viele Tiere freigelassen hatte und viele der verbleibenden gestorben waren, gab es noch eine Menge zu tun. Carsten übernahm einige Aufgaben, und er machte mit Miriam lange Spaziergänge durch das Gelände, bei denen sie ihm die Handlung aller Bücher erzählte, die sie je gelesen hatte. Auch wenn Carsten die meisten dieser Bücher nicht kannte, beschlich ihn schnell der Verdacht, dass Miriam weite Strecken der Handlung neu erfand.

Miriam packte auch bei der anfallenden Arbeit mit an, und an den meisten Abenden waren sie alle drei rechtschaffen erschöpft. Dann legten sie Miriam schlafen und saßen noch in der Kantine zusammen. Mal redeten sie, mal schwiegen sie. Und jeden Tag sah Sabine nach der trächtigen Zebrastute und wartete auf die Geburt eines Fohlens namens ›Leben‹.

Carsten verbrachte fast drei Wochen mit Miriam und Sabine im Zoo, bis die Zitzen der Zebrastute anschwollen und Sabine feststellte, dass die Geburt kurz bevorstand. Sie wirkte hoffnungsvoll gespannt, während die Stunden des Tages dahingingen. Die meisten Geburten fanden nachts statt, erklärte sie Carsten. Sabines Aufregung schien sich auf Miriam zu übertragen, und Carsten fühlte sich neben den beiden wie ein unbeteiligter Zuschauer. Er erkannte keinen großen symbolischen Wert in der bevorstehenden Geburt und erwartete die kommenden Ereignisse mit Skepsis. Er begann, auf eine komplikationslose Niederkunft zu hoffen, weil er die Auswirkungen einer Fehlgeburt auf Sabine und Miriam befürchtete. Sabine freute sich auf das Zebrafohlen, und es würde ihr eine Menge zu tun geben, sich um Asha oder Upenyu zu kümmern. Und vielleicht ging es am Ende um nichts anderes – es würde gut für Sabine sein, diese Aufgabe zu haben. Auch wenn die Geburt keine Symbolkraft für das Weiterbestehen oder das Verlöschen des Lebens in sich tragen würde.

Am späten Nachmittag isolierten sie die werdende Mutter von ihren beiden Artgenossen. Sabine legte im Stall eine Schüssel mit sauberem Wasser, Handschuhe und zwei ausgekochte Stricke bereit.

»Falls das Fohlen falsch liegt, müssen wir der Mutter beim Gebären helfen«, erklärte Sabine. »Die Wehen reichen dann nicht aus. Dann binden wir das Seil um die Läufe und helfen nach. Aber in den meisten Fällen geht das alles von alleine. Wir beobachten das Ganze nur, und vor allem dürfen wir die Mutter nicht stressen.«

Sie saßen stundenlang bei der Zebrastute im Stall. Die Dunkelheit kam, und sie entzündeten Laternen im Stall. Je später es wurde, desto unruhiger lief die Stute auf und ab. Sie rollte sich auf dem Boden, und Sabine erklärte immer wieder, dass bisher alles ganz normal verlaufe, doch Carsten sah ihr die Spannung an. Er saß auf einem Schemel, Miriam hockte neben ihm auf dem Boden im Stroh, und es kam ihm vor, als hätte er sich seit Stunden nicht bewegt und keinen einzigen Gedanken gehabt, als die Stute sich schließlich auf die Seite legte und Sabine ihm zischend flüsterte: »Jetzt ist es so weit.«

Miriam schien alles genau zu beobachteten, die kleine linke Faust vor die Lippen gelegt. Sabine stand an der Stallwand bereit, zwei lange grüne Handschuhe bis über die Ellenbogen gezogen.

Aber die Stute brauchte keine Hilfe. Unter ständigen Wehen presste sie ein kleines, gestreiftes Fohlen in die Welt, Hufe und Kopf voran, in eine milchige Geburtshaut gehüllt.

Sabine strahlte triumphal. »Was habe ich gesagt? Das Leben findet einen Weg.«

Behutsam half sie dem Neugeborenen, die Fruchthülle abzustreifen. Mit einer plötzlichen Bewegung rollte sich die Mutter auf die Hufe und kam zum Stehen. Carsten sah, wie die Nabelschnur abriss. Sabine ging respektvoll zwei Schritte rückwärts. Die Mutter stellte sich über ihr Kind und leckte ihm das feuchte Fell. Ihre Nüstern weiteten sich, und sie stieß ein plötzliches Wiehern aus, das nach der langen, angespannten Stille viel zu laut erschien.

Carsten zuckte zusammen, als Miriam einen unterdrückten Schrei ausstieß. Die Stute biss mit gelben Zähnen nach dem Fohlen. Sabine griff sofort ein und drängte die Stute zurück, doch die stieß mit ihrem kräftigen Kopf vorwärts und langte noch einmal nach ihrem Kind.

»Carsten, das Seil!«, rief Sabine, und Carsten half ihr, der Stute einen Strick um den Hals zu legen.

»Das passiert manchmal nach der Geburt, das ist ganz normal«, erklärte Sabine, doch auch mit Seil um den Hals wollte sich die Mutter nicht bändigen lassen. »Sie hat wahrscheinlich nur Schmerzen im Euter«, meinte Sabine außer Atem und setzte ihr ganzes Körpergewicht ein, um die Stute vom Fohlen wegzudrängen. »Sie wird sich gleich beruhigen.«

Das Muttertier beruhigte sich nicht. Sabine führte es schließlich streng und bestimmt aus dem Stall. Carsten wischte sich Schweiß von der Stirn und hatte keine Ahnung, was zu tun war. Das Fohlen lag auf dem frisch ausgestreuten Boden der Stallbox, immer noch halb bedeckt mit der Fruchthaut, und Miriam hatte sich blass und ängstlich an die gegenüberliegende Wand gekauert.

Sabine kam zurück in den Stall und begann, das Fohlen mit Stroh abzureiben. »Wenn deine Mama das nicht macht, dann machen wir das eben«, beschwichtigte sie das neugeborene Tier. »Die Atmung ist ganz normal«, erklärte sie dann mit lauterer Stimme. »Das ist schon mal ein gutes Zeichen. Jetzt muss es sich erstmal bekrabbeln, und bald wird es schon versuchen, auf die Beine zu kommen. Na, sieh mal an«, sagte sie dann wieder zu dem Fohlen, »ein kleiner Hengst bist du. Ein kleiner Upenyu.«

Carsten sah die große, blassrote Zunge aus dem Maul des Fohlens fahren und sich in alle Richtungen strecken. Draußen wieherte die Stute. Er wusste, dass das Neugeborene nicht in Ordnung war.

Es dauerte noch einige Zeit, bis Upenyus vergebliche Versuche, sich aufzurichten, begannen. Wieder und wieder streckte er seine Stelzenbeine vor sich aus und wieder und wieder knickten sie unter ihm zusammen. Seine Versuche wurden immer verzweifelter, und er streckte die Zunge immer steifer und wilder aus dem Maul. Wieder und wieder fiel Upenyu in sich zusammen, und auch mit Sabines Hilfe kam er nicht in den Stand. Miriam begann zu weinen, und Carsten führte sie aus dem Stall.

Sie beerdigten Upenyu drei Tage später auf einem kleinen Hügel.

Miriam starb wenige Tage später. Sabine hatte das Mädchen mit blutverschmiertem Gesicht über einem toten Reh kauernd gefunden. Sie musste das Tier durch sein Gehege gehetzt haben, bis es gestürzt war. Mit den Zähnen hatte das Mädchen ihrem Opfer das Fell vom Hals gerissen.

Sabine war es gelungen, das Mädchen zu betäuben und einzufangen wie ein tollwütiges Tier. Dann hatte sie von Carsten die Entscheidung verlangt, was mit Miriam passieren sollte. Carsten hatte sich geweigert, diese Entscheidung zu treffen. Wie hätte er dafür die Verantwortung übernehmen können?

So hatte Sabine die Entscheidung treffen müssen. Mit zwei Spritzen hatte sie Miriam getötet, wie man ein Tier einschläfert. Carsten hatte sich ihr nicht in den Weg gestellt.

Sie beerdigten Miriam neben dem Zebrafohlen. Sie sprachen nicht, als sie auf dem Hügel standen. Der Himmel drohte mit Regen, doch es fiel kein einziger Tropfen. Carsten stand noch lange alleine da, nachdem Sabine gegangen war.

37

Windhauch, Windhauch,
das ist alles Windhauch.
Kohelet 1,2

Ich habe schon lange nicht mehr in dieses Buch geschrieben. Am Anfang habe ich mich bemüht, eine Chronik der Ereignisse festzuhalten, aber ich musste mich irgendwann fragen: für wen? Dann habe ich weiter Notizen geführt in der Hoffnung, dass das helfen würde, die Ereignisse in meinem Kopf zu ordnen und bei Verstand zu bleiben. Aber ich habe auch das drangegeben. Wahrscheinlich, weil ich zu viele Dinge erlebt habe, an die ich mich gar nicht erinnern will.

Jetzt schreibe ich doch wieder, und ich weiß nicht genau, wieso. Oder wozu. Ich kann nicht einmal sagen, ob ich für mich schreibe oder in der Hoffnung, dass irgendwer dieses Buch finden und lesen wird.

Ich halte mich im Zoo meiner Heimatstadt auf und helfe einer Tierärztin, die verbleibenden Tiere zu versorgen. Sie tut das, weil sie es gerne tut, sagt sie, und weil es ihr guttut, eine Aufgabe zu haben. Ich helfe ihr, weil – ich da so reingeraten bin. Sie hat mich aufgenommen, als ich verletzt war. Und jetzt bin ich hier. Und solange ich hierbleibe, muss ich keine neuen Pläne machen. Und solange ich keine neuen Pläne mache, werde ich hierbleiben.

Mein Plan, die Schüler meiner Klasse zu retten, ist gescheitert. Miriam, dem einzigen Kind, das ich gefunden habe, habe ich nicht helfen können. Sabine (die Tierärztin) sagt, ich hätte nur nach meinen Schülern gesucht, um etwas zu tun zu haben. Ich weiß nicht, ob das stimmt. Aber es stimmt, dass ich jetzt keine Aufgabe mehr habe, und das lässt mich in einer großen Leere stehen. Bisher gab es in meinem Leben immer etwas, das getan werden musste. Zumindest schien es so. Und meistens war es zu viel auf einmal.

Sabine hat mich gefragt, warum ich nicht aufbreche, um nach meiner Freundin zu suchen. Nathalie war in Spanien, als ich zuletzt von ihr gehört habe. Ich habe darüber nachgedacht und bin zu einer hässlichen Antwort gekommen. Ich habe Nathalie nie wirklich geliebt. Ich mag sie sehr, sie ist ein toller, aufregender und interessanter Mensch, und ich war furchtbar in sie verliebt. Aber ich glaube, das Schönste an der Beziehung war, eine Beziehung zu haben. Sich geliebt zu fühlen. Und lieben zu dürfen. Jemanden lieben zu dürfen, der sich darüber freut. Und ich war so stolz darauf, dass sie mich haben wollte. Liebe Nathalie, sollte dieses Notizbuch jemals in Deine Hände fallen, entschuldige ich mich von Herzen, weil Dich diese Zeilen sicherlich verletzen. Aber ich glaube, in Wirklichkeit war uns beiden klar, dass diese Beziehung zu nichts Großem führt.

Wirklich geliebt habe ich Carla, meine Exfreundin. Sie hat mich verlassen, weil ich zu viel gearbeitet habe. Ich habe mich lange geweigert, das anzuerkennen, aber jetzt fürchte ich, sie hatte Recht. Ich habe viel mehr Zeit mit Arbeit verbracht als mit ihr und habe oft die Termine und Überstunden an der Schule wichtiger genommen als unsere Verabredungen. Die schienen sich immer verschieben zu lassen, auf irgendwann, wenn weniger zu tun ist. Das hat nicht funktioniert.

Carla ist tot. Sie gehörte zu den ersten Opfern der Infektion. Die Jahre, die ich mit ihr hätte haben können, habe ich verloren, weil mir das Arbeiten wichtiger erschienen war. Oder verbindlicher.

Wir werden alle sterben. Sabine sagt, das ist nichts Neues, das war schon immer so. Alles stirbt. Sie hat Recht. Aber bevor es diese Krankheit gab, war mir das nie so deutlich wie jetzt.

Am Ende bin ich wohl kein mutiger Mensch. Ich habe furchtbare Angst davor, zu sterben, furchtbare Angst. Diese Welt würden sich wahrscheinlich nicht mehr viele zum Leben aussuchen, wenn sie eine Wahl hätten, und trotzdem habe ich furchtbare Angst davor, sie zu verlieren. Mich selbst zu verlieren, alles zu verlieren.

Agnes, eine junge Frau, der ich vor ein paar Wochen begegnet bin, hat den Tod gewählt. Sie wusste, dass sie infiziert war, und wollte ihre Schwester vor sich selbst schützen. Die Krankheit hatte sie noch nicht verändert, aber sie wusste, dass die Prionen in ihrem Körper ihr Gehirn irgendwann so weit zerstören würden, dass sie ein von Hunger getriebenes Monstrum wird. Und deshalb ist sie weggegangen.

Ich bewundere ihren Mut. Ich bin auch gebissen worden, mehrmals, und ich weiß, dass die Krankheit mich irgendwann überwältigen wird. Die Krankheit wird mich beherrschen, mich verändern. Ich weiß nur nicht, wann. Die Inkubationszeit ist unkalkulierbar. Vielleicht vergehen nur noch Tage, vielleicht aber auch Monate, bis ich gefährlich werde. Sabine redet immer wieder von Immunität und überlegenen Widerstandskräften, aber ich glaube davon kein Wort. Sie hat keine Belege dafür. Sie hat sich das einfach so ausgedacht. Ich weiß nicht, ob sie sich das einredet, weil sie es sonst nicht aushält, oder ob sie es wirklich glaubt.

Trotzdem bleibe ich, immer einen Tag länger. Ich weiß, dass die Krankheit in mir wartet, und ich bleibe. Egal, wie die Tage werden, die mir bleiben, egal, wie sie jetzt sind: Ich will sie haben. Ich will nicht früher sterben, als ich muss. Das macht mich wohl zu einem feigen Menschen. Mir fehlt Agnes' Mut. Ich hoffe, dass ich mutig und verantwortungsvoll genug sein werde, das Gelände hier zu verlassen, sobald ich die ersten Veränderungen bemerke. Die ersten Lücken in meinem Gedächtnis. Jeden Tag prüfe ich in meinen Gedanken, wie gut ich mich an Vergangenes erinnern kann. Aber ehrlich gesagt kann ich nicht beurteilen, ob sich bisher etwas verändert hat. Erinnerungen sind flüchtig, egal, ob man gesund ist oder krank. Es gibt Gesichter von wichtigen Menschen, die ich aus dem Gedächtnis nicht mehr zusammenkriege. Woran merke ich, dass die Krankheit mein Gedächtnis zersetzt?

Ich hoffe, ich verpasse nicht den richtigen Zeitpunkt. Ich darf es nicht zu weit herauszögern, sonst kann ich nicht mehr entscheiden. Ich will aber auch nicht zu früh gehen. Es dreht sich im Kreis.

Sabine sagt, »das Leben findet einen Weg«. Für mich klingt das nach: Die Schaben überleben. Das ist mir ziemlich egal. Macht es einen Unterschied, ob dieser eine Planet im Universum von Schaben bevölkert ist oder nicht? Und selbst wenn die Schaben nach Millionen von Jahren eine neue Hochkultur hervorbringen, was macht das für einen Unterschied? Andererseits: Was macht es für einen Unterschied, ob die Menschheit überlebt oder von dieser Seuche dahingerafft wird? Diese Gedanken führen auch nicht weiter. Geht man genug Schritte zurück, macht man die Perspektive groß genug, zoomt man weit genug weg, bis man nur noch Sterne vor der Linse hat. Dann verliert alles an Bedeutung. In zehntausend Jahren hat nichts davon mehr Belang.

Ich will trotzdem weiterleben. Weiterleben, solange es geht. Ob ich lebe oder nicht, mag für das Universum keine Bedeutung haben.

Für mich bedeutet es alles.

Epilog

Agnes folgte einem Geräusch. Der Wind ließ ihr dunkles Haar in Strähnen um ihr Gesicht wehen. Sie dachte nicht mehr an ihre Schwester, die versucht hatte, sie zu beschützen, obwohl sie infiziert war. Sie dachte nicht mehr an den Mann, den sie auf einem Dachboden getroffen hatte. Sie dachte nicht mehr daran, wie ihr Vater seine Frau und seine Töchter angegriffen hatte. Sie dachte auch nicht mehr daran, wie sie sich entschieden hatte, in den Tod zu gehen, um ihre Schwester vor sich selbst zu schützen. Sie wusste nicht mehr, dass sie sich das schärfste Küchenmesser ausgesucht hatte, um sich damit die Pulsadern aufzuschneiden, und dass sie auf dem Boden gehockt hatte und es einfach nicht hatte über sich bringen können.

Sie dachte nicht mehr. Sie folgte Geräuschen, sie folgte Bewegungen. Sie war hungrig.

Etwas anderes gab es nicht mehr.

Die Wälder Nordspaniens bergen dunkle Geheimnisse

Dolores Redondo
DAS ECHO DUNKLER TAGE
Kriminalroman
Aus dem Spanischen
von Matthias Strobel
400 Seiten
ISBN 978-3-404-16823-1

Wie Statuen aus weißem Marmor liegen sie am Flussufer: drei junge Mädchen, erdrosselt, entblößt, die Handflächen flehend zum Himmel gerichtet. Die Bewohner von Elizondo, einem kleinen Dorf am Fuß der spanischen Pyrenäen, sind schockiert. Für Amaia Salazar, Inspectora bei der der Mordkommission in Pamplona, beginnt ein Kampf an zwei Fronten: Sie muss nicht nur den Mörder finden, bevor er erneut zuschlagen kann, sondern zugleich gegen die Geister ihrer eigenen Vergangenheit kämpfen …

»Kaum ein Autor bricht mit solcher Kraft und Originalität in die Krimiwelt ein wie Dolores Redondo.« LA RAZÓN

Bastei Lübbe

Gibt es ein Video von Jesus Christus?

Andreas Eschbach
DAS JESUS-VIDEO
Thriller
704 Seiten
ISBN 978-3-404-17035-7

Bei archäologischen Ausgrabungen in Israel findet der Student Stephen Foxx in einem 2000 Jahre alten Grab die Bedienungsanleitung einer Videokamera, die erst in einigen Jahren auf den Markt kommen soll. Es gibt nur eine Erklärung: Jemand muss versucht haben, Aufnahmen von Jesus Christus zu machen! Der Tote im Grab wäre demnach ein Mann aus der Zukunft, der in die Vergangenheit reiste – und irgendwo in Israel wartet das Jesus-Video darauf, gefunden zu werden. Oder ist alles nur ein großangelegter Schwindel? Eine atemberaubende Jagd zwischen Archäologen, Vatikan, den Medien und Geheimdiensten beginnt …